愛をこう皿

田中経一

幻冬舎

愛を乞う皿

皿が料理を乞うている
まるで君が愛を乞い続けたかのように
しかし、皿の上に料理が
もう二度と盛られることがないと悟った時
その皿は一層の輝きを見せた

装丁　幻冬舎デザイン室
カバー写真協力　赤坂　きた福
カバー写真撮影　野村和也

目次

プロローグ

昭和三十四年十一月十日。

平野《ひらの》雅章《まさあき》は、横浜にある「十全病院」に向かって急いでいた。

目の前の仕事に忙殺され、もう五日も見舞いに行っていない。病室に入るなり、雷が落ちることは間違いないだろう。平野は心の底でそう覚悟を決めていた。

強い北風に耐え切れず、目の前で銀杏の葉がパッと散った。一瞬足を止め、コートの襟を立てながらその落ちてきた方向を見上げる。晩秋の鋭い太陽光を浴び、銀杏の葉は黄色というよりも黄金色に輝いていた。

この瞬間の様々な景色を目に焼き付けておきたい。先生との思い出を作る時間は、きっともう限られているのだから。そんな思いが日に日に募っていた。


午前中の外来を終えた院内はどこも閑散としている。

病室が並ぶフロアーに上がると廊下を進み、その一番奥の個室の前に立った。恐る恐る扉を開けて顔を覗かせてみる。

「おお、平野か。よく来たな」

予想に反して、笑顔を作って魯山人は平野を迎え入れた。

僕なんかにこんな態度を取るとは。よほど寂しい思いをしていたんだなと感じ、少し申し訳ない気分になる。

入院したのは六日前のことだった。その時、魯山人はこの部屋に、病院側が禁止するテレビと冷蔵庫を平野に運び込ませている。

寝間着姿の魯山人は、その冷蔵庫の中を覗くと軽く舌打ちして看護婦を呼び出すベルを押した。そして、入ってきた若い看護婦に命令口調でこんなことを言い始める。

「ビールを買ってきてくれ」

彼女はびっくりした顔で「病院では、そんなことは出来ません」と応じた。当然の言葉だったが、魯山人は声を荒らげる。

「何がダメなんだ。俺が飲むわけじゃない。せっかく来た見舞客をもてなして何が悪い」

手に負えないと思ったのか、看護婦はさっさと部屋から出ていってしまった。

「あとで買ってきますから、今は大丈夫です」

そう言うと、平野は病室の中を片付け始める。すると、ベッドの脇に置かれたステッキを手にし、魯山人は尿道に繋がれた排泄のための管を引き千切るように抜いた。

「先生、どちらへ?」

「うん」

とだけ言って部屋から出る。きっと、トイレに向かうのだろうと平野はそれに従った。しかし、トイレを通り越し看護婦の詰め所の前まで来ると、魯山人はステッキを振り回しながら大きな声を上げる。

「ビールを買ってこい」

平野は慌てて間に割って入る。

「先生、看護婦さんは女中じゃありません。すぐに僕が買ってきますから、とりあえず部屋にお戻りください」

抱きかかえるようにして病室に引き戻したが、その間も、魯山人は「けしからん」「なんて病院なんだ」などと文句を言い続けた。


平野が妻と共に、鎌倉にある魯山人の住まいの隣で暮らし始めたのは去年、東京タワーが完成する半年前の昭和三十三年の六月からだ。住む場所として貸し与えられたのは「夢境庵《むきようあん》」の看板が掲げられている、かつて茶室として使われていた二間ある一軒家だった。平野はそこから「主婦の友社」に勤める一方で、魯山人の秘書のようなことをしている。

魯山人が身体の異常を訴えたのは、八日前の十一月二日の深夜だった。就寝後に起き出し、女中に向かってこう呟いた。

「小便が出ないよ」

平野が駆け付けると、魯山人は苦痛に顔を歪め泣きそうな顔で下腹を押さえている。鎌倉市内の泌尿器科医院へ連れていき、導尿管で溜まった尿を排出し一旦は帰宅したが、再び痛みを訴える。

魯山人は尿閉症状に陥っていた。

「十全病院」に連れてきたのは発症の二日後のことで、その診察の結果、前立腺がオレンジの果実のように肥大していることがわかった。魯山人は時折吐血もし始めていた。医師は平野に向かって、肝硬変の疑いが強く、手術の必要があると伝える。そこから慌ただしく入院のための準備が始まったのだ。

「十全病院」は、明治四年に日本で二番目の洋式病院として開院している。その病院が、魯山人の入院によって九十年近くある歴史で初めてという災難を被ることになった。

魯山人は初日からステッキをベッドの脇に置き、気に入らないことがあるとそれで床をドンドンと突いた。看護婦が血液やブドウ糖液の点滴をする時、「痛い」「下手くそ」と喚き散らし、平手打ちをくらわせたりもする。付き添っている平野は看護婦たちに頭を下げ続けた。

入院した翌日、医師がいる前で「こんなやぶ医者にかかるのは嫌だ。東京の病院に行く。ハイヤーを呼べ」などと、平野に向かって言い始める。さらに看護婦の詰め所に行って度々大声を上げたため、他の入院患者から病院への苦情も相次いだ。

平野が外でビールを買って戻ると、魯山人が耳元で「おい、ちょっと頼みがある」と囁いた。手術は明日に迫っている。その手術を前に、外で一つだけ済まさなくてはいけない大事な用事があると言った。

平野がタクシーの中で、手渡された風呂敷包みを膝に載せて待っていると、寝間着の上にガウンを羽織った魯山人がステッキを突きながら姿を現す。横に乗り込むと「上手く行ったな」と子供っぽく笑う。そして、「ホテルニューグランドまで行ってくれ」と運転手に告げた。

ホテルに着くと、部屋を取り平野を待たせてシャワーを浴びる。風呂敷に入っていた服に着替えると、

「久しぶりにすっきりした。よし、中華街に行くぞ」と言い出した。

無茶苦茶なことをしているのはわかっている。しかし、魯山人がいつものような覇気を取り戻したことが、平野には嬉しく思えた。

店で鱶鰭《ふかひれ》の姿煮がテーブルに届くと、それを蓮華と箸で掬《すく》い上げ口に入れる。

「ああ、一息つける。あそこ（病院）の飯は最悪だ。『トゥールダルジャン』程度だよ。まあ、料金は百分の一だろうがな」

平野は、五年前のことを思い出した。

当時、平野は魯山人の個人誌「独歩」の編集を手伝う早大生で、

「お前も大学生なら、英語くらいはできるだろう」

と言われ、通訳として二か月に及ぶアメリカ・ヨーロッパ旅行に随行した。旅の一番の目的はアメリカで陶芸の展覧会を開くことだったが、料理を食べ歩くことも魯山人は楽しみにしていた。

旅行中、世界的な権威の元に二か所立ち寄った。その一つがピカソのアトリエだった。しかし、ピカソと会った後、

「あいつは印半纏《しるしばんてん》でも着せた方が似合う奴だよ。俺の方がよっぽど大芸術家だ」と吐き捨てる。

もう一つが三ツ星レストランの「トゥールダルジャン」。魯山人は店自慢の鴨を前に、日本から持参した粉山葵《わさび》、薄口醬油、出し昆布、鰹節、鉋《かんな》を取り出すと、テーブルの上で味を加える。他の客も店員たちも、それを茫然と見つめていた。

「トゥールダルジャン」だけでなく、魯山人はどのレストランに入っても始終仏頂面だった。例えば、パリのチョウザメ料理で有名なレストランでは、料理を運んできたウェイターがテーブルで人数分に取り分け始めると、いきなり怒鳴る。

「ちきしょう。こいつは犬の餌かなんかと間違えてやがる」

そのナイフの入れ方が無造作で、魯山人の目には料理を大切に扱っているようには見えなかったらしい。

そして、旅の終わりにこう締めくくった。

「日本でろくなものを食っていないような奴が、こんなフランス料理を旨いなんて言いやがるんだ」

どこに行っても平野は冷や冷やしっぱなしだったが、今ではその魯山人の言動が懐かしい。

その旅で食事と宿代は払ってもらったが、自分の旅費は平野が出した。それでも魯山人は百三十万円を使い切り、以前から抱えていた借金をさらに膨らませた。


「おい」

鱶鰭を平らげると、魯山人はウェイターを呼び止めビールを注文する。

「先生、それは……」

「手術をしたら、暫く飲めんだろう」

魯山人は必ずビールを手酌でグラスに注ぐ。それを人に任せたことはない。入院するまでは、一日に小瓶で十七、八本。来客などがあると二十三、四本のビールを空けていた。

口の周りに泡を付けながら、旨そうに飲むとぽつりと言った。

「退院したら、俺は自分の書を完成させたいと思っている」

「書ですか」

「そうだ。俺の人生は書で始まった。だから書で締めくくる。

俺が認める書家は、良寛、豊臣秀吉、吉田茂の三人くらいのものだ。秀吉も最期は自分を恨みつつ死んでいった利休のような連中が頭をよぎったという話が残っているが、俺も病室のベッドで横たわっているといろんな奴の顔が浮かんでくるよ。

平野……俺はあとどれくらい生きられると思う？」

その言葉に、平野は現実に引き戻されたような気がする。

「先生は大丈夫ですよ」

「憎まれっ子、世に憚《はばか》るとでも言いたいか」

そう言った瞬間、魯山人は顔を真っ青にし下腹を抱えた。

「先生、大丈夫ですか？　すぐに戻りましょう」

平野は魯山人を抱えて、「十全病院」に引き返した。


翌日の十一月十一日、開腹手術が行われる。

多数のジストマの寄生による肝硬変であることが明らかになった。ジストマの中間宿主はタニシ。タニシは魯山人の好物で身体にもいいとよく食べていた。ある料理屋でタニシが出された時、「しょうがないな、タニシをこんなに茹でちゃ固くてまずくなる。軽くさっと湯にくぐらせるだけでいいんだ」と注文を付けたことがある。加熱すればタニシのジストマは死滅するが、その知識が魯山人にはなかった。

肝硬変は予想以上に進行し、回復は不可能と判断される。結局、前立腺の摘出も行わずそのまま縫合された。

麻酔で眠り続ける魯山人の横で、医師は平野に向かって「年を越せるかは微妙な状態だ」と告げた。

二人きりになると、平野の頬に涙が伝った。

平野はずっと魯山人と自分を比べ、全能の神と虱《しらみ》ほどの違いがあると思っていた。その神のような存在が、出会った頃とは見違えるほど頬はこけ、身体は痩せ細り、覇気も衰え続けている。

魯山人に残された時間はもう短い。魯山人のために、いま自分が出来ることは何なのだろうと平野は考え始めた。

寝顔をじっと見つめ答えを探していると、あることを思い出す。

「あの頼まれごとを実行に移すか……」

以前、魯山人に頼まれたこと。それは自分の伝記を書いてほしいというものだった。聞いた時、それは容易なことではないとすぐに思った。

そもそも魯山人は、平野にとって魔界の住人のような存在で、その人生を探り文章にすることは、まるで深い密林に方位磁石一つ持たずに足を踏み入れるようなもので、すぐに立ち往生することは目に見えている。

北大路魯山人が生涯に残した仕事は多岐に亘った。料理の世界では、会員制の「美食倶楽部」で食通たちを虜《とりこ》にし、天下の名料亭と呼ばれた「星岡茶寮《ほしがおかさりよう》」を立ち上げた。そして、陶芸でも生涯三十万点ともいわれる膨大な作品を作り上げ、その名声は海外にも鳴り響いている。そうした芸術活動の原点は書であり、その延長で篆刻《てんこく》や室内に飾る扁額、戸外に掲げる濡れ額の傑作を数多く残していた。

ひと言で言えば、芸術に全てを捧げた人生と言えるのだが、その才能が生み出した業績はあまりに幅広く、全てを把握し、正確に魯山人の本質を見極めている者はいないだろう。

一方で魯山人を語る時、触れざるをえないのが、その傲慢さや横柄さだ。周囲に罵声を浴びせかけ、大事な人々を切り捨てる。結果、友人も恩人も家族でさえも彼の元を離れていった。

とその時、〝伝記〟という言葉に身体を強張らせていた平野の脳裏に、ある発想が閃く。

僅かな期間だが付き合ってきた中で、平野は魯山人は元来寂しがり屋なのではないかと感じていた。書に「天上天下唯我独尊《てんじょうてんげゆいがどくそん》」の文字をよくしたためていたが、恐らくは強がっているだけなのだ。入院以来この病室には、平野の他、数名のごく親しい者しか訪れていない。そのことを魯山人は気に病んでいるに違いない。

一書生の自分が、魯山人のためにいま出来ること……それは彼の人生に彩りを与え、支えてくれた人々をこの病室に呼んでくることなのではないだろうか。交流を長く避けてきた人も多いのだろうが、そんな人もここに連れてきて魯山人ともう一度引き合わせる。

余計なことをするなと魯山人に言われることはわかっている。しかし、この偉人を孤独なまま死なせてはいけないのだ。ひょっとすると自分がこのタイミングで魯山人の傍に仕えたのは、この仕事のためだったのかもしれない。平野はそんなふうに思い始めていた。

翌日から、平野はそれを行動に移す。

まず、見舞客のリストを作る必要があった。

平野が魯山人と出会ったのは六年前。それ以前のことはほとんどわかっていない。周囲の人に尋ね、魯山人についての過去の資料なども漁ってみた。

会わせたい人は、関東周辺だけではなく地方にも散らばっていた。残された時間から逆算すると、それほど多くの人の元には説得に向かえないような気がする。特に魯山人にとって重要だと思える人に絞り込むことにした。

そして、おいおい修正を加えていく必要があるかもしれないが、平野はとりあえずのリストを作り上げた。

一、松浦沖太《おきた》
二、武山一太
三、細野燕台《えんだい》
四、中村竹四郎
五、荒川豊蔵《とよぞう》
六、中島きよ
七、北大路和子

この七人は、いずれも魯山人の人生というドラマにおいて、欠くことの出来ない人物ばかりだ。

松浦沖太と武山一太は「星岡茶寮」時代、魯山人が最も信頼を寄せた料理人。

細野燕台は、若い魯山人に最も影響を与えた人物らしい。

さらに中村竹四郎は「星岡茶寮」を共に立ち上げた盟友。

荒川豊蔵は陶芸の仲間だった。

そして魯山人は五度結婚しているが、中島きよはその三番目の妻。

さらに、北大路和子は魯山人ときよの間に出来た娘で、今も生きている唯一の肉親だ。

この一人一人と会い、見舞いに来てくれるよう口説いて回る。むろん、魯山人には何の断りもなしに。

問題は、ほとんどが魯山人との付き合いを絶って久しいことだ。平野が会いに行っても、二度と顔を合わせたくないと言われてしまうかもしれない。しかし、その人にとっても〝和解〟が自分の人生にとって大きな意味を持つ可能性だってある。

平野の中にはこの人たちと話すことで、自分の中でもやもやし続ける〝魯山人の実像〟に少しでも近づけるのではないか、上手くすればこれは〝伝記〟への近道になるのではないか、そんな色気も芽生えていた。

平野の魯山人探究の長い旅がいま始まろうとしている。

そこに待ち受けているのは、鬼才と呼ばれ怪物と恐れられた一人の芸術家の表と裏の顔。まるでミステリーのような謎解きを終えた後、その終着点で平野は胸を裂かれるような真実と出くわすことになる。

リストの一人目　松浦沖太

平野は、東海道本線で神戸を目指した。

今日、会うことになる松浦は「星岡茶寮」の料理人だった男だ。しかも、二十代前半の若さで、茶寮の料理主任という厨房の頂点に立った天才らしい。

かつて赤坂の地にあった「星岡茶寮」について、平野はほとんど知識がない。知っているのは今から三十四年前の大正十四年に開寮したこと、そしてその料亭は日本料理を根底からひっくり返したらしいこと、その程度のことだった。

「星岡茶寮」は、平野が魯山人と出会うずっと前、戦時中に空襲で焼失し、今はその土地は東急グループの所有となり、中国料理店「星ヶ岡茶寮」が営業している。

平野の中で「星岡茶寮」は一つの伝説と言えた。

その店はどんなところで、魯山人はどんな料理を振る舞っていたのか。そしてその究極ともいえる料理の境地に、魯山人はどうやって到達することが出来たのか。

それらはずっと気になっていたことだった。もちろん今の目的は、松浦沖太に魯山人を見舞ってもらうことにあったが、平野はそのついでに自分の好奇心も充たそうとしていた。


神戸の街で住所を頼りに探すと、その店はすぐに見つかった。

繁華街、元町にある日本料理屋の名は、「魯山」。

面会の約束を取り付けるために電話を入れた時、自分は〝魯山人の秘書〟だと平野は説明している。その時松浦は、魯山人とはもう二十三年会っていないと言った。その月日の長さに平野は嫌なものを感じたが、松浦は会うことまでは拒まなかった。

「魯山」は決して大きくはなかったが、綺麗に整えられ、入った瞬間ここの料理は間違いないと感じさせる店だった。

松浦は今年四十七歳。引き締まった身体に割烹着を着て、穏やかな表情を湛《たた》えていたが、その日は天才料理人の噂に違《たが》わぬもので、こちらの心の中を見抜くような鋭さがあった。

平野が訪れたのはランチも終わった二時過ぎ。誰もいない客席のテーブルに平野を着かせ茶を振る舞うと、松浦は簡単にこの店を開くまでの経緯を説明してくれた。

松浦は「星岡茶寮」を辞めてから目黒辺りの料亭にいて、戦時中は仏領インドシナのハノイの日本大使館、続いてハノイの三井物産支社の料理長を務め、終戦後カンエンという島に一年ほど抑留され、そこで炊事部長をやっていたという。そして、日本に戻った昭和二十一年からこの店を十三年続けていた。

「実は、先生が入院されまして」

「えっ、いつですか?」

「今月の四日のことです」

「それで容体は?」

「それが……」

平野の様子から、松浦はその深刻さを察したようだった。

「そこで松浦さんに、先生の見舞いに行ってもらえないかというお願いをしにここに伺った次第なんです」

平野は、松浦が簡単に応じるだろうと思っていた。店名に「魯山」と掲げているくらいだ、今も心の底で魯山人を慕い続けているに違いない。しかし、松浦は眉をひそめてこう言った。

「それは……先生のご希望なんでしょうか？」

「いえ、これは私の思いつきで、先生にはまだ何も……」

「そうですか。私は先生とはもう二十年以上も会っていない。いや、連絡すら取っていないんです。そんな私が突然病室に伺っても……」

そこで松浦は口をつぐんでしまう。平野は弱りはてた。松浦にも、過去に魯山人と何かあったのだろうか。

しかし、それはこれから会う六人にもきっと共通していることなのだ。自分が今やろうとしていることは決して容易ではないと初めからわかっている。

警戒する松浦を前に、平野は話題を変えてみた。

「それではせめて、『星岡茶寮』のことをお話し頂けないでしょうか」

「茶寮の、ことですか？」

「はい。僕は先生にお仕えしてまだ六年ほどで、その間にぽつぽつと当時のことは聞かされてはいるんですが、何も知らなくて。ずっと先生の昔のことを知りたいと思ってきたんです」

「星岡茶寮」について聞きたいというのは正直な気持ちだった。しかし、その思い出話をしているうちに、松浦の心が変わり、見舞いに行くと言い出さないかと僅かな期待を抱いていたのだ。

松浦は少し考えてこう言った。

「せっかく横浜から、わざわざここまで来られたんだ。それくらいはご協力しましょう」

平野は胸を撫で下ろす。そして鞄から新品のノートを取り出すと、話を聞く体勢を整えた。

「松浦さんは『星岡茶寮』の料理主任にまで上り詰められたのですよね」

「ええ、あの時は先生が無茶をされましてね」

その顔にかすかに笑みが浮かぶ。

「松浦さんは、何歳から茶寮に？」

「二十歳です」

「えっ……」

平野は、松浦が二十代前半で料理主任になったと聞いている。つまり、店に入ってから、僅かな期間でそのトップの地位を手にしたことになる。やはり、その料理の腕は相当なものだったのだろう。

「茶寮に入ったのは、上京してすぐのことでした」

松浦は、その時の記憶を辿りながら、平野に語り始めた。

◇

昭和七年。

岡山から上京して間もない松浦沖太は、「星岡茶寮」の門を叩く。

それはちょうど昼時だった。兄から借りたスーツを着込んでいた。店の周辺には特高警官と憲兵がうろつき、坊主頭にスーツ姿の若造は珍しいのだろう、松浦の方をじろじろと見ていた。

茶寮は高台にある。ようやく坂を登りきると立派な屋敷が目に入った。勝手口から入ろうと思ったが、あまりに広すぎてわからない。松浦は「えい、面倒臭い」と心を決めて、正門から入ることにした。しかし、すぐに呼び止められる。

「あんた、お客と違うだろ。どこから来た」

紋付に白足袋を履いた書生風の男三人が松浦の行く手を遮る。携えてきた紹介状を見せると、そのうちの一人が建物の中に消え、間もなく戻ってきて言った。

「よし、先生が会われるそうだ」

松浦はずいぶん物々しいもんだなと感じた。まるで自分がここに道場破りにでも来たかのような気がする。

門から玄関まで百メートルほど。周りは椎や欅《けやき》の大木に囲まれ、足元には石畳が続く。玄関の入口付近には大きな生け簀《いす》があった。客はその中を覗き、これから出される料理に期待を膨らませながら建物に入るという趣向らしい。生け簀の水には初夏の太陽の光が差し込み、傷ひとつない美しい鮎がその魚体をキラキラと輝かせ泳いでいた。東京のど真ん中で、こんな鮎を見られるとは松浦は思ってもみなかった。

玄関を上がると建物が複雑な造りなのだろう、廊下をぐるぐる回る。ふと窓の外を覗くと首相官邸と建設中の国会議事堂が見えた。すれ違う仲居は黄八丈の着物を着込み、胸元にはお茶をやる時のように袱紗《ふくさ》を覗かせて、松浦にも丁寧にお辞儀をしてくれる。

途中、厨房の前を通った時、松浦は思わず立ち止まった。

調理場は三十坪ほどで総檜造りだった。狭くて暗い印象しかない厨房がここでは全く違っている。そこで三十名ほどの白い上着に白いズボン、白足袋を履く料理人たちが忙しく働いていた。その光景は眩しく、松浦はつい見とれてしまった。

しかし、じっと見ていると料理人たちがみな厨房の上の方を気にしていることに気付く。松浦がその方向を見上げると、そこにはガラスの向こうに丸眼鏡をかけじっと厨房全体を睨んでいる人がいた。まるで神様が天上の雲間から下々の働きぶりを覗いている、そんな感じだった。松浦は心の中で呟いた。

「たぶん、この人が吉川先生の言っていた北大路魯山人だ」

階段を一段一段上りながら、「吉川先生」の言葉を思い出す。すると、あまりものおじしない松浦も手にじっとりと汗をかく自分に気づいた。


松浦の出身は岡山県笠岡。笠岡は瀬戸内海の港町だったが、生まれたのはその山間部だった。貧乏百姓の五人兄弟の四番目。九歳の時に母親が亡くなり、上の三人は働きに出ていたので、父親と兄弟の弁当から夕食の支度全ての切り盛りを松浦一人がやった。

十六歳から笠岡一の旅館「伏源」で働き始め、本気で料理人になろうと決意する。そして二十歳の時、「東京日日新聞」の記者をしていた一番上の兄から手紙が届いた。そこにはこう記されていた。

「料理を一生の仕事にするのなら、東京に出てこい」

上京するとすぐに、芝公園に住む有名な作家のところに将棋を指しに行くから付いてこいと兄から言われる。それはのちに『宮本武蔵』を書く吉川先生、吉川英治のことだった。

将棋を指しながら、吉川は松浦の就職の相談に乗った。

「料理を修業するなら『星岡茶寮』が一番いい。あそこには魯山人という天才がいますから」

吉川は茶寮の常連で、その場で紹介状を書いてくれた。しかし、それを手渡しながら、こんなことも言う。

「魯山人というのはかなりの変わりもんです。私の紹介状を持っていっても会ってくれないかもしれないですけど、それでもいいですか。たとえ会うことが出来ても、先生の気分が向かない時はよい返事をもらえないと思う。それでもいいですか」

世間では誰でも知っているような著名な作家が、そこまで配慮する魯山人とはどんな人物なのか。松浦は唾をごくりとひと呑みしながら、紹介状を受け取った。

「入ります」

と言って扉を開けると、魯山人は部屋の奥に置かれた回転椅子に腰掛け、両足を机の上にあげて本を読んでいた。松浦とは反対方向を向いていたわけだが、百八十センチ近くある大男だということはわかる。

「吉川先生のご紹介を頂いて参りました」

松浦がそう言っても何も答えない。吉川先生が言っていたように今日は機嫌が悪いのかもしれない。暫くじっと待っていると、振り向きもせずに魯山人が問いかけてきた。

「お前な、東京に何百軒も料理屋があるのに、なぜ星岡に来た」

「故郷の岡山の旅館で料理をやっていたのですが、上京して吉川先生から東京には『星岡茶寮』という一流の料亭があり、そこには北大路魯山人という天才がおられると聞きました。どうせ料理の修業をするならそういうところがいいと先生もおっしゃいましたし、僕もそうだと思ったんです」

そこでようやく魯山人はこちらを向く。

肉付きのいい頬の上には鼈甲縁《べっこうぶち》の眼鏡、額はやや狭く、特に耳が大きい。その身体は恰幅が良く、椅子の肘掛けを摑む手は、柔らかそうで厚く盛り上がっている。魯山人は分厚い眼鏡の奥でじろりと松浦を見て、言った。

「給料はいくら欲しい」

「勉強させてもらえるだけでもありがたいので、給料はいりません」

すると、魯山人が机の上のボタンを押す。ビビーッとけたたましくブザーが鳴り響くと、どんどんと階段を駆け足で上ってくる音がする。先ほどの白い服にネクタイを締めた人が部屋に入ってきた。

「武山、お前も確か岡山生まれだったな」

「はい」

「岡山から来たそうだぞ。下に連れていけ」

その人は茶寮の二代目の料理主任、武山一太だった。こうして、魯山人との面接が終わった。

緊張から解き放たれた松浦は、武山に連れられ再び厨房に下りる。

厨房の造りは中央にある水槽を挟んでまな板が二枚。その脇に前菜場。さらにその横には盛り付け台が三つ。さらにそれを囲むように油場、焼き場、煮場、流し場、銀鍋倉庫、数台の冷蔵庫、主任の机、漬物の樽、寿司用の台、飯台が取り巻いている。

「彼らは何をしていると思う?」

部屋の片隅を指さし、武山が言う。そこでは料理人が三人がかりで鰹節を削っている。

「鰹節を削っていますが……」

「そう、彼らは鰹節をかく担当で一日中それだけをしている。先生は早くから削ると香りが飛ぶからと言って、出汁にする一時間前に削れとおっしゃる。赤身のところはお出汁用、背のところは煮物用と分けてかいているんだ」

鰹節を削るだけの人が、ここには三人もいるのか。

続いて、大きな樽が七つ並んだ漬物の場所に移動する。そこでは一人が樽に手を突っ込み、中の状態を確認していた。

「彼は漬物の担当だ」

「漬物、だけですか？」

「野菜によって漬かる時間が違うだろ。だからここでは茄子とか胡瓜とか、一緒には漬けないんだ。ひと樽に一種類の野菜だけ。客が来る時間から逆算して漬け始める。

先生はコースの最後に出すご飯を大切にされる。だから漬物も重要な料理の一つなんだ。例えば沢庵は北陸の山代で漬けさせ、『香の物・山代沢庵』と献立表にもちゃんと載せて出す」

松浦はここに来てから、ずっと気になっている人に目線を送って尋ねた。

「じゃあ、あの人は掃除だけですか？」

そこには石鹼とたわしと雑巾の入るバケツを下げた人が立っている。

「そう。先生は厨房が清潔かどうか特にうるさい。週に一度は、料理人も総出の掃除を欠かさない」

見ている横で床に料理の小さな汁が飛ぶと、その人はすぐに拭き始めた。

「ここの陶器は全部先生が作ったものだ。漆器も先生が自ら意匠し作らせた特注品になる」

魯山人という人は料理だけじゃなく、陶芸もやるのだと初めて知った。

大きな棚に食器がずらりと並んでいる。向付、平皿、織部《おりべ》のまな板のような大皿、赤絵の大鉢と、まるで博物館にでも飾られるような立派なものばかりで、これまで松浦が使ってきた器とは比べるべくもない。さらに棚の中で銀の鍋と銀のしゃもじが光を放つ。

コップを拭くのも、下拭き、中拭き、清拭きと三人の女中が輪になって作業していた。

「ここはな、天下一の調理場なんだよ」

武山の言葉は大袈裟でも何でもない。ここで働けると思うだけで、松浦の身体はかっと熱くなった。

「面接は終わったと思っているだろう」

武山が松浦の顔を覗き込むように言った。

「は、はい」

「実はあれで仕舞いじゃない」

「まだ、なにか？」

「直にわかるさ」

武山はにやにや笑って、松浦の元を離れた。

翌日、朝の九時に茶寮に出ると、まず風呂に入れられた。料理人は厨房に入る前に必ず入浴する決まりがあるのだという。これなら銭湯代が浮くと松浦は喜んだ。

風呂から出ると、今度は板場の先輩が館内を案内してくれた。「星岡茶寮」は今から七年前の大正十四年に開寮し、当時魯山人は四十一歳だったという。

建物だけで六百五十坪、敷地全体ではおよそ六千坪もある。昨日、勝手口がわからなかったのも無理のない話だ。

創業当時からある建物には茶室が三つ存在し一階に広間が四室、二階にも四室。そこに去年出来た三階建ての新館が加わった。新館の純日本風の部屋は桃山時代に倣い、趣味のいい書画骨董が置かれている。洋間はというと十八世紀のイギリスの造りで、いずれも冷暖房完備だった。和室の場合、冷房は床の間の掛け軸の裏にあり、そこから冷気が流れ出す仕組みだという。よく見ると障子にはその冷気を逃がさぬようにとセロファンが張られている。民間の建物で冷暖房を完備したのは、ここが初めてだと先輩は胸を張った。

「星岡茶寮」の会員は皇族、華族、政財界の大物、作家などの知識人、茶道や華道の宗匠《そうしょう》などで、作家なら芥川龍之介や島崎藤村、徳田秋声も訪れるという。特に芥川は四畳半ほどの茶室「利休の間」で食事をとることを気に入り、自殺する三日前にも夫婦で食事に来ていたらしい。

大体見て回った後、経営者の部屋に連れていかれた。また魯山人のように怖い人と会わなくてはいけないのかと思い緊張したが、今回はそうではなかった。

「吉川先生が紹介くださったと聞きましたわ。いろいろ大変やと思いますが、頑張ってくなはれ」

京都弁の口調で穏やかに笑ったのは、魯山人と一緒にここを立ち上げた中村竹四郎だった。着物を優雅に着こなし、どこかなよっとしている。岩のような魯山人に比べまるで絹のような物腰の柔らかい人で、ここでは魯山人を「先生」、中村竹四郎を「旦那さん」と呼ぶとのことだった。

その後、仲居部屋にも挨拶に行く。松浦はその女中たちの美しさにも目を奪われた。三十人ほどだろうか、料亭の仲居と言えば中年女性が多い印象だが、ここの女性たちはみな若く美人揃いだ。魯山人の方針で水商売経験者は採用しない。他よりも給料が高い上に客層も良いため仲居たちにとってステイタスのある職場だった。

そしてユニークなのが、お座敷には全て控えの間が設けられ、厨房からそこまで料理を運ぶのは、牛若丸のような稚児髷《ちごまげ》を結い、袂の長い矢絣《やがすり》の着物を着た十五、六歳の娘の務めだった。そこで仲居が料理を受け取り客に出す。他の料亭とは違い、客間には決して芸者を入れないという。料理は芸術であり、客はその料理に集中すべき。それが魯山人の考えだった。

この日の先付は口子《くちこ》だった。最初に出される一品には、からすみとか海鼠腸《このわた》、うるかといった当時の東京ではあまり目にすることのない珍味が使われ、それで客の心を摑むのだという。冬の寒い時期には、いきなり貝柱の茶碗蒸しを出すこともあるらしい。

続く前菜の出し方が変わっていた。前菜盆という横長のお盆の上に、正方形の器が上下三つずつ載る。そこには六種類の料理が入っているわけだが、これは魯山人が西洋のオードブルから取り入れた方式だった。

目の前で前菜盆に載せられたのは、まながつおの軟骨の南蛮漬け、魚のわたの生姜煮、小鯵と胡瓜の酢の物、芋の切れ端を千切りにした唐揚げ、川蝦《かわえび》鶏油揚げ、鮃《ひらめ》の竜飛《たつぴ》巻きの六品。しかも、他の料理で余ったところや本来捨ててしまうような部分を使っている。例えば魚の腸《はらわた》は一度湯通ししてから、生姜を入れて酒でさっと煮る。鮃も刺身で余った端っこに塩をして昆布締めにする。「素材には捨てるところなどない」というのが魯山人の持論らしいのだが、一人前八円から十円（今の五万円ほど）も取る料亭で、食材の切れ端を使うとは……。しかし、この前菜がどれよりも客たちに評判がいいという。

続いて向付（刺身）。これも面白い。銘々に出される器は、さよりを細造りにしてからすみを和えたものだったが、それとは別に取り分け出来る大きな鉢に、いずれも新鮮な烏賊《いか》、鮃、赤貝、みる貝、貝柱を乱盛りにして出す。

そしてお澄ましの先椀を挟み、焼き物。その仕上がりに松浦は見とれた。料理名は「山海佳肴盛り」。〝まな板鉢〟と呼ばれる、他の店では決して見ることのない横長の大きな皿に、鱗付きで姿焼きにした甘鯛、車海老の塩焼き、合鴨のロース、鮑《あわび》のわた焼きなど五種類ほどを豪快に盛る。これが目の前に出てきたら、客たちは喝采し大きな声を上げることだろう。

それから季節の野菜の煮物、酢の物、箸休めに小鯛の粽《ちまき》と続く。粽には穴子や鮎を使うこともあり、その他には豆ご飯とか、季節の変わり寿司を出すこともあるという。

最後にご飯と共に、止め椀とあの漬物が出てくる。ご飯はもちろん炊きたてだったが、米も精米したてを使っている。

そしてデザートという時に、厨房に魯山人が突然姿を現した。

厨房全体の空気がぴりっと緊張する。全ての料理人の眼が魯山人の手先に注がれた。

そこで何をするのかと思うと、魯山人はマンゴーやマンゴスチン、パパイヤなどの果物をナイフで切りながら大きな鉢にぱぱっと盛り始める。それらは毎日「千疋屋《せんびきや》」から届くものだった。

飾り終わった果物は決して整え過ぎず、もぎたてをその場で割ったように瑞々《みずみず》しく見えた。最後に魯山人はまるで手裏剣のように果物ナイフをマンゴーの上に突き立てる。ただナイフが刺さっているだけなのに、松浦にはまるで芸術作品か何かを目にしているような気がした。大鉢はその姿のまま客の待つ部屋へと持っていかれた。

全てが衝撃だった。調理も遠目から見ただけだが、味付けには塩と味噌、薄口醤油くらいで他の調味料の出番はほとんどない。味醂《みりん》もごく少量、砂糖も使われたのはごく僅かだった。つまり、素材の味をとことん追い求めている。

しかも、客に出す皿の上には食べられない物は全く載っていない。自分が昔習った人参の銀杏切りなどの細工物も一切なかった。これまでの常識が、松浦の中でガラガラと音を立てて崩れた。

さらに数日厨房にいると不思議な光景を目にする。それは三日に一度ほど繰り返される「調理場拝見」という儀式だった。

来訪した客が部屋に入る前に、魯山人の案内でぞろぞろと調理場まで見学にやってくるのだ。本来厨房はよそ様に見せる場所でもないし、どの店も見せられるような状態にはなっていない。

しかし、魯山人はその集団の先頭に立ち、空間の見事さ、食材の鮮度の良さを披露しながら、客に向かって「これはどこそこの産で」などと自慢げに説明する。料理人たちも人に見られているという意識があるため、いつも以上にてきぱきと作業を進める。その時厨房は、さながら芸術作品を生み出すアトリエのような場所になっていた。

厨房の隅っこで、その様子を見つめながら松浦の心は騒ぎ続ける。ここにいれば、自分の料理人人生は全く違ったものになっていく。きっと先輩たちも、魯山人に既に人生を変えられた人たちなのだ。早く包丁を手にし、魯山人の世界の中で腕を磨きたい。体内の細胞の一つひとつが一刻も早く新しい知識を吸収しろと叫んでいる。二十歳の松浦は身体を熱くほてらせた。

しかし、魯山人と会った日から一週間が経っても、松浦は何一つ料理をさせてもらえなかった。

朝来て風呂に入り、包丁を研ぐだけで一日が終わる。誰も自分に指示を出さず、厨房の片隅で料理を見続けるしかない。主任の武山に、何か手伝わせてくれと頼んでも「もう暫く待っていろ」としか言われなかった。

さらに一週間。やはり状況は何も変わらない。見学も勉強のうちと我慢してきたが、それも度を越していると思った。

その時、初日に武山が言った「実はあれで仕舞いじゃない」という言葉が脳裏に浮かんできた。ひょっとして、まだ自分は採用されていないのか。松浦の中に不安な気持ちが渦巻き始める。そして「星岡茶寮」に来て二十日目のことだった。武山が松浦に声をかけてきた。

「先生が呼んでいらっしゃる。一緒に北鎌倉の先生のお宅に行きなさい」

武山はそう言いながら「虎屋」の菓子箱を三つ渡す。松浦はとりあえず、白衣と包丁だけを持ち、魯山人の乗る車に同乗した。秘書を伴っての鎌倉までの車中、魯山人は一言も発しなかった。

松浦は、いよいよ試験の本番が近づいていると思った。移動中、手が汗ばむ。

魯山人の家が近づいた時、松浦の眼に入ってきた景色は、民家など一つもない山と畑ばかりの風景だった。なぜ、こんな田舎で魯山人が暮らしているのか不思議でならない。車一台がようやく通れる狭い切通《きりどお》しを抜けると、自然の要塞に守られたような緑豊かな美しい丘陵が現れる。

北鎌倉にある自宅は、魯山人の陶器造りの拠点だった。

山林や田畑などおよそ七千坪ある敷地に、「星岡窯《せいこうよう》」という登り窯を作ったのは、今から五年前の昭和二年。そこには窯のほかに、数寄屋風の茶室「夢境庵」や昭和天皇の后の父・久邇宮《くにのみや》邦彦殿下がお成りになったこともある茅葺の田舎家「慶雲閣《けいうんかく》」、そして自身が暮らす母屋や陶芸職人が家族と生活する家屋など、二十余りの建物が点在している。

到着したのは午後二時過ぎ。

その壮観な景色を楽しむ暇も与えず、魯山人は松浦に向かってこう言った。

「夜、東京から五人の客が来る。箱の中の物を使ってお前の料理を披露しろ」

武山に持たされた「虎屋」の箱は、そのためのものだったのだ。中にはきっと高価な食材が入っているに違いない。少し緊張してその蓋を開けてみる。見た瞬間、頭の中が真っ白になり息が詰まった。

中には鱧《はも》や鯛などのアラが入っているだけだった。

「それでお前の出来る料理を作ってみろ。他の食材はこの辺で手に入る物なら何を使ってもいい。戸棚の中には乾物類も入っている」

〝この辺で〟といっても、あるのは目の前に広がる菜園くらいだ。食材を売る商店などは存在しない。「星岡茶寮」ではなく、わざわざ自宅まで招き料理を披露する客ということは、魯山人にとって大切な人々であることはもちろん、とんでもない食通に違いない。そんな人たちに魚のアラだけで料理を作る……。

松浦は途方に暮れ、その様子を魯山人は分厚いレンズの向こうから、じっと見つめていた。

しかし時間もない。厨房の火回りを見ると、ガスの設備はなく炭を熾《お》こさねばならない。松浦は菜園の中を歩きながら、ここに来る途中一軒だけ豆腐屋があったのを思い出した。急いで買いに走り、焼き豆腐と油揚げを購入して戻る。

まずアラの中から鱧を選び、臭みを取るために軽く炙《あぶ》ってそれで出汁を取り、油揚げと菜っ葉を添えて一品作った。続いて鱧の頭を割り、それと中落ちの骨をこんがり焼き、焼き豆腐と一緒に煮付け、大皿に盛ると刻んだ葱と生姜を添える。さらに塩と薄口醬油で軽く味付けした鯛の頭を使った潮汁《うしおじる》など、松浦はどうにか七品を作り上げた。よくあのアラから、この七品をひねり出したと思う。全ての料理が運ばれた後、松浦はぐったりと台所の隅に座り込んだ。

しかし、問題はこれからなのだ。試験結果ははたしてどうだったのか。拳を握って待っていると、まるで採点の済んだ答案用紙のように、どの皿も綺麗に片付いて戻ってくる。その間、客間に呼び出しを受けることも、台所に魯山人が怒鳴り込んでくることもない。最後の皿が何も残らずに台所に戻ってくると、松浦は安堵の息を肺の底から吐き出した。

試験はもう済んだと思っていたが、翌日、魯山人は客人たちと東京に戻り、松浦は鎌倉にとり残されてしまう。

どうやらまだ終わりではないようだ。次はどんな試練が待ち構えているのかと覚悟していると、それから数日後、魯山人がまた秘書と共に鎌倉に帰ってきて、今晩も客が訪ねてくるから料理を作れと言う。

その時魯山人の手から渡されたのは、茶寮で余った新鮮なアラだった。

気力がすっかり萎えたが、これも試験のうちともう一度自分を奮い立たせ、鱧のしっぽを骨切りにし薄口醤油をつけて焼く。それに胡瓜とワカメを添えた酢の物を作る。意地でも前回と同じ物は作れない。今回も知恵を絞りながらまた七品ほどを作り上げた。

その後も同じことが繰り返され二十日ほど経った頃、ついに松浦は音を上げた。長く続く緊張感とまるで苛めにも似たアラばかりを使う料理。もうこりごりだと思った。

松浦は、魯山人の留守中、女中頭のところに行って、「もう辞めようと思います。今日、ここを引き払います」と伝えた。

すると、その女性は、

「あなた、絶対に辞めちゃ駄目です。今までここに来た他の料理人はみんな一日、二日で東京に戻されたのに、あなたはもう二十日くらい続いている。お客さんにしたって最初は出入りの骨董屋さんだったのが、だんだん舌の肥えた方が来るようになって、前回なんか阪急東宝グループ創業者の小林一三《いちぞう》さんや有名な茶人の方たちだったんですよ。必ずあなたは偉くなりますから、絶対に辞めちゃ駄目です。もう少しだけ辛抱なさい」

その言葉で松浦は少しだけやる気を取り戻した。

そして、鎌倉に来てひと月が経った頃、夜遅くに魯山人から書斎に来るように言われた。

「明日、茶寮に連れて帰るから、荷物をまとめておけ」

ようやくこの収容所から解放される。身体中からすうっと力が抜けるのがわかった。しかし、そもそもまとめるような荷物などない。白衣と包丁だけ持って拉致されるようにここに連れてこられたのだから。

「戻ったら、椀場主任をやれ」

「は？」

すぐにはその意味が理解できなかった。「星岡茶寮」には洗い方から始まり、盛り付け、脇板、焼き番、向こう板、椀場、煮方、最後に主任という序列がある。つまり椀場の主任ということは厨房の上から三番目の地位にあたる。今の椀場主任は松浦の父親くらいの四十代の男性だったはずだ。そんな立場に、入ってまだ二か月そこそこ、いや茶寮の厨房で全く料理を作ったことのない二十歳のひよっ子がなっていいものなのだろうか。いや、きっといいはずがない。思わず、「大丈夫でしょうか……」と小声で呟いた。

するとと魯山人はむっとした表情になり、

「不服でもあるのか」

「いえ……」

「問題はない。俺の言うことは鶴の一声だ」と強い目で言った。

そのあと少し穏やかな顔に戻り、こう続ける。

「俺は刺身を下ろすのは、料理人よりも魚屋の方が上手いと思っている。しかし、舌の感覚は教えようにも言葉で伝えることが出来ない。それは天性のものだ。お前にはどうやらそれがあるらしい。持って生まれたその舌を使って『星岡茶寮』で料理を作れ」

◇

「星岡茶寮」に来てわずか二か月ほどの間で起きた松浦の経験談に、平野は呆気にとられる。

平野も、魯山人は気が短く即断即決する人ということは痛いほどわかっている。その速度は人生を通して変わることがなく、周囲はそのテンポに必死にしがみつき、振り回され続けてきたのだろう。松浦もまさしくその一人だった。

松浦の話で、「星岡茶寮」の料理のことも初めて知ることが出来た。

平野はそれについて、ある種の幻想を抱いてここに来た。究極ともいえる高価な食材を惜しげもなく使い切り当時の食通たちをうならせた、そんな場所だったのだろうと考えていた。しかし、茶寮の厨房に実際にいた松浦は、そんな単純なものではなかったことを教えてくれた。

魯山人が一番大切にしたことは、豪華さではなく新鮮さだった。その原則を守るために金と労力をかけ、料理の仕方もそれに即したものになっていったのだ。

「『星岡茶寮』の料理って本当に凄かったんですね」

松浦はお茶を啜りながら返す。

「全てが規格外でした。今も昔もあそこを超える料理屋は存在しません」

その眼は、まだ二十七年前の自分を見つめている。

「先生が厨房で調理をすることもあったんですか?」

「肩書は茶寮の料理長でしたが、まずありません。でもたまに包丁を持った時の豪快なことといったらなかった。筍の直炊きなら皮をむいたかと思うと、あっという間にぶつ切りにして大きな銀鍋にぱっと入れて酒と出汁を足す。それにあまり色を付けないように薄口醤油を入れるんですが、醤油は先生が焼いた壺に入れてあって、それを杓ですくってさっとかけると火がぼっとつく。最後に塩とほんとに僅かな砂糖で味を調整して削りたての鰹節を手で揉んで、あっという間に出来上がる。それを織部の深い鉢に盛り付け、上に木の芽を散らすんです。

その景色が実に美しい。それを目の当たりにすれば、魯山人は普通の人じゃない。やっぱり天才なんだって誰だって思いますよ。

あと、先生の凄いのは素材を使い切るところです。魚でも皮や中骨はパリパリの素揚げにして、内臓も丁寧に洗って佃煮などに使う。先生が料理するとゴミ箱の中にほとんど何も残らないんです」

本来なら捨ててしまう部分に魯山人はなぜそこまで拘るのか、平野にはそれが引っかかった。魯山人は確かにケチ臭い。平野はそれも痛感している。魯山人の元に引っ越してから、身の回りの世話をしている平野に給料らしきものは一度も支払われたことがない。恐らく魯山人の中では、家賃を無料にして住まわせているのだから、それで十分という計算が成り立っていると思われる。

しかし、松浦によれば残り物を使った料理が、コースの中で最も大切な前菜にされていた。それはただ〝ケチ臭い〟ではすまされない何かが存在するようだ。平野はノートの隅に「なぜ、捨てる食材を使い切るのか?」と書き込んだ。

そして、会った時にどうしても松浦に聞いてみたかったことを言葉にする。

「先生は、料理の基礎をどこで学ばれたんでしょう?」

この人なら間違いなく知っているだろうと思っていたが、松浦は首を傾げた。

「それはわからないですねえ。恐らく私がそうだったように子供の時分から料理をやらされていたんじゃないでしょうか。言っちゃ失礼ですが、先生のやり方は我流のようなものでしたから」

「そうですか。でも、そうだったとしたら本当に天才ですね」

「天才と言えば、一番驚かされたのは先生の舌の鋭さです。あれには誰も敵わない」

「そんなに、ですか？」

「私が椀場主任になって一年ほど経った頃でしょうか。いま思えば冷や汗ものなんですが、一度先生の味覚を試したことがあったんです」

「そんなことを？」

「若気の至りってやつでしょうね。でも、そんな無茶をしたからこそ、私は先生の舌を知ることが出来た……」

松浦は懐かしそうに、その話を語り始めた。

◇

松浦が任された椀場主任は、繊細な味付けが要求される持ち場だった。椀物はその料理屋の実力を一番よく表す。

しかも椀物はコースの中で、どのタイミングで出されるかで味付けが違ってくる。コースの序盤、前菜とお造りの後の「先椀」はさっぱりと、あっけないくらいの味付けの方がいい。しかし、全ての料理を食べ終えてから出される「止め椀」は一つの舞台の締めくくり。しかも一緒に出されるご飯が進むように、やや濃い目に作る必要があった。

椀場主任になって一年。少し仕事に慣れた頃、誰もが料理の天才だという魯山人の実力とはどんなものなのか、松浦はどうしても知りたいという衝動にかられた。

厨房は一階に造られていたが、椀場だけは客に出す前に必ず魯山人が味を確かめるために、魯山人の部屋のすぐ隣、二階に設けられている。

魯山人は毎晩、最低ビールを一、二本とお銚子を一本くらいは飲む。この日も口の横に泡を付けてご機嫌でビールを飲んでいた。

そんな時、下の者が作ってきた「止め椀」の味を松浦が確かめると少し薄目だった。いつもなら調節してから魯山人の元に届けるのだが、松浦はそのまま持っていくことにした。

「お加減を」と言いながら汁の入ったお猪口を差し出した。魯山人はそれに口を付けると、予想通り「薄い」と言って、すぐに突き返してきた。

しかし、本番はここからだった。暫く時間をおいて、松浦は同じ味のままお猪口を再び持っていく。すると魯山人は今度も「薄い」と言った。さらに三度目。松浦はもう一度同じ味で持っていく。

「薄い、薄いと言うのがわからんのか、馬鹿者」

と、魯山人はついに松浦を怒鳴りつけた。そこで四度目、初めて味を調えて持っていくと、

「よし、これでいい。なんで早くこうしないのだ」と言った。

魯山人は後日、このことを支配人に語ったという。それを松浦は伝え聞いた。

「この間、岡山から来た若造がいるだろ。あいつが俺を試しよった。俺はまだね、あの程度の酒じゃ舌は狂わんよ」と。

その瞬間、松浦は背筋が寒くなり全身に鳥肌が立った。

「星岡茶寮」は客に対して最高のもてなしをしていたが、働く者にも最高の環境を作っていた。

寄宿舎を設け、店の営業時間も午後九時半までで延長は一切なし。従業員に無理をさせないためだったが、それはどんな地位の高い客も例外ではなく、総理大臣の若槻《わかつき》礼次郎も九時半には店を追い出されたらしい。

また仲居たちの教育もしっかりしていた。茶道や華道の先生が店を訪れて教え、お辞儀の仕方や食器の上げ下げなどの作法も魯山人自らが稽古をつける。時折、閉店時に魯山人と中村竹四郎が仲居たちを集めて茶会を開くこともあった。

松浦は吉川英治の紹介でここに来たが、一般の料理人の募集の仕方は魯山人らしく一風変わっている。

当時の料理人は「部屋」という口入れ屋が、流れ先（職場）を斡旋するのが一般的だった。料理人は品物のように扱われ、まさに「包丁一本 晒に巻いて」の世界だ。しかし、魯山人はこの制度を嫌った。あくまで料理人は立派な芸術家でなくてはならないという考え方だった。

それが茶寮の料理人を募集する新聞広告によく表れている。

『応募の資格　日本料理と限らず美的趣味を持っている人。絵画、建築、彫刻、工芸等に愛着を持ち、今日まで食道楽で変人扱いを世間から受けたくらいの人。

われと思わんものは出てこい』

これを見て手を挙げる料理人など、はたしているのかと思えるようなものだった。

こうした公募をする一方で、全国の有名料亭の子息たちは優先的に雇っていた。そこには魯山人の強《したた》かな計算がある。入寮に際しては自分の出身地の郷土料理を習得してくるように条件を出していた。そして親元から地物の珍しい食材を送らせ、それをコースの一品に忍ばせる。

松浦が二十二歳の時のことだった。魯山人に呼び出された松浦は、いつもの部屋に顔を出した。見てすぐに、今日は機嫌がいいなと思った。

すると、魯山人はじっと松浦を見てこう言った。

「明日から、お前が買い出しに行け」

松浦はきょとんとする。それは厨房のトップ、料理主任になれという意味だった。三十人余りいる料理人の中で、依然松浦は最年少。それは他の料理屋ではあり得ない事態だった。松浦の心は、喜びよりも不安の方が大部分を占めている。しかし遠慮などすれば、叱りつけられることは目に見えていた。

さらに魯山人は買い出しについてこんな助言を加える。

「市場では値切らずに一番いいものを買ってこい。いくら高くてもかまわない。相手は商人なんだ。値切られると思ったら必ず掛け値を言ってくる。値切らないとわかったら元値で取引する。だから値切っちゃいかん。生け簀で一番いいものを買ってくるんだ。値切るくらいなら買うな」

そして、こんなことも言った。

「しかしな、ただ高いものを買えばいいってもんじゃない。市場に行った時に、俺が一番気にすることが何かわかるか?」

「魚の状態や鮮度でしょうか?」

「そんなことは誰でも考える。俺の場合はその日の天気だ。暑い日ならさっぱりしたものを、湿度が高ければ喉ごしのいい料理を頭に浮かべる。寒かったら先付に茶碗蒸しがいいなとか、そんなことを考えながら材料を選ぶんだ」

そして、魯山人はにやりと笑ってこうも言った。

「その考えからすると、ただの水がご馳走になることがある」

「水がですか?」

「夏の暑い日に汗びっしょりの客人に高価なメロンを出したとしよう。はたして喜ぶだろうか。恐らくその客が一番欲しいのは冷たい一杯の水なんだ」

「なるほど」

その話は松浦の心を打った。食材を買う時に金に糸目をつけるなと言う一方で、たった一杯の水もご馳走になると教える。高級食材もふんだんに使っている「星岡茶寮」だが、魯山人の料理の根底にあるものは、客に対しひたすら心を砕くというものだった。

主任に指名された翌日から、松浦は今まで以上に気を引き締めて厨房に向かった。しかし、現場での反発には予想以上のものがあった。

松浦が調理の指示をしても、年上の料理人たちはみな上の空で、その顔には「お前に指図される覚えなどない」と書かれている。初めこそ根気強くやり続けた松浦だったが、次第に気持ちは萎え、店が終わると毎晩飲み歩くようになった。

周囲のやっかみの原因は料理主任の特別待遇にもあった。松浦にはシボレー一台と運転手まで付いた。二十二歳の若造が、運転手付きの車で出退勤する。もちろんそれは、魯山人が料理人の地位を高めたいという思いから始まったことだったが、周囲との軋轢《あつれき》をより膨らませる形になっていた。

しかも、松浦の敵は厨房の中だけではなかった。

松浦が「星岡茶寮」に入った時に料理主任を務めていた武山一太は、この頃銀座の支店「銀茶寮」の料理長を務めていた。

武山は茶寮が出来るずっと前、十四歳の時から魯山人の下で働き続け、まるで僕《しもべ》のような存在だった。そして松浦が来る二年前、念願の二代目の料理主任に上り詰める。しかし喜んだのもつかの間、松浦の登場によって、まるで弾き出されるように「銀茶寮」に左遷されたのだ。

その武山が、松浦が料理主任になった頃からしばしば厨房に現れ、中でうろうろしては「料理の盛り付けが悪い」だとか、「料理人の教育がなっていない」などと言うようになった。「銀茶寮」は閉店時間が「星岡茶寮」よりも早い。店を閉めた後どこかで酒をひっかけ、酔った勢いで松浦の元にやってきていたのだ。その頻度は増え続け、仕舞いには毎晩のこととなった。もちろん長くここにいる料理人たちは武山の方に付く。諫める者などいるはずもなかった。

松浦も、武山の気持ちがわからないではない。魯山人に尽くしてきたという誇りが人一倍あったのだろう。その信頼を若い松浦に奪い取られ、寂しさと共に嫉妬の感情が抑えきれなくなっていたのだ。

暫くはその〝助言〟を黙って聞いていた松浦だったが、辛抱も限界に達した。ある晩ついに、それは松浦の口から溢れ出た。

「あなたはどういうつもりで私のところに毎晩毎晩やってくるんですか？　男同士、何が気に入らないのか、今日ははっきりさせようじゃないですか」

武山は真っ赤な顔で松浦を睨み付ける。武山が言い返そうとするところを、松浦はそれを遮って言葉を続けた。

「俺が主任になりたいと言っても、自分の意思でなれるもんじゃない。文句があるなら先生に言えばいいだろ。それが出来ないで、ぐじぐじ俺に向かって言い続けているあんたは本当に卑怯だ」

そして出刃包丁を二本手に取ると、その一本を武山に渡す。

「決着を付けようじゃないか。それを持って庭に出ろ。あんたには奥さんも子供もいるだろうけど、俺は独り身で悲しむ者もいない。だから本気で刺すからな」

武山が包丁を手にすると、じっと様子を見ていた周囲の料理人たちも二人を羽交い締めにする。

「離せ。馬鹿野郎。離しやがれ」

松浦の怒号を背に、武山はとぼとぼと厨房から去っていった。

それから数日後。現場の空気を察して、魯山人は大広間に百名余りの従業員全員を集めた。

「松浦、ここに来い」

と、自分の横に立たせると魯山人は続けた。

「今から俺の言うことをみんなよく聞いておけ。俺の言うことが聞けない奴は今すぐに辞めろ、いいな。こと、料理に関しては、俺がここにいる時は別だが、いない時はこの松浦が俺の代わりなんだから、松浦の言うことは俺の言うことだと思ってみんなやれ。松浦は年が若いから、そんな奴の下でやるのは嫌だという奴は今すぐ出ていけ。みんな辞めてもいいぞ。全員辞めてもかまわん」

大広間はしんと静まり返り、みな下を向いていた。

その頃は景気も悪く、誰一人茶寮から出る者はいなかった。暫くはそれで事態は収まったかに見えたが、また一つ事件が起きる。

客に出した料理の中に、髪の毛が一本入っていたのだ。魯山人は激怒し、「まずお前から髪を刈れ」と松浦に言い、その後他の料理人全員を丸坊主にさせた。

既に厨房は、若い松浦が手に負える状態にはなかった。そして、その反発は松浦だけではなく、魯山人そのものへも向けられるようになる。それは仲居たちの間にも同様に広まっていった。

寄宿舎を設け、給料も他所《よそ》の店よりずっといい。残業もない。従業員に対して最高の環境を整えている「星岡茶寮」だったが、問題は、魯山人への恐怖心だった。

魯山人は少しでも気に入らないことがあると大声で怒鳴りつける。「私娼の腐った奴」と叱られ、泣き出す仲居もいた。しかしそれで済めばいいが、簡単に「明日から、もう来なくていい」と解雇を宣言する。魯山人という絶対権力者の前に従業員はみな怯え続けた。

今では周囲に聞こえるような声で、魯山人のことを「土山人」と言う者までいる。客に伝わることはなかったが、「星岡茶寮」の裏側は開寮以来初めてという最悪の状態に陥っていた。

そして丸坊主事件の三か月後、恐れていたことが形になる。

料理人三十人のうち二十七人が参加するストライキが起きたのだ。もちろん松浦はその間に立たされる。結局二十七人中八人が茶寮側に寝返り、ストは六時間余りで終結した。しかし、それは新聞記事にもなって世間を騒がせた。

◇

松浦は平野の前で、苦しそうな表情を浮かべている。

「私が主任でいたのは二年余りです。もっと長く続けたかったんですけどね……」

「それは、先生が解雇されたためですか?」

松浦は頷いた。

平野は、自分が作り上げた「星岡茶寮」から魯山人が追い出されたことだけは知っている。しかし、なぜそんなことが起きたのか、その真実にまでは辿り着けていない。

「その一因には、私が料理主任になったこともあると思っています。もちろんそんなことは理由のごく一部だったでしょうけど」

「一体、何があったんですか？」

平野は身を乗り出して尋ねた。しかし、松浦は眉間に皺を寄せてしばらく考え込む。その質問から逃れるように、湯飲み茶碗を口に当てたが中には何も残っていなかった。

「先生には絶えず、料理を芸術にまで高めたいという意識がありました。そんな料理屋、今も昔も世界中見回しても存在しないでしょう。料理が重んじられるフランスや中国でもなかったことだと思います。

しかし、先生はそれを本気でやろうとしていた。だから二十二歳の男を主任にするとか、最善と思えば躊躇なく実行に移す。そんな先生の行動に付き合っていくにはとんでもないエネルギーと緊張感が必要なわけです。でも、それを長続きさせることは難しい。

『星岡茶寮』は初めから、永遠に続くような料亭ではなかったのかもしれません。きっと……とんでもない大実験をやっている、そんな場所だったんでしょう」

松浦は言葉を選びながら、その結末を話し始めた。

◇

茶寮には、初夏になると京都の山間《やまあい》を流れる和知川《わちがわ》から、毎日千匹弱の鮎が届いた。

鮎は生息地によって味が異なる。それは水質、水流、餌にする珪藻の質によって決まると言われている。魯山人は方々の鮎を食べて丹波の北十数キロほどの山間を流れる、この和知川の鮎が一番と感じた。

その輸送を請け負ったのが川魚の卸「魚梅」だった。夜になると、トラックの荷台に積まれたいくつもの四斗樽の水槽に鮎を入れ、夜中の十二時に「魚梅」のトラックが京都駅に向け出発する。

荷台に同乗した人夫が砂利の坂道に揺れながら、立ったままの状態で柄杓を使って鮎に滝のように水をかけ続ける。六、七時間の移動中、これを少しでも怠ると鮎は活きたまま東京には届かない。

そうして京都駅に着いた鮎は半日休ませ、夜七時五十分の急行の郵便列車に載せられる。そして東京までの十一時間余り、その車内でもトラックの時と同様の作業を続け、名古屋と沼津では水を補給する。暑い夏場のため水温の調節には氷を使い、五分でもうたた寝をすれば鮎は腹を上にしてまもなく死ぬ。一晩中、柄杓で水をかけ続けると翌日は肩が上がらなくなり、東京駅からトラックで到着した時に人夫たちはその場でしばらく立てない状態だった。

この鮎は、夏季の納涼園の主役だった。茶寮では閑散期の夏場、店は休業し、この納涼園を数日おきに開いた。庭園にテーブルや椅子をセットし、一般客にも開放して二円五十銭くらいから軽い酒肴を供する。

そして、昭和十一年の七月。この日も、納涼園が行われていた。松浦も厨房と庭園を忙しく動き回っていたが、その耳に「先生がクビになった」という知らせが届く。

「そんなことが起きるはずがない」

松浦には到底信じられない話だ。しかし、その時〝魯山人の解雇〟について知らなかったのは、従業員の中で松浦だけだった。詳しく聞くと、それを決めたのは、茶寮の経営者である中村竹四郎。竹四郎の決意は固く、魯山人には二度と「星岡茶寮」の敷居は跨《また》がせないと周囲に宣言していた。

その日、松浦は自宅に戻っても身体中から生気が抜け出たような感じがして、何も手につかなかった。魯山人は気難しく、働いていて癇に障ることも無数にあったが、それでも自分の味を認めてくれたのは魯山人だったし、まだまだその傍で学ぶことは多かったはずだ。

松浦は魯山人のいない「星岡茶寮」に何の魅力も感じなくなり、翌日からアパートに引きこもったまま無気力な日々を送る。

仕事をサボって一か月ほど経った時、そのアパートに中村竹四郎がやってきた。いま茶寮は休暇中でそれほど問題は起きていないだろうが、秋になり営業が再開されれば、松浦のいない厨房は大混乱をきたす。それは目に見えていた。

竹四郎はその前に、松浦を何としても厨房に呼び戻そうと考えているはずだ。魯山人のクビを切った張本人を前にして冷静でいることは難しかったが、松浦はひとまず話だけは聴くことにする。

焦《じ》れているに違いない竹四郎がてっきり強い態度で説得してくると思っていたが、その口調はいつもと変わらずとても穏やかなものだった。

「なにか気分がすぐれないようなら、温泉にでも行っておくれやす」

と言うと、二か月分の給料に当たる金を差し出す。松浦はそれに拍子抜けした。

竹四郎の取る態度に、松浦は冷静さを取り戻した。

確かに竹四郎は、松浦などよりもずっと長く魯山人と付き合ってきている。そして、いつも温厚で決して声など荒らげたことのないこの人が〝魯山人解雇〟に踏み切ったのには、よほど深い理由があるに違いない。そんな考えが浮かんできた。

竹四郎の来訪以来、松浦は茶寮に戻るべきか迷い続けたが、結局その情熱が再び燃え上がることはなかった。

そんな時のことだった。ある人物からこんな誘いが舞い込んでくる。

目黒に日本でも三本の指に入る立派な数寄屋造りの屋敷を見つけ、そこで料亭をやる計画がある。下見をする時に松浦にも立ち会ってもらえると、先方から借りやすくなるから付き合ってほしいというものだった。

遠回しの誘いだったが、家にずっといるのもつまらなくなっていた松浦は、その下見に同行した。そこは中目黒の高台にある邸宅で土地の広さも二千坪あるという。敷地の中には人工の富士山もあり、安藤広重も錦絵の中にそれを描いた名所だった。客室は茶室、洋間を合わせて大小十二室。それを見て回っていると、松浦の中で仕事への意欲が湧き始める。いや、どんな物件を見ても、同じ感覚を持っていたのかもしれない。それほど松浦の心は渇ききっていた。そして、思った。「先生とは縁も所縁《ゆかり》もないここなら、自分をリセットし料理人として再スタートが切れるかもしれない」と。

松浦は、すぐに「星岡茶寮」を辞して、その開店作業に携わることにした。

店の名は「目黒茶寮驪山荘《りざんそう》」。松浦はその初代料理長に就任する。献立も食器も全て一から考えることの出来る立場は、松浦にとって魅力的なものだった。しかも、ここなら絶えず魯山人を意識し、先輩たちからは目の敵にされて窮屈だった「星岡茶寮」時代とは違い、自分のやり方で自由に振る舞うことが出来る。その店で松浦は躍動した。

開店から少しすると、混乱を続ける「星岡茶寮」から料理人の八割がここに移ってきた。それによって「星岡」の味は落ち、会員もそのほとんどが「目黒」へと流れてくる。魯山人の名声を借りずに、店を成功へと導けたことは松浦にとって大きな自信になった。

しかし、その繁盛も僅かの間だった。日本は戦争へと突き進み、東京の上空では空襲が続く。

そして、昭和二十年、「目黒茶寮驪山荘」も「星岡茶寮」も灰燼《かいじん》に帰した。

そこまで話して、松浦は大きく息を吐いた。

「先生が茶寮にいたのは十二年ほどです。いなくなった時に、店は既に死に体となっていた訳ですから、『星岡茶寮』はたった十二年しか存在しなかったことになる。老舗料亭などが平気で何十年と続く中、それは本当に残念なことだったと思っています」

松浦の言う通りだと平野は思った。

日本料理界の頂点に君臨した「星岡茶寮」のあまりにあっけない幕切れ。もっと続けていれば、今の日本料理の姿が変わっていた可能性だってある。

中村竹四郎も、茶寮存続のため力は尽くしたのだろう。恐らく松浦に代わる優秀な料理人を探し求め料理主任に据えたに違いない。しかし、それでも会員たちの舌を満足させることは叶わなかった。

その一方で、こんな見方も出来るかもしれない。松浦は「目黒茶寮驪山荘」の成功を、さも自分の手柄のように語ったが、「星岡」の会員たちがそこに流れていったのは、単に魯山人の味を追い求めたからではないだろうか。魯山人の喪失は、日本の食通たちに大きな衝撃を与えたのかもしれない。

松浦の話は既に終わっていた。しかし、平野の中には大きな疑問が残ったままだ。

なぜ魯山人は「星岡茶寮」からクビを切られなくてはいけなかったのか……。

その疑問について、松浦が本当の理由を知りながら話の中で避けて通ったのには、きっと深い訳があるのだろう。だが、ここまでの話を聞く限りでは、魯山人と松浦の間に諍《いさか》いのようなものは存在しない。見舞いに来ることを躊躇《ためら》う理由は、二十三年間一度も連絡を入れず、不義理を続けてい

◇

ることくらいしか思いつかなかった。

平野はもう一度頼んでみようと思った。そしてそれを口にしようとした時、松浦は顔を歪めながら、見舞いには行けない訳を自ら語り始めた。

「星岡茶寮を辞めてずいぶん後のことでしたが、その『目黒』の茶寮に誘ってくれた人が、先生の解雇を画策した人だとわかったんです。その人が経営者の中村竹四郎の行動を全て支配していたんです」

「えっ？　それは……誰だったんですか？」

ようやく聞きたかった真実が、顔を覗かせようとしている。平野はそう思い、身体を前のめりにさせた。

松浦の目が泳いでいる。どこまで話していいものか悩んでいるように見えた。

魯山人を解雇した首謀者は、それまで「星岡茶寮」の中にいた人間なのだろう。茶寮で起きたストライキなどでも先頭に立って、魯山人に反目してきた可能性もある。いずれにしてもその人物の画策の内容を聞けば、解雇の理由がはっきりするのは間違いない。

しかし、松浦はその目を瞑り長い沈黙のあと、言葉を絞り出す。

「それだけは、申し上げられません」

つい口走ってしまった自分を責めるように、松浦は奥歯をきつく噛みしめた。

松浦は、魯山人を解雇した人物に、故意ではないにしろ加担してしまった。だから自分はどうしても見舞いには行けない。ただそれだけを平野に伝えたかったのだ。

その人物が、今も松浦の近くで何かしらの影響を及ぼしている可能性も考えられる。平野はもう諦めるしかなかった。

夜の営業準備のため、奥の厨房が騒がしくなった。その物音は、平野にここから早く立ち去れと言っている。平野がノートを鞄に仕舞い始めると、松浦の閉じた目から涙が溢れ出し、両肩が小刻みに震え始めた。

松浦にはまだ話しておきたいことがあるらしい。平野は慌ててノートを開いた。

松浦は目を薄《うっす》らと開けると、震える声で語り出した。

「私を……『星岡茶寮』に導いてくれた兄が亡くなる少し前に、こんなことがあったんです。兄から言い残したことがあると言われて家まで急いだのですが、そこで兄は枕元にまで私を近づけて、こんな話をしたんです。

あれは……お前が「星岡茶寮」の料理主任になって間もなくのことだった。突然、魯山人から電話があって、弟のことで話があるからちょっと来いと言われたんだよ。私はね、てっきりお前がへまをやらかしたのだろうと思って、慌てて茶寮に走った。すると、魯山人が私に向かってこう言ったんだ。

『今まで俺は五百人以上の料理人を見てきたが、本物の味がわかるという点では、君の弟ほどの者はいなかった。二十二歳で主任になるのは珍しいことだが、それが君の弟にとって幸せなことなのか不幸なことなのか、それは今後の問題だ。これはチャンスを与えられたというだけのことで、慢心したらそれでお仕舞いなんだ。

せっかくの才能を伸ばすためには、これから料理の本でも何でもいいから出来るだけ本を読むように指導してほしい。

人間オギャアと生まれた時にちゃんと決まったものがある。これぱっかりはどうにも出来ない。

幸い君の弟は類い稀な舌を授かった。それを生かすも殺すもここからの勉強次第だ。欲に溺れず料理を学び続けることだ。すると最後には料理は悟ることだと知る。決してこしらえることではない、と。名人の料理というものはこれなんだ。

そして結局は、人間の問題なんだと気づくだろう。だから料理だけではなく、君の弟には人間を鍛えてほしい。しかし、くれぐれも今日のことは本人には言わないように』とな。

こんな病床の身で、今を惜《お》いて話す機会はないだろうと思ったから、魯山人との約束を破って伝えることにしたんだ。

兄からそんな話をされた時、私は、ただただ先生に申し訳なくて……」

松浦は、平野の前で嗚咽《おえつ》した。

恐らく、兄からその話を聞いたのは「目黒茶寮驪山荘」を開寮し、それを誘った人が魯山人解雇の首謀者だったと知った後だったのだろう。

松浦は、涙を手の甲で拭いながら続ける。

「私は、目黒の料亭を成功させ、いい気になっていた。先生の手を借りずとも、日本のトップともいえる食通たちの舌を魅了したと思い上がっていた。

しかし、先生が目指せと言っていたのは、そんなもんじゃなかったんです。決して、その程度のもんじゃない。『料理を悟れ』。それはもっともっと上のことだった……」

松浦は自分を責め続けた。兄が今際《いまわ》の際《きわ》に語った、魯山人からの〝伝言〟。それは松浦の心の中に二十年余り、ずっと住み続けていたのだ。

松浦に伝えた言葉は、恐らくは魯山人が自分自身に突き付けていた料理の極みだったのだろう。

その精神を松浦に受け継がせたいと思っていたのかもしれない。だとすると、その松浦が〝首謀者〟の下で働いたという事実は、魯山人にとっても辛いことだったのかもしれない。

松浦が見舞いにどうしても行けない本当の理由はそこにあった。


平野は店を去る際、「魯山」と書かれた看板を見ながら松浦に一つだけ尋ねる。

「このお店の屋号は？」

「先生には何の断りも入れていません」

「いえ、そういう意味ではなくて……どうして、この名前にしたのかなと思いまして」

松浦は苦笑いしながらこう返した。

「なんでしょうね。先生に見守られているような、楽すると叱ってもらえそうな、そんな気がしてつい付けてしまったんです」

その言葉に何か温かいものを感じ、そして思った。

この人は、今は魯山人と顔を合わせることは出来ないが、将来、必ずその墓前に花を手向けに行くんだろうなと。


平野は帰りの車中で、松浦の言葉を写したノートを見ながら、改めて魯山人という人の偉大さや不思議さを痛感していた。

魯山人の才能はとんでもない磁力を生み出し、周囲の人間はその渦の中に巻き込まれていく。そこでは幸運なことも起これば、不幸な事態にも遭遇する。しかし、共通するのは、魯山人と会った瞬間みんな、この人は自分をきっと変えてくれると予感したことなのではないだろうか。

事実、平野もその一人だった。僅かに違う点があるとすれば、平野は魯山人のあまりにも大きな存在に恐れ、〝渦〟の中心からはある程度の距離を置き続けてきたことだ。

しかし、松浦の言葉はそんな平野に勇気を与えてくれた。二十歳そこそこで、魯山人の舌を試したという大胆さが平野に力を授ける。

「僕にも、先生の伝記が書けるかもしれない……」

以前、魯山人から伝記を書けと言われた時、平野は戸惑い、結局うやむやにした。魯山人が満足してくれるようなものを自分が書ける気がしなかった。

実際、魯山人の業績は広範囲過ぎて、どこから手を付けたらいいのか見当もつかない。しかも、その人格は複雑怪奇。行動を共にしていても、本音がどこにあるのか全くわからない。下手なものを書けば、人格を否定されるほど怒鳴りつけられるに決まっていると思った。

しかし、松浦から昔の話を聞き、僅かだがそのコツを掴んだような気がした。これから魯山人の人生を見てきた人々に、お見舞いを頼み込むという口実で近づき話を聞いていけば、本質に近づくことが出来る。それは最後には、自分を伝記という形にまで導いてくれるかもしれない。

とはいえ、解き明かしていかねばならないことは無数に存在するのも事実だ。

例えば、その一つは魯山人が「星岡茶寮」を解雇された理由だろう。原因は何だったのか。松浦が後で知ったという、それを〝画策した人物〟とは誰だったのか。

これからもリストの中の人たちと会うたびに宿題が増え続けることが予想される。それに対し一つずつ丁寧に解釈を与えていかねばならない。

残された時間は少なかった。早く鎌倉に戻り、次のアクションを起こす必要がある。平野の気持ちは急《せ》いた。

リストの二人目　武山一太

神戸から戻った三日後、平野は武山一太の元へと向かった。

松浦が「星岡茶寮」で働いた期間は、魯山人がいた十二年間の最後の四年。

それに対し、武山は茶寮が始まるはるか昔、「美食倶楽部」の頃から魯山人の傍で働いている。

書家として仕事をスタートさせた魯山人がなぜ料理屋を始めたのか。それ以前に、日本料理を根底から変えたと言われる技術を魯山人はどうやって手に入れたのか、武山に会えば、その辺の事情が見えてくるはずだ。

平野は、紀尾井町《きおいちょう》の割烹旅館「福田家」の前で足を止めた。「福田家」は今、武山が厨房を預かっている店だった。

この場所は、元は尾張徳川家の中屋敷のあったところで、維新以降は明治皇后の侍従長だった香川伯爵が屋敷として使っていた。その一部を買い取り、戦後まもなく料理旅館にしたのが「福田家」だ。その際、魯山人も協力し多くの陶芸作品を贈っている。

しかし、ここは平野にとって苦い思い出のある店だった。

それは五年前、魯山人に付き添った欧米旅行から帰国した日のことだった。この「福田家」に、魯山人に近しい人たちが集まり歓迎会が行われたのだが、そこに平野の両親も訪れた。両親は自分の子供が高名な魯山人の秘書として欧米を巡り、無事帰ってきたという喜びで一杯だった。

両親は人々の前で、魯山人に平伏して御礼の挨拶をする。すると、二人に向かって魯山人は、

「あんた方は息子に一体どういう教育をしたんだね。早稲田大学の文学部に在籍しているって言ったって、英語がなっていないじゃないか」

と叱りつけた。両親はひたすら謝り続けたが、魯山人の怒りは一向に収まらない。歓迎会は開始早々重たい空気に包まれた。両親と共に平野は、宴が終わるまでずっと部屋の片隅で俯き続けた。


「えっ、先生が倒れたんですか?」

「重い肝硬変で。タニシの中のジストマが寄生していたようなんです」

「ジストマが……」

武山は顔を歪めた。今年五十三歳になる武山は、頬骨の張った顔立ちは職人らしく、身体つきもがっしりとしている。その話し方から武山の実直さが伝わってきた。

「僕が先生と初めて会ったのは十四歳の時でしたが、その頃からタニシがお好きで、これは身体にいいんだって毎日食べていましたから。それが災いするとは……」

「そこで、武山さんに先生を見舞ってほしいと思いここにやってきたのです。出来れば……なるべく早く」

その言葉で、武山は魯山人がもう長くないと悟ったようだった。

「もちろん、行かせてもらいます」

平野は胸を撫で下ろす。どうやら武山と魯山人の間には、松浦の場合のような気まずいことはないらしい。これなら過去の話も聞きやすいと思った。

「あと、一つお願いがあるんですが……」

平野は鞄からノートを取り出しながら、魯山人との記憶を語ってほしいと願い出る。

「ここに来る前に、松浦さんのところにも伺って、『星岡茶寮』の最後の方の話は聞いたのですが、それ以前のことは」

「松浦に会ったんですか。彼は元気にしていましたか？」

「ええ、神戸で『魯山』という店を続けていらっしゃいました」

「『魯山』ですか。あいつも先生の幻影から抜けられない口なんでしょうね。それは僕もなんですけど。いや、間違いなく僕の方が重症だ。

たぶん先生にこれだけ長く仕えたのは僕くらいだと思います。もうかれこれ四十年ほどになりますから。他は大概クビになるか、先生の振る舞いに耐えかねて傍を離れるかどちらかで、みんないなくなってしまった……」

武山はため息をついた。

「でも、初めはたった三人だけだったんです」

「三人だけ、ですか？」

「そう。先生と中村竹四郎さんと僕の三人だけ。先生と旦那さんは本当に仲が良くて、まるで学生が課外活動でつるんでいるといった感じでした。僕も先生の傍にいることが心地よかった……」

そう言いながら、武山は平野を三十八年前の世界へと導いていった。

◇

大正十年の四月。朝五時半。

武山一太は肩からブリキのバケツを下げて、房次郎（のちの魯山人）の背中を必死になって追いかけていた。

「ごめんよ、ごめんよ」と声を上げながら、天秤棒を担いだ軽子《かるこ》が横を通り過ぎていく。バケツを抱えているせいで、もうずいぶん引き離されてしまった。唯一、一太の助けになってくれているのは、房次郎が市場に似つかわしくない背広に外套を羽織りソフト帽を被って目立っていること、他の男衆よりも背が高く頭一つ飛び出していたことだ。

背の低い一太は時折、ぴょんぴょんと跳ねながらそのソフト帽を探す。すると遠くで、房次郎が振り向いて、銀の握りのついた杖をこっちに向かって振ってくれた。

京橋の店を出たのは五時。それでも河岸は買い物客でごった返していた。江戸時代から続く帝都・東京の台所に通うのが二人の日課だった。

房次郎にようやく追いついたのは、日本橋から江戸橋に広がる一帯のちょうど真ん中にある店、「甚兵衛」の前あたり。既に房次郎の手には、二つほどの肴の入った紙袋があった。仲買の「甚兵衛」は、季節によって鱸《すずき》、虎魚《おこぜ》、海老、蟹、鮑など質のいい魚介を揃えている。この日は、主人が店の奥から上等の鮪を取り出してきて、房次郎に披露した。

「中トロの一番いいところを二柵くれ」

房次郎がそう言うと、脂のよく乗ったそこを主人は丁寧に切り分ける。そして、全く値切ることもせずに十円札二枚を主人に手渡した。

そのお札を見て一太はため息をつく。房次郎は毎日こうした高価な食材を使い、店を訪れる客たちに〝ただ〟で料理を作り続けている。一太の目には、趣味にしては、あまりに贅沢な振る舞いに見えた。

さらに、そこから数軒、房次郎はそれぞれで最高の魚を買い上げた。一太が担ぐバケツはみるみる溢れ、肩にどっしりした重さを感じる。

一太は房次郎のところに来てすぐの頃、自転車を買ってほしいと頼んだことがある。その時、房次郎からは「自転車に載せたりしたら揺れて魚が傷む」と言われた。店のある京橋から河岸までは道も綺麗に整備され、自転車で揺れるはずがない。当時は房次郎がケチなだけだと思っていたが、五か月ほど経ち、一太の中には違う考えが根付いている。

「先生の食材に対する執念は、どの料理人よりも勝っているのだ」と。

買い物を続け、再び「甚兵衛」に戻るといつものように朝食を取った。「甚兵衛」は飯屋もやっている。この日房次郎が注文したのはクジラの尾、江戸前の蛸《たこ》の刺身、鮪の中落ち、そしてビール。

それを突《つつ》きながら、一太に向かってこんなことを言い始めた。

「今まではただで食べさせていたが、明日から金を取ることにしたで」

「えっ？」

「会員制の料理屋を始めようと思うとんのや。客に昼と夜、決まった数の食事を振る舞うつもりなんや」

それは一太にとって嬉しい知らせだった。趣味とはいえ、魯山人の料理は勉強にもなったし何の不満もない生活だったが、将来は一端《いっぱし》の料理人を目指していた一太には、今の店がちゃんとした「会員制の料理屋」になることは夢のような話だった。

「明日から忙しくなるぞ」と言って、魯山人はビールを旨そうに飲み干した。

武山一太が、京橋にある古美術店「大雅堂美術店」を初めて訪れたのは、その前年の十一月。

そこは小さな店でショーウィンドーには仏頭や古陶磁が並べられていた。表には石灯籠が置かれ、その脇の水槽にはなぜか数匹の鰻が泳いでいる。入ってすぐの六畳の土間には大仏瓦が敷きつめられ、隅には古い石塔、壁には油絵、仏画がかかり、全ての柱が黒く塗られていた。

一太が働くことになったのは、その奥にある台所だった。狭かったが古美術店とは思えないような立派な調理器具が揃い、板の間の下にはコンクリートの生け簀があり、そこには鼈《すっぽん》が飼われている。

二階には八畳の客間と四畳半、三畳の三室があり、三畳間が一太の寝泊まりする部屋になった。

この料理屋のような古美術店が開業したのは大正九年の一月一日。北大路房次郎が中村竹四郎と始めた店だった。ちょうど料理の出来る丁稚を探していた竹四郎の元に十四歳の一太はやってきたのだ。

一太は、岡山の貧しい家の生まれで、小さい頃から好奇心が強く特に絵と習字が好きな子供だった。小学校卒業と同時に父の知り合いを頼って上京。そこで料理を教えてもらい、間借りする家族の朝と夜の食事を作っていた。

初めて見る房次郎は、その時三十七歳。分厚いレンズの鼈甲縁の眼鏡をかけ、額は狭く鼻の下に髭を蓄えていた。大きな耳、肉付きのいい頰など、どれも大作りで、特に印象的だったのは柔らかそうで厚く盛り上がったロシア人のような手だった。

一方、房次郎の七つ下の中村竹四郎はやはり長身だったが、着物を柔らかく着こなし、どことなく女性的だった。竹四郎は初めて会った一太に「先生は何でも出来る、とても偉い芸術家なんやで」と房次郎のことを紹介した。

竹四郎は人前では房次郎のことを「先生」と言い、二人きりになると「兄さん」と使い分けている。一太も房次郎のことを「先生」、竹四郎を「旦那さん」と呼ぶようになった。

以前、雑誌のカメラマンだったという竹四郎は顔が広く、店を訪れる客のほとんどが知り合いだった。店は溜まり場のようで、客人はすぐに二階の八畳間に上がり込む。そして昼前になると房次郎が「じゃあ、僕がやるか」と言って、一太を連れて台所に行き料理を作り始める。そんな「大雅堂の昼食会」は評判を呼び、八畳間には次から次へと新しい顔ぶれが揃うようになった。

そして、開業医から呉服商、東京市の局長クラスに至るまで多岐に亘る人たちを会員にして始めたのが、「美食倶楽部」だった。


「えっ、そんなに取るんですか？」

一太は思わず声を上げる。竹四郎から、会員証代わりの木の札と十枚綴りの回数券を作るように言われたのだが、その十回分を二十五円で売り出すという。その時の一太の月給は三円だった。今まで無料だったものが、急に有料になり、しかもこの値段だ。一太は会員などそれほど集まるはずがないと思った。

しかし「美食倶楽部」開始の日、さらに驚くことが起きる。

「一太、ショーウィンドーから瑠璃南京《るりなんきん》を持ってこい」

「瑠璃南京」とは、中国の明時代末期に作られた古陶磁で、直径が二尺近く（六十センチほど）ある大皿だった。文字通り瑠璃色の下地に白い草花文様の染付がなされている。

房次郎はその表面を丁寧に拭くと、あろうことかそこに鯉のアラ煮を豪快に盛り付けた。その様子に目を丸くした一太が、「いいんですか？」と震える声で問いかける。こんな骨董品に料理を盛って出す料理屋など見たことも聞いたこともない。

「器は料理を盛るために作られたんや。盛らん方が問題やろ」

と言いながら房次郎はニヤッと笑う。盛り付けが終わると、房次郎は客の待つ二階の八畳間へと狭い階段を上っていく。一太も取り分けの小皿を持って付き従った。

魯山人が得意げに「瑠璃南京」に盛られた料理を卓の上に披露すると、それを見た客たちは一斉に歓声を上げた。

部屋の中には薄口醤油と出汁の香りが充満し、高貴な大皿には艶やかに光る堂々たる鯉料理。それを前に料理の説明をする房次郎を、一太はうっとりと見つめ、思った。

「先生は人をもてなし、驚かせる天才なんだ」

その他の料理も、伊万里の青花白磁など全て店にある古陶磁に盛り付けられた。

もちろん片づけは一太の仕事になる。洗ってから水気を拭き取り、また元のショーウィンドーに戻す。全てに神経を遣った。もし傷でもつけたら、その損害は自分の何年分の給料になるかわからない。

一太の気苦労をよそに、その演出は評判を呼び、会員数はあっという間に膨らんだ。しかし、東京の食通たちを虜にしたのはもちろん器だけではない。房次郎は、東京ではあまり見ることのない北陸や関西の食材を好んで使い、客たちの好奇心を搔き立てた。

例えば、近江から取り寄せた青首鴨、琵琶湖のヒガイやアマゴ、北陸の真鱈やその白子、さらに鼈の吸い物や鍋、雑炊もよく作った。その味付けは京風で、それは東京の人間には目新しい。

また初期の料理の特徴として、支那料理がしばしば顔を出した。鱶鰭や燕の巣、なまこの乾物、金海鼠《きんこ》なども多く仕入れた。

献立は房次郎が書くのだが、そこにも支那かぶれがよく表れている。

「食単　四月念五日晩」

一、小菜六珍　海鱧、嫩芋（若い芋）、糸豆、仮西施舌（赤貝）、薄醃鱒、温魚（いわし）

一、餅鯨汁椀（くじらのおばけ・尾を茹でスポンジ状にした物）

一、大真歯（かれいの背びれの肉）

一、比目扁魚酒洗（かれい）

一、腐脳羹（白子）

一、海鶴半汁（あかえい）

一、白汁魚王（鯛）

一、碧緑魚炒製（べらの天ぷら）

一、蓴菜椀（じゅんさい）

一、食後珍果及飲料（すいか、ぶどう、びわ、みかん）

その一方で房次郎は暇を見つけては、二階で書を書いたり、扁額制作に没頭した。扁額作りの時、房次郎は木の板に一文字一文字を鑿《のみ》で彫っていく。子供の頃から習字や美術に興味のあった一太は、その姿に魅了された。部屋の片隅にちょこんと正座して、仕事ぶりをじっと見つめる。

「なんて多才なんだ。この人はきっと僕の一生の先生になる人だ」

一太は、房次郎のことをそんなふうに思うようになった。

店に住み込んでいるのは一太だけではなかった。房次郎と竹四郎は家が鎌倉にあるにも拘《かかわ》らず、月のほとんどを「大雅堂」で過ごしている。

夜の客が引くと、必ず房次郎が「おい一太。銭湯に行くぞ」と声をかけてくる。その横で竹四郎が三人分の手ぬぐいなどを甲斐甲斐しく調える。一太には、房次郎と竹四郎がまるで自分の父親と母親のように思えた。

近くの銭湯でひと風呂浴びると、現金をポケットに突っ込んで街に繰り出した。銀座の「タイガー」「ライオン」などのカフェから、築地の「錦水」などの名料亭を何軒もはしごする。特によく行ったのは近所のカフェレストラン「鴻乃巣」だった。その大看板は「鴻」「乃」「巣」と一文字ずつそれぞれの板に彫られ、房次郎の代表作でもあった。そして夜中の二時過ぎまで食べ歩きは続き、房次郎と竹四郎は酔っぱらって四畳半の部屋に並べられた布団に転がり込み、翌朝はまた五時から買い出しに行く。

この頃の一太にはそんな心温まる思い出ばかりで、房次郎から酷く叱られたという記憶は全くない。

一度、房次郎の目を盗んで台所で煙草を吸ったことがある。初めての喫煙でむせていると入口の方から視線を感じた。房次郎だった。今度ばかりは怒られると覚悟したが、「煙草はまだ早い」と言われただけだった。まるで父親からたしなめられたような感覚だった。

房次郎も竹四郎によく相談し、三人は深い信頼関係で結ばれていた。その温かみや和やかな空気は、どこかで「美食倶楽部」の会員たちにも伝わっていたのかもしれない。二年ほど経つと、その登録会員数は二百名余りに膨れ上がった。

貴族院議長の徳川家達《いえさと》を始め、政治家、財界人、元横綱太刀山《たちやま》、歌舞伎役者の片岡仁左衛門など東京の名士たちが名を連ねる。店の前の狭い路地には自動車が渋滞を起こし巡査に注意されることもあった。もはや、古美術店というより立派な料理屋になっていた。

会員が多くなるにつれ、さすがに三人だけでは手が回らず、女中を三人雇い、厨房にも新しい料理人が増えた。それが二十九歳になる中島貞治郎だった。

中島は入れ方（料理人の派遣会社）からやってきていたが、その前は東京一の名料亭、関西料理を売りにする築地「錦水」で煮方を務めていた。

「いっちゃんも、ほんまもんの料理人になりたいと思うんやったら覚えとき。厨房にはな、軍隊のように位があるんや。洗い場から始まって、盛り付け、脇板、焼き番、向こう板、煮方とあって、それから主任や。主任が指揮官になるんやで」

中島は、一太にプロの料理人の仕事の仕方を細かく教えてくれた。しかし、その中島はここに来たばかりの頃は、房次郎の調理には否定的だった。例えば、房次郎が鼈を下ろすと、一太にこっそり「あんなのは素人のやることだ」と言ってみたりする。房次郎は鼈に布をくわえさせて首を伸ばしたところを包丁で切り落としたが、中島は鼈を仰向けにし、首をもたげたところを左手で摑んで首を落とす。

一太は初めてプロの仕事に接すると共に、こんなことを考える。

「一体、先生はどこで料理を身に付けたんだろう。味は抜群だが、中島が言うようにきっと基本的なことは出来ていない。全てが我流だ。もし誰にも習わずにこれだけの料理が作れるというのなら、それこそ天才じゃないか」

一太が「大雅堂」に来てから二年半ほど経った大正十二年の夏。

房次郎は会員向けに新しい試みを始める。鎌倉の明月谷の自宅近辺の野天で「朝食会」を開くというものだった。これに一太と中島も駆り出された。

その日の参加者は子爵の岡部長職《ながもと》など数名。前日の夕食を楽しむと、一行は浄智寺に泊まった。しかし、その時点で翌朝の献立は決まっていない。

日の出を愛でながら朝食を取るという趣向で、中島は夜もほとんど寝られず気を揉んでいたが房次郎からはなかなか指示が来ない。翌日、空が白み始めた頃、ようやく賀茂茄子に東坡《とうば》豆腐（豆腐に衣をつけて揚げた卓袱《しっぽく》料理）、温泉卵などがいいんじゃないかと房次郎から言われ、二人は慌てて調理を開始する。

しかし、裏の畑に石炭焜炉《こんろ》を据えて料理を始めようとしたがなかなか火が熾こらない。しかも、ここには水道もなくビールや果物は川に浸けるしかない。料理をする傍ら、蓙《ござ》を敷き縁台の準備をすることも二人の仕事だった。

どうにか日の出前に全ての支度を整えると、客人たちは料理と酒、そして野趣溢れる演出を大いに喜んだ。

食事が済むと、房次郎も竹四郎もさっさと引き揚げてしまい、残ったのはまた中島と一太の二人きりだった。炎天下の中、川で食器を洗っているうち、中島が腹を立て始める。一人前の料理人にここまでさせるのかと、一太に向かって不満を漏らす。

そして片づけが終わると、中島は竹四郎に「暇を頂きます」と告げた。

その日の夕方のことだった。

「なんや、お前あの時怒っとったんか？」

と房次郎が中島に話しかけてくる。中島がぶすっとしていると、房次郎は甚平姿のまま外に出ていった。そして右手に鶏、左手に徳利を下げて帰ってくる。

「これからライスカレーを作ろう思うてるんや。料理は俺がやるから、お前たちは風呂を沸かせ」

縁側で三人、風呂上がりに食べたカレーは格別の味だった。房次郎の振る舞いは全てが自由奔放だ。それが中島のように生真面目に生きてきた人間の心にふっと入り込む。

カレーを食べ終わった後、中島は一太に小声で囁いた。

「いっちゃん、俺は一生、先生についていこうと決めたわ」

当時の房次郎には、そんなところがあった。仏頂面が常だったが、時折優しいところを見せる。それをされた人間は大概が房次郎の虜になった。

一太にも、こんな思い出がある。

肌着などの洗濯は全て一太の仕事だったが、ある日、使いから戻ると房次郎が一太に言った。

「お前の寝間着、臭くてしゃあないから洗っておいたで」

外の物干しを見上げると、寝間着が夏の日差しの中、ゆらゆらと揺れていた。

◇

「若い頃は、先生はそんなだったんですか？」

平野は大きな声を上げた。

武山の話は、平野にとって信じがたいものだった。魯山人の癇癪《かんしゃく》持ちは、生まれながらのものとずっと思っていた。

「ええ。平野さんには不思議に思えるでしょうね。今とは別人のようですから。むしろ、中島さんにカレーライスを作ったり、人から嫌われることを避けるようなところまであった」

「先生が、武山さんの寝間着を洗ったんですね」

「そう。僕くらいじゃないですかね、天下の北大路魯山人に、寝間着まで洗わせたのは。それは、あの頃の僕の一番の思い出になっています」

武山は過去を嬉しそうに振り返った。

「あの頃、僕は一度も先生から叱られた記憶がないんです。だから、どれも楽しかったことばかりで。十五の時、先生に初めてビールを『鴻乃巣』で飲まされて、それが驚くほど苦くてね。今もビールを飲むたびにその時のことを思い出すんです」

声を荒らげることもなく、竹四郎と心をよく通じさせ、部下の中島や一太に対しても気遣いを続ける。そんな魯山人がどうして変わってしまったのか。当時のままなら、今も魯山人の周囲には人が集まり続けていたに違いない。

「男三人の暮らしと聞けば、女遊びばかりしていたように思われるでしょうが、そんなことも不思議なほどなかった。先生にも竹四郎さんにも奥さんがいたわけだから、当たり前といえばそうなのかもしれませんが、あの二人は食べることばっかりにお金を使って、赤線とか女郎買いは全くしませんでしたね。変なところは凄く真面目なんです。

まあ、あれだけ鼈や鰻を食べていたわけですから、あっちの方も盛んになるのは仕方ない。先生は五回も結婚してますからね」

と武山は笑って言った。

「先ほど話した『朝食会』は、大正十二年の夏のことです。その秋、先生の運命を変える出来事が起きるんです」

大正十二年の初め頃から、房次郎はよく「大雅堂」からいなくなった。向かった先は北陸の山代温泉だった。そこで陶器作りに挑戦し始めていたのだ。

食材は季節を追うごとに変わるが、店にある食器はそうはいかない。房次郎にとって、二度三度と訪れる客に同じ器を使い続けることは沽券に関わる。しかし、高価な骨董品を買い集めることなど叶わない。そこで自ら食器を作り始めたのだ。房次郎が、北大路魯山人を名乗り始めたのはちょうどこの頃のことだった。

◇

そして迎えた九月一日。

その日、一太は腸チフスで店の近くの病院に入院していた。

昼近く、ベッドの上で看護婦に身体を拭いてもらっている時に、大きな揺れを感じた。その揺れは執拗に何度も繰り返し起きる。寝間着のまま外に逃げ出すと、目に入る建物は左右に大きく動き、病院の塀が次々と倒れていった。

関東大震災が発生した時、魯山人と竹四郎は「大雅堂」にいた。二人は骨董品を一つも持たずに店から逃げ出し、皇居外苑の楠木正成像の傍まで避難した。そして、地震で発生した火災は店を丸ごと飲み込んだ。

魯山人と竹四郎は財産ともいえる古美術品を全て失い、ゼロからのスタートを余儀なくされる。

二人は芝公園内に震災の難を逃れた店舗を見つけ、そこで「花の茶屋」という小さな店を始めた。骨董は扱わない純粋な料理屋だった。手狭だったので本格的な料理を出すことも出来ず、足付きの縁高《ふちだか》に七、八品盛り付け吸い物を添えて出した。二円五十銭と手頃な値段だったのに加え、周囲には競争する店もまだなく、「花の茶屋」はあっという間に客で溢れ返った。

その小さな店で、十七歳になった一太は自分の将来について真剣に考え始める。二か月ほど思い悩んだ末、一太はやっと魯山人に思いを告げた。

「瓢亭《ひょうてい》に修業に行かせてもらえないでしょうか」

「瓢亭」とは京都南禅寺にある懐石料理の老舗だ。中島から店の評判を聞き、一度はそうしたちゃんとしたところで料理修業をしてみたくなっていた。

たとえ怒鳴りつけられ反対されても、一太は一人京都に向かおうと腹を決めていた。

すると、魯山人は、

「そうか。お前もそこまで考えるようになったんか」

嬉しそうな表情を浮かべた。そして少し考えこう続ける。

「そんなところに行かんでも、一太の望むようなことをしてやる。約束する。俺に任せるんや」

さらに、こんなことも付け足した。

「でも料理だけじゃあかん。花も器も理解できるようにならなあかんのや」

そう語る魯山人は一層大きな人物に見えた。そして、その言葉に素直に従うことにする。一太は何も知らなかったが、既にその時、魯山人と竹四郎の元に「星岡茶寮」貸与の話が舞い込んでいた。

それから一年半後の大正十四年三月。

「どや一太、見事やろ。お前にここを一番に見せたかったんやで」

魯山人は頬をピンク色に染め、興奮気味にそう言った。

「こんな立派な厨房はどこを探したってない。もちろん、『瓢亭』にだって負けるはずがない」

その言葉は間違っていない。一太の目の前には床が総檜造りの巨大な厨房が広がっている。「美食倶楽部」の頃は八畳間だけで接客していたが、ここは厨房だけでその数倍ある。いや、店の敷地に至っては六千坪。こんな大きな店をやっていけるのか心配にさえなった。

まだ、厨房機器が何一つ置かれていない空間を見つめながら、魯山人はこう言った。

「一太、俺はここで料理をやろうとは思っていないんやで」

「はあっ?」

魯山人の言葉の意味が理解できなかった。

「やるのは芸術や。俺はこの『星岡茶寮』で、料理も芸術になり得ることを実証してみようと思うとるんや」

今までと何が変わるのかまではわからなかったが、一太は魯山人の言葉に反応し、無意識のうちに身震いしていた。

遅れてやってきた中島貞治郎も、その厨房に目を見張り「ここは『錦水』以上やで」と言葉を詰まらせる。

二人に向かって魯山人は「ここに二種類の冷蔵庫を置く」とか、「ここには漬物の樽が来る」などと説明した。そして「あそこを見てみい。あの二階が俺の部屋なんや。厨房全てを見渡すことが出来るんやで」と指さしながら言った。中島は口をぽかんと開けて「はあ、はあ」と聞いている。

「中島さんでさえ驚いている。先生は趣味が高じて料理をしていると思っていたのに、どうしてこんな厨房を設計できたのだろうか。これまで料亭の厨房など見たことないはずなのに」

そして、一太は思った。

「やっぱり先生は只者《ただもの》じゃないんだ」

開寮直前の魯山人はまさに鬼神のような働きぶりを見せる。器を山代温泉や京都の伏見まで作りに行ったかと思うと、茶寮に戻り仲居たちの着物の意匠を考え、竹四郎が面接で選んだ料理屋で一度も働いたことのない女性たちに接客を事細かに教える。

ガランとしていた厨房にも次第に機器が揃い始め、山代温泉と京都から五千点以上の食器が届く。料理人も二十名が顔を揃えた。そのトップ、料理主任には中島が就き、一太は煮方の主任助手になった。一太はこの時十九歳。

少人数を相手にした「美食倶楽部」とは違い、今度は最大八十名もの客に料理を出さなくてはいけない。魯山人は自分のやり方をその二十名の料理人たちに伝える必要があった。

他所の料理屋でそれなりの経験を積んだ者たちを前に、魯山人はこう言い切った。

「ええか、今までの料理屋で習ったことはここではみんな忘れてほしい。まずは君たちがやらなあかんことは変わることなんや。

世間は君たちをどう見ていると思う。学校で勉強も出来ず、まっとうな仕事にも就けない者が料理人になる。つまり馬鹿にされているんやで。しかしな、料理は人の心を摑むには一番いい方法なんや。真心のこもった料理を出し続ければ、みな尊敬の眼差しで見るようになる。必ずなる。

ここでは仲居と乳繰り合ったり、仕入れを誤魔化すような板場職人は必要ない。料理と真剣に向き合い、食器や茶道、美術についても学ばなあかん」

実際の調理に入ると、彼らは「魯山人流」に面食らった。

「切る時は、圭角（玉の角）を立てなあかん」

大根を下ごしらえする時、ふろ吹き大根でも煮炊きする八つ頭でも切る時は面取りするのが当たり前だが、魯山人は面を取ったらあかん、野菜の角を鋭く切り立てろと言い続ける。

そして刺身でも、

「刺身を寝かせるな言うたやろ。立てろ。ぐっと立てろ。見るからに活きてなきゃあかんのや」

さらに調味料においても砂糖や味醂をほとんど使わなかった。全てで一般の料理屋とは違う発想を貫いた。

その他にも、魯山人は事細かに指示を出す。

「漬物をもっと大事にせい」

「魚を切る時は心を決めて包丁を入れろ。ちょうど筆で字や絵の線を描くようにやるんや」

「大根の皮をただ剝いて捨てるんやない。一番栄養があって旨いところやないか」

「お前の割烹着はいつ洗濯させたんや。もっとパリッと糊のきいたのを着なあかん」

十四歳から魯山人の傍にいた一太には当たり前のことばかりだったが、料理人たちは魯山人の言葉を聞いて一様に顔をしかめる。

そんな彼らと魯山人の間に立ったのが中島だった。中島はかつて「錦水」で働いていたこともあり、彼らの気持ちが痛いほど理解できる。魯山人が一人の料理人に向かって「旨すぎる料理を作ったらあかん」と言えば、中島は「それは素材の味を生かせという意味だ」と通訳した。

そんな修正を続けながら、茶寮が始まる直前、ようやく献立が固まっていく。

最終的に板場の二十名に加え、仲居などの接客四十名、帳場その他で十名。合わせて七十名の大所帯になった。

三月二十日、「星岡茶寮」が開寮した。

一人前の料金は、昼五円、夜八円。東京で最高峰といわれた築地「錦水」とほぼ同額。その金額を見ても、初めから魯山人が日本屈指の料亭を目指していたことがわかる。

初期の会員は、既に「美食倶楽部」で魯山人の料理を経験していた者たちがほとんどだったが、その時食べたのは、所詮骨董屋の二階で出されていた趣味的な料理だ。それがこんな大料亭という場所を手にした時どんなものに変わるのか、会員たちの期待は大きく膨らんだ。

「星岡茶寮」の一番の特徴は、それまでの料亭料理の定番だった「本膳料理」を廃止したところにある。本膳料理とは室町時代に武家を中心に確立された様式で、本膳、二の膳、三の膳とそれぞれ三、四品の載ったお膳を一度に客の前に出す。豪華さばかりを追求したものだったため、料理はすぐに冷めてしまい、魯山人のもてなしの精神に適うものではなかった。

魯山人は「美食倶楽部」でそうしていたように、一品一品をコース仕立てで振る舞い、熱いものは熱いまま、冷たいものは冷たく客に食べさせた。

しかも座敷に芸者を入れることを禁じ、仲居はお酌もしない。「料理を芸術にまで高める」という志を持っていた魯山人にとっては当たり前のことだったが、旧来の接客に慣れていた人々の目には新鮮に映った。

さらに客たちが手に取って愛《め》でたのは食器の数々だった。「星岡茶寮」ほど器に拘《こだわ》った店は存在しない。「大雅堂」の頃は骨董品だったが、ここでは山代温泉や京都の窯で魯山人自らが絵付けした食器がほとんどだった。魯山人は、器を作る時に既にどんな料理をどう盛ろうか考えていたため、料理と器が一体となった造形物になっている。

そのため自分の思いと違った盛り付け方を見ると細かく直させた。この頃から、魯山人の中で「食器は料理の衣装である」「料理と食器は夫婦の間柄である」といった考えがまとまりつつあった。

食材への拘りは「美食倶楽部」時代の延長線上にある。筍や茄子などの野菜類の多くは京都から送らせ、松葉蟹、貝類、甘海老、鴨は北陸から調達した。甘海老が寿司屋に登場するのは戦後のことで、初めて食べる味に客たちは興奮した。

野菜に関しては、のちに自宅のある鎌倉で作らせ、そこから毎日トラックで運ばせるようになる。茶寮に着くのは午後三時過ぎ。トラックが着くのを手ぐすね引いて待ち受け、着くや否や大急ぎで荷を下ろし調理する。四時過ぎには客が訪れ始めるため、一太たちはトラックが遅れる度に気を揉んだ。もう少し余裕が欲しいと魯山人に言っても決して取り合わない。かえってこう諭された。

「ここに一本の大根があったとする。もしそれがいま畑から抜いたばかりやったら、下ろして食おうが煮て食おうが旨いに違いないやろ。しかしな、それが古い物だったらどんな名料理人が心を砕いて調理しても、大根の美味を完全に味わわせることは出来ないんや」

開寮すると同時に、魯山人の頭の中には鎌倉に「星岡窯」を造る計画が出来上がっていた。茶寮の食器を自分の窯で作り上げる。それが魯山人の夢だった。

しかし、そこで作陶をしている間は、厨房から離れねばならない。その時、自分の代役を務めさせたのが主任の中島だった。そのため日に日に中島への注文が厳しくなっていった。

一太の前ではあまり弱音を吐いたことがない中島も、この頃は愚痴が多くなっていく。

「いっちゃん、先生が良寛の言葉を借りてよく言うやろ。『書家の習字と料理屋の料理、歌人の歌ほどつまらないものはない』って。これは商売で作った職人の料理はまずいという意味や。所詮、俺の料理はその『料理屋の料理』なんや。主任の俺が不幸なんは、自分の上に料理修業の経験がないのに、それでいて天才がいることなんや」

ある時、中島が座敷から下がってくる皿を見て満足そうな表情を浮かべたことがある。皿の上には何も残らず、客は喜んで料理を食べたのだろうと中島は思った。しかし、その様子を見て魯山人はこう厳しく言い放った。

「お客が食うのは当たり前のことやで。全てを食べたからいうて、料理が良く出来たと思うのはとんでもない思い違いや。それはな、絵描きが絵が売れ出すと堕落するのと同じことなんや。料理人たるもんは、あくまで自分の良心に照らして満足するような料理を作らなきゃいけないんや」

さらに、こんなこともあった。

試作品として〝南禅寺蒸し〟を、魯山人と竹四郎に出した時のことだ。それは豆腐と卵とだし汁を混ぜて蒸した後、表面に葛餡《あん》をかけた料理だった。手の込んだものではないが「これは食えるね」くらいのことは言ってもらえると中島は期待していた。

しかし、魯山人は竹四郎に向かって、

「なかなか洒落ているが、これは家庭料理風で女子供が喜びそうなもんやな」

と言った。それを中島は襖越しに聞いた。

そうしたことが起きるたび、中島は酒場に一太を連れ出すようになった。そこで塞ぎ込む中島に一太が言葉をかけ続ける。

「先生は、中島さんのことを本音では好きなんだと思いますよ」

それは気休めで言った言葉ではない。実際、魯山人はこんな気配りをしている。

中島は、魯山人から「一度お前の奥さんに帯を描いてやろうと思うとるから、羽二重を持ってこい」と言われた。中島がそれを忘れて届けずにいると、半年ほどして「約束の物やで」と、のしを付けた包みを渡される。中には葡萄の絵が描かれた帯が入っていた。

その後も中島は「好きでする料理人になれ。芸術家のような志を持て」と魯山人から何度も励まされ、勧められるままに茶道や華道を魯山人の下で学んでいった。

その後も「星岡茶寮」の料理は進化を続ける。

初期の料理で評判だったのは、狸汁やもくず蟹の揚げ物、鼈料理、鴨のすき焼きなどである。

狸汁は野生の狸を使った料理だった。臭みの強い太平洋側のものは避け、加賀白山で捕まえたものだけを利用した。調理の仕方は上身を薄く切り、出刃の峰で叩いて柔らかくする。これに味噌を加え酒に浸し、たっぷりと粉山椒をかけ下茹でする。その煮汁は臭いが付いているので捨てる。下煮した身を椀だねにして牛蒡《ごぼう》を加え、別に仕立てた味噌汁を張り、吸い口に粉山椒をかけて客に出す。

もくず蟹なら、利根川で捕れた蟹の甲羅を外して当たり棒で平らに伸ばし、老酒《ラオチュー》に一か月ほど漬け、最後は唐揚げにした。酒に漬けて食べる上海蟹と沢蟹の唐揚げを掛け合わせたような料理で、他所では決して食べられないと食通に好評だった。

鼈は内地産の上物は、京都の鼈料理店「大市」に七割押さえられ市場では品薄だった。そこで石川県の片山津、福岡県の柳川などの鼈を買い占め、茶寮の生け簀で絶えず生かされて置かれていた。それを使って鼈鍋や椀、丸蒸し、煮こごり、鼈おから、支那風の蘇州煮（野菜を組み合わせ、葛を引く）などを作った。しかし何年か経つうちに次第に鍋料理は減っていく。

それに代わって魯山人が熱を入れたのが、豆腐作りだった。

東京中探しても「星岡茶寮」に見合ういい豆腐が存在しない。それならば作るしかないと判断した魯山人は寮内の三か所ほどで井戸を掘らせた。一か所から水が出て、水質検査で良水とわかり、それで豆腐を作ることにする。

豆腐の材料には北海道から太白という最高の大豆を取り寄せた。そして京都から豆腐職人を招き茶寮の料理人たちに教えさせた。大豆を碾《ひ》くのは石臼、燃料も薪と木炭のみ。普通豆腐屋は豆から二番取るが一度しか取らせない。絞った後のおからにも艶があって摑むとにちゃにちゃしていた。それを使い、絹ごしに布ごし、揚げ、焼き豆腐、がんもどき、その他に緑色が鮮やかな枝豆豆腐なども作り出した。

続いて蕎麦も作るようになる。信州の野尻や柏原から蕎麦の実を取り寄せて、毎日使う分だけを石臼で碾く。魯山人は香りが飛ぶのをとにかく嫌った。蕎麦つゆには味醂も砂糖も入れず、酒を煮切って薄口醤油を加え、そこに辛味の強い鷹峯《たかがみね》の大根おろしを添えて出した。

また、珍しいところでは孔雀なども調理した。その笹身はつきたての餅のように柔らかかった。山椒魚も時々調理し、蝦蟇《ひきがえる》と並ぶ〝珍味二題〟と言われていた。

◇

「あそこでは色々な料理を試しました。一度、二条侯爵が〝鶴の吸い物〟を食してみたいとおっしゃられたことがありましてね」

「鶴を、ですか？」

興味をそそられる平野の前で、武山はにこにこ笑って続ける。

「なんでも、江戸時代までは将軍が食べていたとかで、どんな味なんだろうと先生の前でおっしゃられたんです。もちろん侯爵も酒の上の話で、それほど本気じゃなかったと思うんですけど、すぐに先生は野鳥を探し回って、本当に丹頂鶴を購入してきた。

確か八十円ほど（今の十万円ほど）だったと思います。その調理は先生自ら行いました。まず胴がらからスープを取って、昆布出汁を割り塩加減にして、そこに肉片を数切れ入れる」

「鶴って、どんな味がしたんですか？」

「味ですか？　僕も先生の目を盗んで、ちょこっと味見したんですけど、肉には適度の脂肪があって全体に品のある風味でした。もちろん侯爵も大満足されていました。

実は旦那さんも、珍味には目がなくて、先生と競い合って地方に手を伸ばして希少な材料を取り寄せていました。二人は、会員の中でも特に美食家たちだけを集めてよく試食会を行っていました。そこで感心するのが、先生はどんな食材が来てもピタリと味が決まる。それは凄かった」

恐らく「星岡茶寮」には、そんな実験場のような側面があったのかもしれない。それは魯山人と竹四郎の料理への飽くなき好奇心とサービス精神があったからこそのことだ。その勢いは会員たちを大いに引き付けたことだろう。

武山は席を立ち、奥から漬物を盛った鉢を持ってきた。

「お茶請けにどうでしょう」

「これは？」

「糠味噌に漬けた大根の皮の漬物です」

平野がそれを摘むと、武山は話を続けた。

「奇抜な食材も好評でしたが、やはり先生の真骨頂は、こうした野菜や魚の捨てるような場所を工夫して作った料理だったんです。これが一番お客の受けが良かった」

松浦からも、魯山人が食材の捨てる部分で料理を作っていたことは聞かされていた。

「大根の皮が本当に喜ばれたんですか？　鼈とか松茸なんかよりもですか？」

「そうなんです。饂なんかは食通の人は食べ慣れている。でも、大根の皮は食べたことがない。こういうのを出すと『さすがは魯山人、さすがは星岡茶寮』なんて言って客は拍手喝采するんです」

平野は改めて、松浦と会った時にノートに書き込んだメモを見る。そこには「なぜ、食材を使い切るのか?」とあった。

武山はその答えを話し始める。

「先生の考えは自然には一切無駄がない。食材にも捨てるところはないし、他で代用できる味もないというものでした。無駄は人間の自然への無理解と傲慢から生じるといつも言っていたんです。例えば、ほうれん草の根元の赤い部分には独特の味と香りがある。山椒の軸も箸洗いなどに使うとシャキシャキした味が生きる。茄子のへたは胡麻油で炒めて濃い出汁、酒、濃い口醤油で佃煮にする。魚の骨は昆布を敷いてスープを取り、豆腐とネギのつゆに。内臓は掃除して生姜の薄切りなんかと一緒に佃煮風に煮る。小魚の中骨は塩水に漬け干してから油でカリカリに揚げる」

武山はまるで魯山人が乗り移ったかのように料理を語り続けた。

「一度、新しく入ってきた料理人が『あんだけ高い金をとるのに、星岡茶寮は捨てるようなもので料理を作っている』って騒いだことがあるんです。

それを耳にすると、先生は『そういう輩は料理の心がわかっていない。その考え方でいけば、墨一色の山水画よりも金泥を用いた花鳥画の方がずっと高価だということになり、紙に描いた絵よりも絹に描いた絵の方が高価だということになる』と言ったんです」

屑野菜や魚のアラを使い切る魯山人の哲学は理解できた。しかし、平野が知りたいのは、なぜ、そうした境地に辿り着いたのか。そうさせた魯山人の過去に、一体何があったのかということだった。

「先生はどうして捨てる部分に、それほど拘ったんでしょうか?」

「さあ……僕が出会った頃はそれを当たり前にやっていましたからねえ」

「そうですか。では〝料理は芸術〟という発想はどこから湧いてきたんでしょうか？」

武山はその質問にも困った顔をした。

「それもわからないんです。でも、ずっと前から先生の中では存在してたんじゃないでしょうか。ただ『星岡茶寮』のような表現できる場所がなかっただけで」

〝料理は芸術〟。魯山人がどんな道筋でその考えに行きついたのか。今日もその真相には近づけそうになかった。平野は失礼なこととは思ったが、武山に尋ねてみる。

「武山さんは、〝料理は芸術〟という境地には辿り着けたんですか？」

武山は苦笑いする。

「先生は、中島さんにそうだったように、僕にも花やお茶を学べ、本を読めと厳しく言いました。その教えに従い、なるべく勉強はしたんですが、僕には最後までこれだというものは摑めなかった。たぶん、料理をそこまで高められるのは世界中でも先生ただ一人なんじゃないでしょうか。

でも、僕は本当に運のいい料理人だったと思っているんです。茶寮には全国の名料亭から使ってほしいと若者がわんさかやってきましたが、入れるはずもない。『吉兆』の湯木貞一さんなんかもその口だったようです。最後は、そんなところの料理主任にまでさせてもらったんですから」

そこで武山は表情を暗くする。

「でも……暫くして、先生が変わったんです。お話ししたように、『美食倶楽部』の頃、僕は先生から叱られた記憶がない。その先生が誰彼構わず怒鳴り散らすようになる……」

「それは『星岡茶寮』の終盤の頃ですか？　昭和七、八年あたり？」

平野はその時期を、松浦が茶寮に来たあたりと思っていたのだが、

「いいえ。もっと前です。開寮から四、五年目くらいからでしょうか……」

武山は腕組みをして、茶寮後半の辛い思い出を語り始めた。

◇

「来月、久邇宮邦彦殿下を俺の窯にお招きすることになったぞ」

開寮から三年目の昭和三年五月。魯山人が一太に誇らしげにそう伝えてきた。殿下は皇后の父親にあたる皇族だった。

魯山人はその前年、鎌倉に「星岡窯」を完成させ、そこで「星岡茶寮」の食器制作を始めている。その敷地内に自宅も造り、そこは魯山人の拠点となっていた。

六月二十七日、殿下が来遊した時には武山も手伝いに向かう。その日は鎌倉中が大騒ぎになった。事前に、一行が到着する大船駅から先の車道の整備が始まり、当日は鎌倉警察署が総出で警備にあたった。

殿下は「星岡窯」を視察されると、のちに「慶雲閣」と呼ばれる応接用の田舎家で魯山人と書画やお茶を楽しみ昼食も取る。そこでのもてなしを気に入った殿下は、同年十二月にも「星岡窯」を再訪。皇族が民間の窯場を短期間のうちに二度も訪れるなどということは前例がなかった。

この出来事は、魯山人にまさに〝天下を取った〟ような気分を味わわせた。そしてその翌年あたりから、魯山人の言動は周囲を戸惑わせるほどに激しさを増していく。

昭和五年、魯山人と竹四郎は銀座「和光」のすぐ裏に五十坪程度の支店「銀茶寮」を開店する。カルピス創業者の三島海雲が全額出資する店で、そこを中島に任せ、代わりとして二十四歳の一太が「星岡茶寮」の二代目の料理主任に選ばれた。

一太はその前年に、茶寮の仲居だった久保節子と結婚しすぐに長男も生まれ、公私ともに充実期を迎えている。天下の名料亭「星岡茶寮」のトップに立った一太は奮い立った。

それまで温めていたアイディアを次々と実行に移す。例えば、仲買人を通さずに直接安くいいものを仕入れたり、買い占めた鼈が多くなり過ぎれば、鼈料理の仕出しも行った。また、オートバイの免許を取り、築地までの買い出し時間を短縮する。いずれも魯山人に褒められたい一心でやったことだった。

しかし、すぐに壁にぶち当たる。料理主任として自分の色を出したいと思っていたが、魯山人はそれを許さなかった。前任の中島でも、決して多くはなかったが提案した料理のいくつかは茶寮の献立に加えられている。しかし、一太の料理は一つとして採用されることはなかった。

一太の中で一つの結論が見えてくる。自分は単に先生の元に長くいたから、料理主任になっただけのこと。自分には料理の才能は何もない。先生はそこには何も期待していないのだ。

しかし、そんな一太の気をさらに滅入らせる試練が訪れる。

一太は「大雅堂」の時代から、どんな失敗をしても魯山人から「クビだ」と言われたことはない。しかしこの頃になると、魯山人は容赦なく従業員を解雇するようになっていた。それが板場の人間の場合、一太が伝える役まわりになる。同僚に向かって「クビ」を言い渡すのは、最も辛い仕事だった。

中でも躊躇ったのは、年末というタイミングでの解雇通知だ。料理主任になった年の十二月三十日に、魯山人は名前を書いた紙きれを手渡しながら言った。

「この三人は駄目だ。すぐにクビにしよう」

失業保険も健康保険もない時代に、包丁一本で生きてきた料理人が暮れも押し迫った時期に職を失うことが何を意味するか。その心情を思うとやるせなかった。一太は恐る恐る魯山人に頼み込む。

「せめて春まで置いてやってもらえないでしょうか」

「武山、戦をするにはな、信長流に敵前から退却する部下を切らなくちゃ進軍できないんだ。それくらいお前だってわかるだろう」

魯山人には譲る気配は全くない。

「せめて……先生か旦那さん、そうでなければ支配人とか帳場の人から言い渡してもらうことは出来ないでしょうか」

すると、魯山人はきつい目に変わる。そして「何のための主任だ」と一喝した。

一太はお節料理作りに忙しい厨房に行き、その三人に一人一人説いて回る。

「悪いけど、他を探してもらえないだろうか」

当然、彼らの顔はみるみる真っ青に変わる。そして、肩を落として風呂敷包みを下げて、年末の冷たい風が吹く中「星岡茶寮」を後にしていった。

それ以降も、魯山人の料理人たちへの罵声や馘首《かくしゅ》は続いた。仲居に対しても、大声で叱りつけ、その場で泣き出す者もいる。次第に、料理人たちも「俺たちは犬畜生じゃないぞ」と声高に話し始める。その現状を心配し、竹四郎は一人ずつ自室に呼び出し必死に宥め続けた。

さらに翌年、一太にとって耐えがたい出来事が起こる。

中島が任された「銀茶寮」は、客席から厨房が見えるという当時としては斬新な造りで、料金も昼二円夜五円と手頃だったこともあって連日満員の盛況ぶりだった。しかし開店から一年が過ぎた時、災難に見舞われる。

ある日の夜、酔っ払いに魯山人の彫った「銀茶寮」の看板を持っていかれてしまったのだ。仕方なく中島は、文字を竹四郎に書いてもらい、それを一太が彫り看板として掲げる。もちろん後日、暇を見て魯山人にちゃんと作ってもらうつもりでいた。

しかしそれから数日後、魯山人がふらりと店を訪れた。その看板を目にした魯山人は自分の手で取り外し、それを抱えて店内に入ってきた。

「俺に断らず、なんでこんなものを掛けたんだ」

大声が客もいる店内に響き渡る。店員たちは恐れおののき、魯山人に近づくことも出来ない。事の次第を説明しようとした中島を遮り、魯山人は中島を罵倒し続けた。そして最後にこう喚く。

「貴様は根性が下劣だから、顔にまでそれが表れている」

この言葉は、中島が「銀茶寮」を辞めるきっかけになった。

やがて一太は「星岡茶寮」の料理主任になって二年足らずで、「銀茶寮」の主任に飛ばされる。中島の代わりというのが表向きの理由だった。新入りですぐに椀物主任になった松浦に厨房を任せたいのだろうと一太は思った。

魯山人を生涯の師と仰ぎ、全てを託してきた一太にとって、その傍に仕えることが出来ないという事実は衝撃だった。まるで魯山人から見捨てられたような寂しさを強烈に感じた。

一太は「銀茶寮」に行ってからも、営業後、毎日「星岡茶寮」に出向いた。その日どんな客が来たのか、そして翌日の献立を書いた紙を魯山人の部屋の机の上に置いて帰る。次の日に行っても、前日と同じところに同じ様子で置かれたままのことがほとんどだったが、それでも一太はそれを続けた。

その翌年、「銀茶寮」を「星岡茶寮」が買い取り、一太は名義上の所有権者になった。それは一太の境遇を気の毒に思った竹四郎による配慮だった。

それによってわずかに気持ちを取り直した一太の元に、ある知らせが舞い込んだ。

「先生が、ついに大阪に進出するのか」

魯山人は、大阪に二つ目の支店として「大阪星岡茶寮」を作る計画を立て始めていた。

その物件は魯山人自身が大阪の曽根で見つけてきたもので、四千坪の敷地に六百坪の建物が建っているという。

京都生まれの魯山人にとって、関西への進出は〝故郷へ錦を飾る〟ような強い思い入れがあるに違いない。そこで披露される料理もだが、店はどんな造りでどんな演出を施すのか、考えただけで一太はわくわくした。

一太はその開寮の際には、きっと自分に声がかかると思っていた。「星岡茶寮」の開寮に立ち会い、今も魯山人の近くにいるのは自分くらいしかいない。その経験が買われるはずだ。開寮の期日は二年後の秋らしい。一太はその出番をうずうずした気持ちで待ち続けた。

しかし、どれほど待っても一向にお呼びはかからなかった。

「もう先生にとっては、自分は必要のない人間なのかもしれない」

そんな思いが募り、「銀茶寮」の仕事にも気の入らない日々が続く。

開寮の日取りは、昭和十年十一月十日と発表される。一太が大阪行きを打診されたのは、既にそれを諦めかけていた開寮のひと月前のことだった。

初め手放しで喜んだ一太だったが、その指示は竹四郎によるものと知る。それでも一太は気持ちを奮い立たせて、妻子と共に阪急沿線の豊中市岡町の借家に引っ越していった。

一太が「大阪茶寮」に顔を出した時、その厨房は混乱状態に陥っていた。

魯山人はその店の料理の目玉として、土佐の豪快な皿鉢《さわち》料理と京風の懐石料理を使い分けて提供しようと考え、土佐と京都出身の二人の料理人を見つけ出し、主任の地位に据えていた。しかし、土佐派と京都派の折り合いは悪くもめごとが絶えなかった。

竹四郎が一太を大阪に送り込んだ理由は、その緩衝材としての役割を期待してのことだった。ところが開寮しても、その二派の関係はぎくしゃくし続け、厨房はまとまりを欠き、それは客に出される料理にも影響していた。

魯山人は厨房に来るたびに怒鳴り散らす。そしてその矛先は、一番言いやすい一太に向けられた。そして一太が大阪に越して二か月後のことだった。ついに魯山人は一太に向かってこう言い放った。

「お前のやり方が悪いんだ。もう東京に帰れ」

一太は縋りつくように声を上げる。

「家族も連れて、大阪に越してきたんです」

「そんなことは知らん。自分で解決しろ」

魯山人は聞く耳を持たない。一太は、渋々家族を連れ東京に戻った。

再び「銀茶寮」で働き始めた一太だったが、その心はずたずたに切り裂かれたままだった。家族を振り回したことに加え、二度の移転でその蓄えも乏しくなっている。そして、何より魯山人からついに見捨てられたという思いが心を苦しめた。

ちょうどその頃のことだった。「銀茶寮」の仕事を終えると、日々酒に酔い松浦の元を訪れ説教し続けたのは。魯山人への怒りを、自分にとって代わって「星岡茶寮」の料理主任になった松浦にぶつけたのだ。

◇

武山は、平野の前で大きく息を吐いた。腹の底から、その頃の後悔を吐き出すように。

「その時、僕は初めて先生のことを恨みました」

「福田家」の店内は静まり返っていた。武山の悲しみが店の隅々にまで染みわたっているように平野には思えた。

「平野さんは、松浦の元にも行ったと言っていましたよね。そのことについて、彼は何も言っていませんでしたか？」

武山との間で包丁を持ち出すような大喧嘩があったことを松浦からは聞いている。

「詳しい事情は知らなかったようですが、その時の武山さんの心情を松浦さんは理解していたようでしたよ」

「そうですか。いま思い出すと本当に情けない。自分のことが全く制御できなかった。ちょうど、その頃のことでした。先生が、旦那さんから解雇されてしまったのは。それを聞いた時、先生に対する自分の恨めしい気持ちが天に伝わってしまったようで、僕は恐ろしくなった……」

武山の表情が青ざめる。テーブルの上できつく握られた手の甲に血管が浮き立った。

平野は少し間をおいて、心に引っかかっていることを尋ねてみる。

「先生は、どうして解雇されたんでしょうか。原因は『大阪茶寮』にあったんですか？」

武山は少しだけ考えて、それに答える。

「先生が解雇された頃、僕は『銀茶寮』にいました。松浦との一件以降、あまり『星岡』には近づかなくなっていたので、中でどんなことがあったのか詳しいところはわかりません。ただ、僕のところに〝連判状〟のようなものが届きました。先生に付くか竹四郎さんに付くか、はっきり態度を示せといったようなものです。『僕は小さい時から先生と旦那さんの両方に育てられ、夫婦の間の子供ようなものですから、どっちへも付けないんです。それだけは勘弁してください』と答えたことだけは覚えています。たぶん、松浦もそれには応じなかったはずです。大阪から帰れと言われ、先生のことを恨めしく思ったのは事実です。それでも、旦那さんが先生を解雇したのは行き過ぎだと思いました。確かに、先生は横暴な振る舞いを続けていた。旦那さんの我慢も限界だったとは思いますが、クビにまですることはないと」

武山は、解雇の理由について言葉を濁しているなと平野は感じた。武山の中には、恐らく中村竹四郎への配慮がまだ残っているのだろう。平野はそれ以上問いかけることを諦めた。

〝先生の性格が変わっていった〟と武山は言ったが、その言葉は間違っていない。「大雅堂」時代は中村竹四郎とまるで夫婦のように暮らし、武山の寝間着を洗ったかと思うと、臍を曲げた中島にカレーライスを作ったりもする。

その魯山人が「星岡茶寮」を作り上げ数年すると、まるで別人のように荒れ狂った。従業員を次々とクビにし、中島には人格を破壊するような言葉を浴びせかけ、最後には竹四郎と袂を分かった。

魯山人の中で一体何が起きたのか。平野がじっとノートを見つめていると、武山は顔を歪ませたまま、その後を語り始めた。

大阪から戻ってから、一太が新しく借りた赤坂の家はそれまでとは違い交通量の多い場所だった。

◇

それが不幸の連鎖を呼ぶ。

魯山人が解雇された翌年の夏、家の前で水鉄砲で遊んでいた息子が車にひかれ、まもなく死亡してしまったのだ。一太は自分を責め続け、すっかりノイローゼ状態に陥った。

連判状への署名を拒絶したことで竹四郎とも気まずくなっていたが、一太には家族を守るために「銀茶寮」で働くことしか選択肢はない。妻にも店を手伝わせ、献身的に働いているという態度を竹四郎に対し示し続けた。

そんな時、「星岡窯」の職人から一太の元に連絡が入る。

「先生の知り合いのお節料理作りを手伝ってほしい」という内容だった。

魯山人とは大阪で東京に戻るように言われてから顔を合わせることもなく、もちろん解雇されてからは一切連絡を取っていない。一太は躊躇した。魯山人と通じていることがわかったら、竹四郎は怒り、「銀茶寮」を辞めざるを得なくなるかもしれない。しかし、一太は鎌倉に向かった。

久しぶりに会う魯山人は、まるで別人のようにおどおどして見えた。これまで十八年の付き合いがあったが、一太の中にはそんな魯山人の姿は記憶にない。

魯山人は視線を合わすこともなく、小声でぼそぼそとこう言った。

「日本一のお節料理の重箱を作らなくちゃいけなくなったんだ。金はいくらかかってもいいんだが、三百人前ということで到底手が回らなくてね」

弱り切った魯山人の頼みを断り切れなかった。竹四郎との関係を心配する妻は猛反対したが、その年末、一太は「銀茶寮」の料理人三人を引き連れ手伝いに行った。

その後、日本が戦争に突入すると「銀茶寮」も休業状態になり、一太は鎌倉で魯山人の家族の食事の世話をし始める。そして昭和二十年に入ってから召集令状を受け、広島の呉で終戦を迎えた。

翌年の春、上京し魯山人の元を訪れると、麹町紀尾井町の「福田家」という料理旅館を紹介される。その主人・福田マチは古くからのファンということもあり生活に困る魯山人を援助していた。

魯山人はその恩に報いるため、店の屏風に絵を描き、織部や粉引《こふき》で便器まで作っていた。

しかし、「福田家」で一太が働き始めると、そこでも魯山人は問題を起こす。店を気に入っていた魯山人は、頻繁に「福田家」で会食を行うようになる。そこで卓を囲む皇族や大学教授など「福田家」にとっての上客を相手に芸術論をぶち、客をやり込め始めたのだ。それに福田マチは弱りはてる。

「うちじゃ、先生のようなやり方は困る」と訴えると、魯山人はすぐに一太を呼び出しこう言った。

「今日限りで『福田家』を辞めろ」

「しかし先生、私にも家族があって今辞めると生活に困ります」

「いや俺が言うんだ、辞めろ」

それ以上、留まりたいとは言えなかった。

仕方なく「福田家」を辞め、一太は自宅の厨房を改装して出前の仕事を始める。ようやく注文が入り始めた時、一太の元に福田マチが泣きついてきた。

「あんたがいなくなってから、厨房は心棒の折れた独楽《こま》のような状態になってしまった。これじゃ店はやっていけない。私も苦しい時に、あんたの家の建築費を工面して融通したんだし、いずれは銀座に店を一軒持たせるつもりでいたの。先生には私からよく話して了解してもらうから、とにかく店に戻って」

一太はマチに説き伏せられる。再び「福田家」で働き始めると、自然魯山人の元には行けなくなった。

◇

「僕が先生に逆らった行動を取ったのは、この一度きりです。

それでも昭和二十七年にマチさんが亡くなって、そのお葬式で先生とお会いして、もう一度縒《よ》りを戻すことが出来ましたけど」

平野は、武山と魯山人の二人はつくづく不思議な関係を続けてきたんだなと思った。何度魯山人から酷い仕打ちを受けても、武山はその傍に戻った。自分の意思とは関係なく、まるで吸い寄せられるように。そこからはいくら憎んでも親は親といった、師弟の間柄以上の絆の存在が感じられる。

「先生は世間に敵も多いし、僕自身もさんざん振り回されてきました。でも、呼ばれるとどうしても従ってしまう。妻からも、何度も先生に近づくなと言われました。その妻は今でも先生のことを恨んでいます。しかし、僕にとって……先生の存在は絶対なんです。

今でも料理を作っていると、これを味見したら先生はなんと言うだろうなどとつい考えてしまう。包丁を持っていても皿に盛り付けていても、いつでも僕は……まるで先生のために料理を作っているみたいなんです。

先日も、人から字が先生に似ているなんて言われ、馬鹿みたいに嬉しくなってしまって」

魯山人は周囲の人生を狂わす。たとえその傍から離れても、その強烈な印象は強い残像として体内に残り続け、心までは逃れることは出来ない。

武山は右も左もわからぬ十四歳から魯山人に付き従ってきたのだ、全ては無理もない話だと平野は思った。

ノートを鞄に仕舞い込むと、武山の見舞いの期日を決めて平野は「福田家」を後にした。


武山一太が横浜「十全病院」に来たのは、その二日後のことだった。

その頃も、魯山人は病院一の厄介者、暴君であり続けていた。

魯山人は、尿道にカテーテルを挿入し尿瓶に排尿するようにしている。しかし、見舞い客がいるとそれを自分で外しトイレに行こうとした。恥ずかしさゆえの行為だったが、その度に看護婦の仕事が増えた。病状の重さを知っている看護婦たちは、なるべく好きなようにさせていたが、手間がかかる入院患者を望む者はいない。

平野は、この日武山が来ることは魯山人に知らせなかった。少し早めに病室に入り、魯山人の髭を剃り、手足をタオルで拭く。プライドの高い魯山人のことだ、武山に汚れて弱った姿を見せたくないだろうと思ってやったことだった。そして背中をマッサージしていた時、武山が入ってきた。

その顔を見るなり、

「ようやくやってきよった。そんなことでは俺の死に目にも会えんぞ」

と軽口を叩く。

「誰から聞いたんだ」

「平野君から教えてもらいました」

「ふん。余計なことだけは気が付くな」

そう言いながらも顔には笑みを湛えている。平野にはそれが嬉しかった。武山はというと、すっかり痩せ細った魯山人の姿に既に目に涙を浮かべている。

武山は魯山人の前に、持ってきた若狭のグジや西瓜などを並べた。温室物だろうが、この冬場の西瓜はメロン以上の値段がする。

「そんなものが食えたら、何も心配はない」

確かに今は洋ナシのジュースくらいしか口に入らなくなっていた。

たまたま銀座の寿司店「久兵衛」から河豚が届いていたので、魯山人は「それでも作れ」と武山に言った。武山はそれで刺身を引いた。平野の目には、包丁を持つ武山が生き生きしているように映った。

しかし、魯山人はそれに一口付けただけで箸を置く。

魯山人には初めから、自分が食べられないことはわかっていた。自分が食べるために料理を作れと言ったわけではない。武山に作らせるために頼んだのだと平野は思った。

武山はベッドの脇に腰を落ち着けると昔話を始める。

ブリキのバケツを担がされて日本橋の河岸に買い出しに行ったこと。初めて瑠璃南京に料理を盛って客に出し、みな歓声を上げたこと。鎌倉の朝食会で中島がふてくされたこと。その後の魯山人が作ったカレーが旨かったこと。何も厨房機器が置かれていない「星岡茶寮」の厨房の広さを見て驚いたこと……。

魯山人は一言も口を挟まず窓ガラスの一点を見つめ、武山の話をじっと聞き続ける。

「その中で、僕の一番の思い出が何だかわかりますか?」

「なんだ？」

「それは『美食倶楽部』が始まってまだ間もない頃です。使いから帰ったら、先生が玄関先で、こうおっしゃった。

『お前の寝間着、臭くてしゃあないから洗っておいたで』と。

見上げると、二階の軒先に先生が洗ってくれた僕の寝間着が風に揺れていました」

そう言うと、武山は堪《たま》らず泣き崩れた。魯山人の頬にも、一筋の涙が伝う。

平野も、そのたった一つのエピソードに感動した。

どんなに辛い仕打ちを受けても、武山が四十年もの間、傍にいることが出来たのは、その頃の思い出が心を支えていたからだ。きっと魯山人の脳裏にも、その頃の情景が映し出されていることだろう。平野はここに武山に来てもらって本当によかったと思った。

武山は三時間ほど病室にいただろうか。最後に、魯山人は武山に
「お前、もう帰っていいよ」

とつれなく言った。

平野は武山を病院の玄関まで見送る。

そして再び病室に戻ると、魯山人は磨《す》りガラスの一点を指さして言った。

「平野、これを見てみろ。わかるか？　面白い絵のようなものがある。湧き立つ雲みたいだ」

そこは武山の話を聞きながら、じっと見つめていた所だった。

平野が魯山人の視線の角度に入り、そこを見てみると、ガラスに付いた汚れが、確かに雲のように見えないでもなかった。

リストの三人目　細野燕台

十一月も、もう終わろうとしていた。鎌倉の紅葉も既に半分が散っている。

平野が住む「星岡窯」から一キロ程度、鎌倉の明月院の傍に細野燕台は住居を構えていた。元々金沢に生まれ育った燕台に、鎌倉に住むことを勧めたのは魯山人らしい。

しかし、二人は既に二十年余りも絶縁状態を続けている。

武山一太は、魯山人の三十七歳以降、「美食倶楽部」を始めた頃からの話を平野に語ってくれた。燕台は、それ以前の若き魯山人の面倒を見ている。そして、絶縁に至るまで、魯山人は燕台を自分の師と仰いでいた。

燕台から話を聞けば、魯山人が料理の世界をどのように形成し、どのタイミングで陶芸に目覚めたか、見極められる可能性が高いと思った。

気がかりなのは、燕台がいま八十七歳と高齢で、どの程度しっかりしているのかわからない。まして見舞いになど行く体力が残っているのか。

そんなことを考えていると、平野はもうその住まいの入口に到着していた。

燕台は、目じりが垂れ下がったまさに好々爺と呼べるような老人だった。

背はずいぶん縮んでいるようだったが、和服を綺麗に着こなし背筋もしっかり伸びている。

「怪物魯山人も、もう長くないんか」

平野が容体を説明すると、燕台はそう言った。

「わしはな、魯山人よりたとえ一日でもいいから後に死にたいと思うて、今まで生きてきたがや」

金沢訛りでそんな言葉をぽつりとこぼす。その意味が平野には理解できなかった。

燕台は妻に居間まで酒を運ばせ、平野にも勧める。そして、見舞いに行くことを快く引き受け、魯山人との思い出も全て話すと言ってくれた。平野は膝の上でノートを開き、右手に万年筆、左手にお猪口を持った。

「魯山人とも、昔はよう酒を酌み交わしたもんや」

昼から酒をたしなむこの翁を見て、平野は中国の詩人の李白はきっとこんな人だったんじゃないだろうかと思った。李白は水面に映る月を掬おうとして船から落ちたと言われる人物で、燕台もまた絵に描いたような風流人だった。

「わしら数奇者の間で最初に魯山人を見初《みそ》めたんは、長浜の河路豊吉やった」

「河路……豊吉……」

「そや。山っ気のある男で、いっつも新しい芸術品を見つけてはわしらを驚かせて、それで溜飲を下げてるような奴やったがや。

そっからなんや。魯山人が食客の暮らしを始めたんは。長浜の後、京都の内貴《ないき》清兵衛《せいべえ》の元で暮らし、わしのところに来る。奴が三十二歳の時やった。魯山人は三十代前半の食客暮らしで、その人生の基礎を築いたんや」

燕台は旨そうに酒を啜ると、四十年以上も昔の話をゆっくりと語り出した。

「こりゃダークホースや。こんな男が日本におったんや」

三十歳の房次郎と初めて会った時、河路はそう感じ興奮が収まらなかった。

◇

その頃、房次郎は福田大観の号を使い、書家を本業とする一方、他に彫り物も始めていた。それは主に店先などの屋外に掲げる濡れ額、室内に飾る扁額、そして書画などの端に押される印章の篆刻などだった。

当時、房次郎は東京京橋にある老舗和本屋「松山堂《しょうざんどう》」によく出入りしていた。「松山堂」は出版も手掛ける大きな本屋で、房次郎はその版下書きの仕事を引き受けていた。その主人、藤井利八は房次郎の書を気に入り、仲間を集めては紹介し、河路豊吉もその中にいた。

河路は、房次郎の十歳ほど上の四十過ぎ。背は低いが身体付きはがっしりとし、全国を走り回りながら拠点である滋賀・長浜で文具商と紙問屋を経営する傍ら町会議員も務めている。そして、関西きっての古美術の目利きとして評判の男でもあった。

その河路が房次郎の書と篆刻を見て、大きく心を揺さぶられたのだ。

「この若者の作品は力強いがそれでいて優雅。しかも古雅を失っていない。それにどや、痩せてはいるが上背は六尺（百八十センチ）くらい。全身から覇気が感じられ、堂々とした面構えも実にいい」

河路は書とそれを書いた本人を交互に見つめ、いつもの山っ気を燃え上がらせていた。

河路はこれまでも新進気鋭の文人や書家、画家などを自宅に逗留させては、彼らの作品の頒布会を主宰して、その作品を周囲に斡旋している。河路には芸術家たちの最新の動向を全て把握しているという自負があった。その河路が、無名の青年の作品に度肝を抜かれたのである。

「これは百年に一人の男になる。この男を長浜に連れていったら、みな仰天するやろな。わしが骨董に目が利くだけじゃなく、人間にも目利きだというところを見せたろやないか」

そんなことを思うと、河路は居ても立ってもいられなくなった。そして、房次郎に誘いかける。

「どや、わしと一緒に長浜に来《き》いへんか。仕事をぎょうさん紹介したるさかいに」

房次郎は大喜びでそれに応じる。その表情から、河路はこの青年の中にたぎる野心と有り余るエネルギーを感じ取った。

大正二年、第一次世界大戦が始まる一年半ほど前、房次郎は河路に連れられ長浜に向かう。その旅が自分の人生を決定づけるようなものになることを、房次郎自身知る由もなかった。

琵琶湖の絶景が房次郎を迎えた。

河路はかつて秀吉が城主だった長浜城の天守閣に案内し、その景色を披露する。日没が近づいていた。初めて目にする琵琶湖は海のように広大で、その向こうに沈みゆく太陽も心を奪われるほどに美しかった。

家に到着すると、すぐに河路は知り合いの近江商人たちを房次郎の前に集める。そしてにこにこしながら、こう言った。

「手始めに、うちの屋号を彫ってもらおうと思うとるんや」

房次郎の前に置かれた木の板は縦八十センチ、横幅は二百六十センチほどある。河路の店の屋号は「淡海老鋪《たんかいろうほ》」。〝淡海〟とは琵琶湖のことだった。房次郎はついさっき見た美しい琵琶湖の風景を頭の中に描く。あの雄大さを文字で表現しようと思った。

板に字を下書きすると、そこに平鑿《のみ》を垂直に当て渾身の力を込めて木槌を叩き込んだ。板面のジグザグを生かしながら深く彫り込んでいく。房次郎の気迫が乗り移ったかのように板一杯一杯に文字が浮き上がり、それはダイナミックに広がっていった。

その集中力は一瞬も途切れることなく、二時間もしないうちに「淡海老鋪」の濡れ額が完成した。最後に板の片隅に「大観作」と彫り入れると、近江商人たちから感嘆の声と喝采が湧き起こった。

「この男は、少し前に目にした琵琶湖の感動を板上に宿し文字で表したんや。その感性は見事なもんや」

河路は周囲に自慢する以前に、自分が感じ入ってしまった。

仲間の商人たちはまずその作品に近寄ってみて、鑿の跡から力強い覇気を感じ取り、続いて離れて鑑賞し板の全体から溢れ出る優雅さを楽しむ。彼らは二度に亘って心を揺さぶられた。そこにいた人々は我先に自分の店の濡れ額を頼み込む。房次郎はその一軒一軒を回りながら、額を彫り続けた。

長浜での食客生活は、房次郎の蓄えを大きくしただけではなかった。むしろ、将来の財産となったのは、著名な日本画家たちとの出会いだった。

「長浜二十一銀行」頭取の柴田源七の家に、食客として暮らしていたある日のこと、

「栖鳳《せいほう》がここに来るが、会うてみるか?」

と柴田に誘われる。房次郎は小躍りして喜んだ。

「是非ともお願いいたします」

当時、竹内栖鳳は「東の大観（横山大観のこと）、西の栖鳳」と呼ばれ、日本を代表する日本画家だった。しかし房次郎が大喜びしたのは、それだけが理由ではない。栖鳳は少年時代にその作品

と出合い、芸術への道に進むきっかけを作ってくれた人物でもあったのだ。

栖鳳が柴田宅を訪れると、応接室に掲げられていた房次郎の扁額をじっと見つめる。

「なかなかこの部屋によう合うて、面白おすなあ」

その感想を背後で聞いていた房次郎は思わず拳を握り締めた。すかさず房次郎はこう願い出る。

「栖鳳先生、今度私に先生の款印《かんいん》を彫らせてもらえませんでしょうか」

栖鳳は頷いて、「それでは一つ彫ってもらおうか」と応じてくれた。

房次郎は、すぐに栖鳳のための款印を彫って贈る。しかもそれは一度だけではなく、自分の存在を知ってほしいというように何個も作っては贈り届けた。

すると、房次郎の作品は、栖鳳の仲間の画家たちの間で噂になる。そして、僅か二年ほどで横山大観を始めとする名のある画家の三分の一は房次郎の款印を使うようになった。

いずれの場合も、房次郎は鑿を握っている時間は短かったが、彫る前には依頼者の作品を徹底的に見続けることを心掛けた。この作家の絵にはどんな文字が似つかわしいのか。その判断がついたのちに彫り始めたのである。

また素材に関しても自由な発想を持っていた。印材も一般的な石や磁器に拘らず、楓や石楠花《しゃくなげ》などの木材も使い、書体も漢印と大和古印を使い分け、二つと似たものがないように気遣い依頼者たちを満足させた。

栖鳳と出会った後、若き日本画家の富田渓仙《けいせん》とも知り合うことが出来た。この時も房次郎はすぐに渓仙に大きな濡れ額を彫って贈っている。

房次郎の野心は絶えず狙い通りの結果を残した。まもなく渓仙の元から礼状が届くと、そこには、「現代に芸術家はいないと思っていたが、あなたの濡れ額を見て真の芸術家を見つけたことを喜びに思う」

という文章から始まり、

「自分はいま京都の内貴清兵衛という人に世話になっているが、この人に是非君を紹介したいから、長浜の仕事が済み次第京都に出てこないか」

と綴られている。

それを見た房次郎は胸を熱くした。尊敬する渓仙から絶賛されたこともだが、内貴清兵衛は関西屈指の数奇者として有名で、一度は会ってみたいと思っていた人物だった。

◇

「内貴清兵衛という人はどんな方だったんですか？」

平野が尋ねると、燕台は再び酒を口にした。

ここまででかなりの量を飲んでいたが、その様子は全く変わっていない。後で聞いたことだが、燕台には「酔翁」というあだ名までついていた。

「わしら数奇者の間じゃ一番有名なお人やいね。顔立ちもきりっとしとって、への字の口元がいかにも頑固もんといった感じじゃった。

生まれた家は、京都の豪商で呉服問屋の『銭清《ぜにせい》』。父親は公選で選ばれた初代の京都市長やった。私財で平安神宮の神苑を造った市長として名を上げておったな。

内貴はんは、小さい頃から数奇者になるように教育されてきたんや。漢文で書かれた書籍、漢籍に親しみ、美術も仏教美術から浮世絵、古陶磁まで幅広く収集しとった。

食事やて、幼いうちから父親に連れられ市内の料亭のほとんどを食べ尽くしておってな、遊びの世界でも一流人として名が通っとった。京都でも、あれほどの人物はもう現れんのやないかな」

そこまで言われると、平野の好奇心はみるみる膨らむ。見舞いのリストには入っていなかったが、是非とも会ってみたい人物だと思い始めた。

「その内貴さんは、今も京都にいらっしゃるんですか？」

「いや、もう四年ほど前に亡くなってしもうたがや」

平野の気持ちはあっという間にしぼむ。

「内貴はんと会うてなかったら、『星岡茶寮』はこの世に存在しとらん」

「そんなに大きな、存在だったんですか？」

燕台は、平野のお猪口に酒を注ぎ足すと返した。

「せや。魯山人にとって、その出会いは運命的なもんやった。

恐らくそれまでの魯山人の中には、書で名を上げたいという功名心はあったかもしれんが、まだ本気で芸術家になりたいいう気持ちは薄かったんやないやろか。その指針を、内貴はんは魯山人の中にざくっと植え付けたがや。長浜でいい気になっていた自信が京都に行ってぺしゃんこになった後にな」

燕台はにやにやと笑い、魯山人の人生を大転換させたという内貴清兵衛の話を始めた。

◇

内貴清兵衛は、東京の学校を卒業して一度は「銭清」を継いだが、父親との折り合いが悪く、家業を弟に任せて、洛北の別荘「松ヶ崎山荘」に引きこもっていた。

今は「日本電池株式会社」の新事業に手を出しつつ、その他の有力会社の株主を務めながら、食事は仕出し料理屋から取り寄せ、夜になると祇園に繰り出すという悠々自適の暮らしを続けている。

何不自由なく育った清兵衛は、ぺこぺことお辞儀ばかり繰り返してへつらっている者よりも、人間らしい野性の心を持った者を愛した。貧しくとも気骨のある青年画家、富田渓仙などとも親しく交わり、その他にも「松ヶ崎山荘」に集う土田麦僊《ばくせん》、速水御舟《ぎょしゅう》など次代を担うだろう日本画家たちの支援を続けていた。

そんな山荘に、房次郎は出向く。

渓仙から話を聞いていた清兵衛は、房次郎を快く迎え入れた。その時房次郎は三十歳、内貴清兵衛は三十五歳。しかし、清兵衛はたった五歳違いとは思えないような風格の持ち主だった。

清兵衛は、会うなり「なんか書いてみなはれ」と房次郎に言う。

房次郎は常に持ち歩いている自分の筆を手にする。長浜の旦那衆の前で濡れ額を披露した時に喝采を浴びたこともあり、房次郎には少し自信があった。

しかし、書き終えたものをじっと見つめ、清兵衛はこう言い切った。

「おい、技巧は芸術やないで。まあ技巧のない芸術もないけどな」

清兵衛の目には、その文字は技巧に走ったものに映っていたのだ。

その言葉に、房次郎はまるで居合抜きの達人に体を真っ二つに割られたような衝撃を受ける。清兵衛は房次郎の本音を見事に見抜いていた。指摘された言葉は房次郎がずっと目標としていたものの、未だ手に出来ていない理想そのものだったのだ。

「俺はこの人の下で、多くを学ばねばいけない」

房次郎は心の中でそう強く感じる。

それからというもの、房次郎は清兵衛の山荘に頻繁に出入りし、時には泊まり込んで、まるで使用人のように働き始めた。庭や部屋の掃除から道具類の出し入れ、食材の買い出しに至るまで気づいたことは何でもやった。

房次郎の中には、もちろん気に入られたいという計算はあったが、それ以上に清兵衛の趣味や流儀を学び取りたいという思いがあった。

例えば、部屋を掃除しながら花の生け方を身に付け、茶器の扱い方や軸の仕舞い方を見て覚える。山荘に集められた古美術の逸品を実際に手で触り、出入りする道具屋からはそれに関する詳しい説明を受けることが出来た。

本来、古美術の知識を蓄えるためには相当な時間を必要とするものだが、房次郎は清兵衛の元で高レベルの教養を短期間で身に付ける。特に仏教美術の愛好家で知られる清兵衛の家には、仏像や仏画の逸品が道具屋によって持ち込まれ、房次郎はそれにも親しく接する機会を得た。

房次郎の前向きな姿勢を気に入っていた清兵衛だったが、初めから感心していたものがある。それは料理だった。

清兵衛は食道楽で、山荘の食事の多くは仕出し専門の「ちもと」や料亭「松清」から運ばせ、その一方で縁側に焜炉を持ち出し自分なりに創作料理を試みたりもしていた。

そこで使われる食材は高級でしかも珍しいものばかりだったので、元々料理の心得のある房次郎の好奇心は大いにそそられる。進んで調理の手伝いを始めると、次第に清兵衛の〝おさんどん〟は全て房次郎がやることになっていった。

ある日、房次郎は清兵衛を何か料理で驚かせることは出来ないかと考える。その時、目に留まったのが山荘に運ばれてくる仕出し料理だった。

客を招いた時、清兵衛は必ず仕出しを注文するのだが、多くが食べ残された。房次郎は残り物に色々と手を加えて、全く新しい料理に生まれ変わらせる。それを〝仕出しの残り物〟とは伝えず、黙って清兵衛の前に出した。

箸を付けた清兵衛は「旨い、旨い」と食べ続ける。そこで初めて種明かしをすると、清兵衛は目を丸くし呟いた。

「お前、只者《ただもん》やないな……」

それ以来、清兵衛は仕出し料理が残ると、翌日の房次郎の「残肴料理《ざんこう》」が楽しみでしょうがなくなった。さらに房次郎の料理に夢中になった清兵衛は、こんなことまで言い始める。

「おい、福田。お前そないに料理が好きなら、沢庵を百通りのおばんざいにこさえてみるこっちゃ」

さすがにその注文には閉口したが、房次郎はどうにか二十種類ほど作り切った。清兵衛はそれを試食し楽しそうに批評し続けた。

そして、その時のことだった。清兵衛は房次郎に決定的な一言を告げる。

「料理もやり方によっては、芸術になるんやないか」

それは初めて耳にする言葉だった。「料理が芸術になる」。この言葉は稲光を伴い激しい勢いで、房次郎の心に突き刺さった。

「そうだったのか……」

平野は思わず息を呑んだ。

魯山人が『星岡茶寮』の料理人たちの前で言い続けた〝料理も芸術〟という言葉は内貴清兵衛からもたらされた思想だったのだ。悪い言葉で言えば受け売りだった。

さらに松浦沖太が、採用試験でやらされた「魚のアラを使った料理」のことも思い出す。それも清兵衛から言われ、沢庵で百通りのおばんざいに挑んだことによく似ていた。

そしてもう一つ。松浦も武山一太も、魯山人は食材を一切無駄にしなかったと言っていたが、その精神の根幹には清兵衛を驚かすためにやった「残肴料理」があったのかもしれない。

燕台はようやく頬を少しだけ赤らめていた。

「内貴はんは、ほんまに凄い眼力の持ち主やったと思うわいね。書も濡れ額も篆刻も内貴はんは見とったはずなんやけど、魯山人の才能から一つ取り出したんは料理やった。

しかも、それは芸術になるという指針まで示したがや。そんな発想を持てる人はそんじょそこらにはおらん。芸術を俯瞰し、自由に捉えることが出来たからそんなことが言えたんや。

もちろん、そん時内貴はんは、どうすれば〝料理が芸術〟になるかまではわかっとらんかったんやないかな。つまり、それは魯山人の宿題になった。奴は答えを自分なりに導き出したんや。

その助けになったのは……何かおわかりかな？」

突然の質問に、平野は戸惑ったがとりあえず答えてみる。

「それは器でしょうか」

「お見事。さすが魯山人の弟子やな。こっから先が、いよいよわしの出番ちゅうこっちゃ」

魯山人は長浜を起点に、京都まで食客の生活を続けている。そして、燕台の暮らす金沢へと足を延ばすのだろう。

燕台は背筋を伸ばして、その終着点の話を始める。

◇

ひと月の半分を清兵衛の山荘に通いながら、房次郎は東京、長浜などを行き来し、合間を縫って生活のために多くの濡れ額を完成させていた。

しかし、房次郎は濡れ額師で終わるつもりは毛頭ない。その房次郎が、清兵衛の元に出入りして一番刺激を受けたのは、ほぼ同世代の芸術家たちとの交流だった。彼らは月に一度、自分の作品を持ち寄って清兵衛を中心に合評会を行う。その末席に房次郎も参加し続けた。

ある時、ひと通り合評が終わって清兵衛がこんなことを言い始める。

「君らは『文展』や『帝展』に出そうとすると、どうしても審査員の気に入りそうな絵ばっかし描くなあ。なんで平生の力を思い切り出そうと努めへんのや？」

すると、参加者の一人が、

「そうせなんだら、画壇の戦列から落後してしまいますのや」

と言い切り、また別の者は、

「自分は飢えてもいいとして、さすがに妻子は干乾《ひぼ》しに出来まへん」

と呟いた。それは裕福な清兵衛への嫌味のような本音も含んでいる。座は静まり返った。暫くしてから清兵衛は房次郎に問いかける。

「おい、福田。お前はどうなんや？」

すると、房次郎はすっと立ち上がってこう言い放った。

「芸術家として大を成したいという気持ちでは、諸君の誰にも負けんつもりです。しかし、僕は将来たとえどんな作品を作っても、展覧会で他人の選を受けるために自分を変えるようなことはしようと思いまへん。それくらいなら宿屋の襖か、団扇の絵描きで終わる方がましやと思います」

一同が房之助の方を振り返りざわつき始める。その様子を清兵衛はにやにや笑いながら眺めた。

房次郎は、三年近く清兵衛の下にいる間、主に古美術や料理などを学んだが、特に鍛えられたのは精神だった。芸術家として生きるための心構え。房次郎は身体の隅々にまでそれを吸い込んだ。

山荘をいよいよ去るという日。清兵衛は何げなく房次郎に問いかけた。

「おい、福田。お前は本気でほんまの芸術家になりたいと思うとんのか？」

「そらもう。そう考えてます」

「さよか。ほなお前、世間で言う偉い人、つまり金や名誉を得ているような人になりたいなんて思うたらあかんで。まことの芸術家いうんはな、執着を捨てていることが第一の条件やよってな」

清兵衛の手向けの言葉に、房次郎は暫く立ちすくんだ。

金はどうでもいい。勲章もいらない。そうなんだ、これほどの自由はないんだ。そしてその自由な精神がなければ、世間に認められるだけの芸術を作り上げることは出来ない。

房次郎は清兵衛の教えを胸に、さらなる出会いを求め京都から旅立った。

大正四年。夏の暑い日のことだった。

燕台はひと風呂浴びると風通しのいい二階の部屋で、ふんどし一丁になって涼んでいた。

ここは越前鯖江町にある料理旅館「東屋」。その客間で、仲居が運んできた酒をちびちびと飲み始めると、旅館の主人、窪田卜了軒《くぼたぼくりょうけん》が入ってきて、こんなことを言い始める。

「紹介したい男がおるんやけど。出来れば、燕台はんに面倒見てもらいたいと思うとんのや」

鯖江は生糸の名産地として知られ文化人も多い。そこで旅館と古美術商を営む卜了軒は、この地の数奇者を束ねているような男だった。

「長浜でその男を見つけたんや。今は京都の内貴清兵衛さんの食客になっとる篆刻師なんやけど」

燕台は〝篆刻師〟と聞いてため息をつく。時代と共に衰退している篆刻という世界で、これから大成する者などいるはずがないと思った。

「活きのいい日本画家ならともかく、そんなもん、よう世話できんがや」

「まあ、そう言わんと、その男の篆刻の印影を集めた書物、印譜だけでも見てくれへんか」

そう言うと卜了軒は仲居に目配せし、少し経つとそれを持った男が上がってくる。その男から手渡された印譜をパラパラと捲り、再び表紙に戻ると、そこには「福田大観」と書かれてあった。

「この名前はあかん。大観なんて、かさ高な」

燕台は、〝横山大観〟と似た名前がうさん臭く思えた。すると、それを渡した男がか細い声で、

「福田大観です。よろしゅうお願いいたします」

と言いながら頭を下げた。

「京におるんやったんやないのか。こりゃやられた」

これが房次郎と燕台の出会いだった。この時房次郎三十二歳、燕台は四十三歳。

細野燕台の家は元々加賀藩御用達の油商だった。父は漢学の大家でもあり、燕台は小さい頃から四書五経の手ほどきを受け、十歳の頃には論語全巻をそらんじ陽明学も学び始める。

その一方で煎茶道《せんちゃどう》を極め、有名な詩家とも交流を深める。そのほかに書道家、古美術愛好家と様々な顔を持ち、まさに北陸きっての数奇者と言えた。

「東屋」の二階で初めて会った時、燕台が抱いた房次郎の第一印象は諂《へつら》いのないぶすっとした男といったところだった。しかし、その横着そうで飾り気のない態度も、これはこれで面白いかもしれないと思い始める。

再びその篆刻をよく見れば、出来不出来は極端だったが、刀の冴えているものもあり、聞けば竹内栖鳳も気に入って使っているという。そして、何よりあの美術や骨董に煩い内貴清兵衛の下で三年間続いたというからには、それなりの〝素材〟なのだろうと思った。

「これは案外掘り出し物かもしれへん」

次第に燕台のパトロン気質に火が付き、福田大観と名乗る男に興味が湧き始める。

この日は、「その気になったら金沢に来てみるこっちゃ」と伝え、燕台は房次郎と別れた。

そして、夏も終わりの八月三十日。

金沢は北陸特有の湿気の多い蒸し風呂のような暑さだった。

燕台は自分で興した「愛知セメント」というセメント販売業と「清国磁器雑貨」という骨董品屋を営んでいる。その店の奥の書斎で、燕台は生《き》なりの支那服の背中にうっすらと汗をにじませながら支那小説を読みふけっていた。

すると、下女が声をかけてくる。

「だんさん、遠い所からお客さんがおいでとりますがやけど」

玄関に出てみると、そこには頭の上に手垢で汚れたカンカン帽、その下は白絣《しろがすり》の着物に絽羽織《ろばおり》、そして素足に草履をひっかけ風呂敷包み一つを下げた背の高い男が立っていた。すぐに燕台は、それが卜了軒の旅館で会った男と気づく。鯖江で会った時と全く同じ身なりだったからだ。

「福田大観です。お言葉に甘えてやってきました」

房次郎は不愛想な口調でぺこりと頭を下げた。燕台は妻の曽登を呼んで、

「おい、この男に着替えを持ってきてくれんか。着とるもんは全部洗うてやれ」と言うと、房次郎に向かって、

「二階の部屋をひと間あけるさかい、そこを好きなように使ったらええ」と伝えた。

二階に住み始めた若い才能は篆刻のほかに、書や濡れ額なども得意だと聞いている。燕台は、房次郎に何から始めさせたら面白いかと考え始めた。

すると翌朝、意外なものを目にする。

朝食を取ろうと食卓につくといつもと様子が違う。妻の曽登に尋ねると、房次郎が食事を手伝いたいと言い出し、小遣いを渡すと近くの近江市場で買い物を済ませ、あっという間に家族七人と使用人二人、合わせて九人分の朝食を作り上げたという。

食卓からはいかにも旨そうな香りが立ち昇っていた。燕台がそれらを次々に食べ進むと、ご飯の炊き具合も、京風に味付けされた味噌汁や煮物などの惣菜も見事な出来栄えだった。

「君にはこんな才能もあったんか」

思わず言葉を漏らすと、房次郎は部屋の片隅でにこにこ笑っている。

食通としても知られる燕台は、房次郎の腕はその辺の料理屋よりもずっといいと初めての料理で

感じた。

一方、房次郎も京都にはない北陸の新鮮な魚介類に興味を持つ。その他にも金時草やつる豆などの独特な野菜や簾麩《すだれふ》などの加工食材もあり、調理の意欲が自然と高まっていった。この日以来、房次郎は毎日九人分の食事を作り続け、細野家はその料理を大いに楽しむことになる。

料理に関して、燕台はこんな出来事にも遭遇している。

家族のおさんどんに感謝していた燕台が、五円札を渡しながら、「これで新しいカンカン帽を一つ買ってきたらええ」と勧めた。燕台は房次郎のくたびれた帽子がずっと気になっていた。

房次郎は教えられた帽子店を目指し喜んで飛び出す。しかし、すぐに外から大きな声がした。

「燕台さん、人力車に金をやってください」

玄関先に出ると、房次郎は何か魚らしきものを筵《むしろ》にくるみ、それを手で押さえながら立っていた。くるんだ物を覗き見ると、それはまだ生きている秋味（鮭）だった。

帽子屋に向かっていた時、大きな橋のたもとに人だかりを見つけたのだという。近づくと、初鮭を捕まえようとする人の周囲に見物客が集まっていた。

清流の中で銀鱗をきらめかせて跳ね回る姿を見て、房次郎は思った。

「これを刺身にしたら、旨いやろうな」

新鮮な魚は「近江市場」に並んでいたが、生きている鮭にはかなわない。

「よし、生きた鮭で料理を作り、細野家のみなを驚かしたろ」

房次郎は鮭を捕まえた人に五円札を渡し、鮭を譲り受けると人力車に飛び乗ったと、事の次第を燕台に説明した。

「鮭一匹に、ほんまに五円（今の一万六千円ほど）払うたんか？」

「はい」

その夜、食卓に上った鮭の味は格別だった。

「帽子の五円がこの美味に姿を変えた。こんなけったいなことをするもんは金沢にはおらん。大した男や」

燕台はますます房次郎を気に入った。

それから間もなく、燕台は手始めに自分の骨董店の濡れ額を彫らせることにする。

「どんな屋号がええですやろ?」

そう尋ねる房次郎を前に、燕台は考え込む。そのまま「清国磁器雑貨」としても面白みがない。

「せや、『堂々堂』にしよ。大観はん、『堂々堂』と彫ってくれんか」

それは中国の宋の時代、詩人の蘇東坡《そとうば》が西湖の湖畔に四阿《あずまや》を作った時に「亭々亭」と命名したことにヒントを得た名前だった。

早速、房次郎は二階に上がり、鑿と小槌を振るい始める。食事時になっても房次郎は下りてこず、二階から響く小槌の音は途切れることがなかった。

そして、完成すると「堂々堂」の濡れ額が店の軒先に掲げられる。それを見た燕台の全身に鳥肌が立った。

木の板には房次郎の気迫が乗り移り、一文字一文字からひしひしと伝わってくる。こんな濡れ額は見たことがない。京都や奈良の寺に掲げられた濡れ額にも、これに匹敵するものはない。

「こんなもん、大篆刻家でも滅多に作れん。九天(天界)が爆発しとるわい」

ここで燕台の頭の中には次の展開が見えてくる。

房次郎を金沢から近い山代温泉に連れていき、そこの旅館の濡れ額を次々と彫らせる。それは房次郎にとって大きな収入になると思われた。

金沢に来て二か月が過ぎた十月末、燕台は房次郎を伴って山代温泉に向かう。ここには内湯旅館が二十軒ほどあり、まずその中で燕台が選んだのは「吉野屋」だった。主人は書画骨董好きで、すぐに房次郎に濡れ額を頼み、その作業場として旅館の離れを提供した。

狭い温泉場のことなので、そこから小槌の音が鳴り響くと、房次郎の噂は瞬く間に広がり注文が殺到する。房次郎はしばらく滞在して、その作成を続けることになった。

燕台はといえば、金沢から銀の小鍋を下げて足繁く「吉野屋」を訪ねてきた。

この時期、北陸は越前蟹に香箱蟹《こうばこがに》、鰤《ぶり》に甘海老と魚介が一年で一番旨い時期を迎える。当時の旅館は板場を持たず料理はみな仕出し屋に頼んでいた。しかし、汁椀などは運んでくる間に冷めてしまう。そこで燕台は自分の鍋に汁ものを移し替え、火鉢で温め直してから食べていた。

燕台と共にその仕出し料理を食べていると、房次郎は食材や調理のことを色々と尋ねてくる。

この日は、房次郎が初めて目にする食材が載っていた。

「これはなんですやろ」

「こりゃ〝このわた〟言うて寒海鼠《かんなまこ》の腸《はらわた》がいいね。北陸の冬の味覚の王様や。海鼠の腹から取り出した腸を塩漬けにしたもんで、おとましそうに（もったいなさそうに）ベロの上にちょびっと載せて酒をちびりちびり飲む。これが冬場の最高の贅沢なんや」

とろとろと糸を引かせながら口の中に入れて食べた時、房次郎は感嘆の声を漏らした。

もう一つ、この地で房次郎が気に入った食材がある。それは口子だった。これも海鼠の卵巣で冬場に産卵期を迎え発達肥大する。それが海鼠の口先にあることから〝くちこ〟と呼ばれている。平たく延ばし干したものは、昔から能登周辺の高級食材として知られていた。

房次郎はあまりの旨さに、五円分を一度に買い食べ続け、その味を後日、こんなふうに表現している。

「フランス美人を連想させるような一種肉感的なところがあって、熱い香りが鼻につき、どんな人間でも食べれば必ず驚嘆する」

燕台は、北陸の冬の味覚を房次郎に味わわせながら、様々な教えを説いている。

「松葉蟹について、面白い話があるがや。松葉蟹が暮らしとる場所は深海なんや。そこでは滅多に雄と雌が出会わない。そこで雌は〝貯精嚢《ちょせいのう》〟と呼ばれる器官を持ったんや。一度雄と交尾をすると、四、五年はその貯精嚢に精子を仕舞い込んで、毎年自分の中で受精を繰り返すいうんや。

わしはな、芸術いうんは性交渉と一緒やと思うとるがや。芸術を生み出すもんと鑑賞するもんは、その作品を通じてまぐわっとるようなもんや。四、五年もの間の精子を受け取るほど、激しく相手を発情させることが出来るか。それほどの感情を掻き立てることが出来るのか、それが芸術家にとって大事なことなんやで」

燕台の話は真面目ぶったものから、妙に艶っぽい話まで幅広い。そのいずれもが、若き房次郎の全身の細胞に深く刻まれていった。

燕台は大変な風流人でもある。出かける時は着流しか、支那服に中国の沓《くつ》、祝い事の時は中国の道教の道士が着る道服を着込み、柄の部分に観音様のついた杖を持ち歩く。さらに酒をこよなく愛し、朝二合、昼二合、夜六合と一日一升を欠かさず飲む。老いては〝酔翁〟と呼ばれた。

そんな燕台から房次郎は一度だけ叱られたことがあった。

「これはなんや。二度続けたらあかんで」

燕台は、料理の盛られた器を指さしてそう注意した。おさんどんを欠かさなかった房次郎が、二つの料理に続けて同じ器を使ったのだ。燕台はこう付け加える。

「料理を作ってから食器を選ぶのが普通やろうけど、まず皿を決めてから料理を考えてもええんやで。そしたらこんな失敗は決して起こらん」

「皿が先ですか?」

房次郎が聞き返すと、

「そや。皿と料理は夫婦《めおと》のようなもんや。二つと同じ組み合わせはない」

皿のことを燕台が気にしたのも無理はない。細野家の食器は、全て燕台が作ったものだった。

そうしたこだわりは食器に限らず、酒器や床の間の花瓶から支那風の暖簾、扁額、家具調度に至るまで燕台の自作か自分で見つけてきたものが飾られていた。生活の一切が美学によって統一されていなくてはいけない。それが燕台の考えだったのだ。

中でも燕台が絵付けして焼いた器は質が高く種類も豊富だった。

中国明代末の染付「祥瑞《しょんずい》」や奔放な絵文様が特徴の「呉須赤絵《ごすあかえ》」、金彩が鮮やかな「金襴手《きんらんで》」、「古九谷」など。いずれも燕台が、山代温泉まで出向き「須田菁華窯《せいかよう》」という窯で焼いたものだという。

燕台から注意されて以降、房次郎は、食器選びに注意を払うようになる。すると、料理と器がピタリと合った時に不思議な感覚が芽生えた。

「食器から出汁が出るように、一段とその味が良くなる……」

そう感じた時、燕台のように自分も器を作り、その上に自分の料理を載せてみたい、そんな衝動が込み上げてきた。

房次郎は、山代温泉に行った時に、「菁華窯」に連れていってほしいと頼み込む。燕台は、「そやったら『菁華窯』の看板を一枚こさえるこっちゃ。それを見た菁華はんが何と言うかやな」

房次郎は数枚、旅館の看板を作り上げると、ようやく「菁華窯」の濡れ額に取り掛かる。彫る前に材料も慎重に選んだ。そこで左隅を中心に年輪を刻む面白い板と出会う。その一枚に、房次郎は特に個性的な文字を刻んだ。それが出来ると、ようやく燕台と共に「菁華窯」を訪れる。

陶芸家・須田菁華はその時五十三歳。温泉街のはずれに自分の窯を作ったのは明治三十九年のこと。小柄で身のこなしが女形のようだったが、その内面は自他に厳しく豪放磊落《ごうほうらいらく》でユーモアもある男だった。

房次郎の差し出した濡れ額を見て、菁華は、

「文字が、よう遊んどる……」

と唸る。房次郎の彫った濡れ額は、「菁華」の文字が大胆に簡略化され、それが渦を巻く木目の中でまるで生き物のように躍動していた。

菁華はすぐにそれを店の玄関に飾った。そして、見上げながらしばらく見とれ続けた。

その後、菁華は房次郎を自分の工房に案内する。房次郎にとって生まれて初めて目にする作陶の現場だった。ろくろを回す者、絵付けをする者。房次郎は興味深くその作業を見つめた。

菁華の作品の特徴はその幅広さにある。染付、祥瑞、安南、伊賀、赤絵、古九谷、古伊万里から乾山《けんざん》までこなす。一つの窯でここまで様々な器が出来上がることに、房次郎はまず感動した。

出来上がった作品を眺めながら、燕台はこんなことを言った。

「焼き物も書も、日常の生活に溶け込んでいるものには生きた美しさがある。つまり〝用の美〟と

いうやつや。これが物を作る時の真の精神なんや」

菁華が「大観さんも、絵付けをしなさったらどうですやろ」といきなり言い出した。そして素焼きの皿をいくつか手に取ると、職人に筆と赤呉須絵具を持ってこさせ、房次郎の前に差し出す。

「字でも絵でも、何でも好きなもんを描きなさったらええ」

燕台も「やってみまっし」と背中を押す。房次郎が初めて絵付けをする瞬間が訪れた。

筆を手に取ると、まず得意の文字を書こうする。しかし、絵具はまるで吸取り紙に書くかのように器に吸い込まれ、すぐに筆が枯れ文字にならない。房次郎は慌てた。

「これは意外と、難しい」

どうしても、思い通りの線にはなってくれなかった。横で燕台も同じ作業をしていたが、そちらはすいすいと書き進んでいく。

「最初から紙の上に書くようにはいくはずないわいね。慣れるこっちゃ。それしかないがや」

すると、菁華が別の皿を持ってきて、

「これやったらどうですやろ。こっちは釉薬をかけて焼いたもんで、表面がつるつるとして書きやすいよってに」

それは本焼きの終わった白生地の皿だった。釉薬によって表面は磁器らしい光沢を放っている。確かに硝子《ガラス》のような地肌に筆は滑ってくれるが、絵の具が流れてこれはこれで難しい。筆を矯《た》めながら書かねばならず、一般的には本焼き後の方が上絵を載せるのは難しいとされている。

しかし、房次郎はそれにすらすらと文字を書き始めた。今まで扇面などに書いてきた経験があり、筆の矯め方に慣れていた。その様子に菁華も燕台も目を丸くする。

「これは初っ端から、わしは負けそや」

工房の中で、燕台が大きな声を上げた。

「筆の使いようがわしと一緒やな。筆がやはり立っとる。これは書家ならではの書き方なんや」

職人たちも集まり出し、その腕をほめちぎった。気分の良くなった房次郎は、次に鉢に挑戦する。直径二十四センチほどの中鉢の胴（外側）と見込み（内側）に花を描こうと思った。

しかし色絵は赤呉須（朱）よりも、さらに筆を矯めないと色が乗らない。しかも胴は描きやすいが、見込みとなるとさらに難しい。それでも何とか描き終え、最後に「大観学人試書」と赤呉須で名を入れて一息ついた。

まずまずの出来栄えで、菁華も燕台も感心して見入った。しかし、燕台が大笑いし始める。

「何か？」

「おかしないか。こんな花はないやろ」

房次郎が見直すと、確かに朝顔の葉と蔓の先に、鉄仙の花が咲いていた。

「こりゃ、大失態や」

房次郎の大きな笑い声が工房に響き渡った。

その後も数枚の絵付けを施し、房次郎はさらに自信を深めていく。そして、心の中に、

「他人《ひと》にろくろを引いてもらえば、自分でも器が作れる」

そんな思いが溢れ返った。

◇

平野は、ついに魯山人と器との出会いを知ることが出来た。

武山も、関東大震災前に山代温泉に通っていたと話していたが、その場所が魯山人の陶芸の原点だったのだ。魯山人はその「菁華窯」で、元々持っていた書の技術を駆使して、そのこつをすぐに摑む。確かに燕台が言うように、絵付けをする時、魯山人の筆は立ち続けていた。

平野は、広い砂浜から落とし物をようやく見つけ出したような達成感を味わっていた。

それだけではない。〝器は料理の着物だ〟という発想の源も知り得た。また料理を披露する空間全てを演出した「星岡茶寮」の原型が金沢にある燕台の自宅にあったというのも大きな発見だった。

「先生は最初の絵付けの時、本当に朝顔の葉と蔓の先に鉄仙の花を描いてしまったんですか？」

平野の問いかけに、

「せや。でもな、後で考えてみると、その間違いがなんとなく魯山人の人生を象徴しているような気がしてきたんや」

燕台は神妙な表情でそう言った。二人がいる部屋に、妻の曽登が酒の肴にと口子の載った皿を運んでくる。見たこともないほど、大量に口子が盛られていた。

「口子を気に入った魯山人は、これ以上の量をいち時《どき》に食べたようやで。君も食べてみまっし」

平野も魯山人の真似をして、高価な口子を次々に口に運んでみた。その香りと日本酒が見事に調和する。魯山人の言う通り、それは官能的な味わいだった。

「金沢で魯山人が会うた人物の中で、もう一人忘れてはならない人物がおるがや。魯山人は既に内貴はんのところに来た時には、料理の腕前はかなりのもんやったらしい。しかし、それは我流で身に付けたもんで、基礎は知らんかった。それを教えた人のこっちゃ」

「先生に、そんな人がいたんですか？」

「太田多吉という人や。内貴はんは、魯山人に料理の精神を叩き込んだが、多吉はんはその上に実技を載せていったがや。その人もまた『星岡茶寮』への道筋をつけた一人と言える」
「太田……多吉……」

◇

燕台には「菁華窯」のほかに、房次郎からずっと頼まれていることがあった。それは太田多吉と会わせてほしいという願いだった。房次郎は会う人会う人に多吉の話を聞かされ、金沢にいるうちにどうしても会っておきたいという気持ちを募らせていた。

それは「山の尾」という料亭の主人だった。〝北陸に山の尾あり〟と呼び声の高い名料亭で、多吉本人も〝北陸に茶人・太田多吉あり〟と言われる茶道の大家だった。

多吉は江戸時代末期の生まれで、燕台より十八歳、房次郎より二十九歳年上の六十二歳。元々懐石料理を届ける弁当屋で働いていたが、主人に気に入られ、徹底的に懐石料理を仕込まれる一方、金沢で名高い茶人の元に通い茶道の修業を積んだ。そして二十七歳で独立し「山の尾」を開く。

そこの料理は、三井財閥を支えた実業家で、利休以来の大茶人の益田鈍翁《どんおう》や井上馨《かおる》らを驚かせ、東京、京都、大阪などから茶人、数奇者、美食家が絶え間なく訪れるようになり、北陸の料理屋の頂点を極めた。

多吉はその利益の全てを茶道具の収集に充て、江戸時代の本阿弥光悦や、尾形乾山など多くの名器を所有することでも有名だった。

燕台は多吉とは古くからの付き合いがあったが、その性格は偏屈な上に癇癪持ちだった。茶の心得がない上、房次郎の人を食ったような言動は必ずや諍いをもたらすと思っていた。そのため「そのうちにな」と言って、房次郎の願いをずっと先延ばしにしていたのだ。

しかし、大正五年一月初旬。燕台はついに折れて、房次郎を「山の尾」に連れていく。

いつもは気難しい多吉だったがこの日に限っては機嫌がよく、燕台は一安心した。

房次郎は、多吉の目の前で「山の尾」の正月料理を食べた。

「このばい貝はまことに旨いですね。秋に食ったものとは味に格段の差があります」

と房次郎が言うと、

「ほう、なかなかいい舌を持っていなさる。舌の感覚は生まれつきのもんやさけな。たんとあがるまっし」とにこにこ笑って多吉は応じた。

「山の尾」の食器のほとんどは「菁華窯」のもので、既に須田菁華から房次郎の非凡さを伝え聞いていたらしい。しかも、多吉は権威や肩書を嫌う職人気質で、朴訥で諂うことの出来ない房次郎をかえって気に入った。

そして、房次郎の目の前に金沢の正月の郷土料理〝かぶら寿司〟が出てきた。一口食べて多吉に尋ねる。

「これはどのように調理してはりまっか?」

「君は料理にも興味があるんか?」

「はい。これは初めて口にする複雑な味で……」

「ほう。これを作るには十二月に入ってからの大きな蕪《かぶ》を輪切りにして塩に漬けておく。ひと雪降ってからの氷見《ひみ》湾で水揚げされた寒鰤は旨く、これも塩漬けにしてから身を薄く切り、麹と米を炊いて蕪と鰤に挟み、唐辛子、昆布を載せ、重石した樽に一か月ほど漬けて発酵させ、味がなれたものを取り出して縦長に切って盛り、食べるのがいいがや」

多吉は丁寧に説明した。二人のやり取りを燕台は目を細めながら聞いていた。

しかし、膳が進むうちに酒が入ったせいもあっただろうが、房次郎は「山の尾」の料理について批評し始める。

「京料理に比べて、ここの味はこってりとしていてちょっと甘過ぎるように思いますが、どうですやろ。元々甘い加賀醤油のせいなんでしょう。あと……料理に餡が絡み過ぎていませんやろか」

横に座る燕台は、その言葉にそわそわと慌て始める。止めに入ろうかと思った時、

「ほう、それに気づきましたか。餡については、わしもちといかんなと思うとりました」

多吉は房次郎の指摘に驚いた顔をしている。燕台はホッと胸を撫で下ろした。

そして、三人の話題が焼き物の話になったところで多吉は意外な行動を取り始める。自分が秘蔵している乾山の作品を持ち出してきて房次郎に見せたのだ。

「先日、菁華さんのところに連れていってもらい、初めて絵付けを経験しました。ほんま楽しかったです。私も陶器を焼いてみたくなりました」

「ほうか」

すると多吉は再び立ち上がって、漆塗りの重箱を持って部屋に戻ってきた。それを房次郎の前に置くと、中から光悦の赤楽茶碗を取り出す。

「これが〝赤楽雲文茶碗〟や」

それは、燕台も目にしたことのない逸品だった。

「うお……」

房次郎は唸り声を上げた後、恐る恐るそれを手にする。燕台が慌てて房次郎にこう言った。

「気い付けや。これだけで家が何軒か建つほどの価値なんやで」

釉薬には胆礬《たんぱん》（銅の硫酸塩鉱物で淡い緑色）が使われ、赤楽の地色にぼんやりと三つの雲形が浮き上がっている。茶碗自体は大きな造りだが、高台《こうだい》（茶碗の脚）は見るからに低く不調和の調和を演出している。その脇に「光悦作」と朱漆で書かれてあった。

「相対の調和やなあ……」

そんなことを呟きながら、房次郎は料理が運ばれてきても、その茶碗に魂を奪われたかのようにため息をつきながら夢中になっていじり続けた。

すると突然、多吉はこう言い出す。

「そないに気に入ったのなら、何か大きな仕事が出来たら、これを君にやろうやないか」

「本当によろしいんですか？」

燕台も目を丸くした。

「多吉はん、あんた気でも狂ったん」

「この若いもんが茶碗を見て離さんもんやから、かわいそうになってしもうて……」

全ての食事が終わると、多吉は滅多に他人を入れない調理場に二人を案内した。

その厨房は広く綺麗に整っている。そして房次郎に向かってこう言った。

「これからは客でのうて、好きな時に来て料理を覚えられるがいい」

それ以来、房次郎は金沢を訪れる度に、この厨房に来て料理の基本を学び続けることになる。そこには鼈料理の名人中の名人と言われた一番包丁の料理人と懐石料理に関しては金沢一の二番包丁がいた。房次郎はその二人から徹底的に「山の尾」の技を習ったのだ。

さらに多吉は金沢の漆器の塗師、遊部外次郎《あそべ》を房次郎に会わせる。遊部は百五十年ほど続く漆器を家業とする家の八代目の名工だった。その遊部の漆は、のちに「星岡茶寮」になくてはならない器になった。

　大正五年四月。

　房次郎が燕台の元に来て、

「燕台さん、話があるんです」

　と切り出すと、いつになく真剣な目をして続けた。

「一旦、金沢を引き払って東京に戻ろうと思うてます」

　その目から、燕台は決意のようなものを感じ取った。

「そうか。生きる方向が定まったという訳やな。よしわかった。またその気になったらいつでも金沢に来るこっちゃ」

　その言葉に房次郎は笑顔を作る。

「では最後に、こんな話をしておくわいね。中国では蟹のことを昔から何と言うか知っとるか？」

「いいえ」

「〝横行君子〟と呼ぶ。これはな、蟹は誰が何と言おうと横にしか歩かん。その姿から、決して権力におもねることがない君子という意味で、その名前を授かったという訳や。ちなみに、蓮は〝花中君子〟と言うがいね。蓮も泥に出でて泥に染まらずということで、まあおんなじ意味や。

　これから君は我が道を行き、横行君子でいたらええ」

　房次郎は、似たような話を内貴清兵衛にもしてもらったなと思った。芸術家を目指すなら、金や名誉に心を奪われてはいけないと。燕台もまた別れ際に燕台らしい言葉で締めくくり、それは生涯、房次郎の心に住みつくことになる。

「さすが越前蟹の本場ならではの蘊蓄《うんちく》ですね」

「ちゃうがな。これは中国の話やわいね」

二人は大きな声で笑い合った。


房次郎を気丈に送り出した燕台だったが、その心の中には寂しさが溢れていた。

昨年の夏の終わりにここに来てから半年余り、房次郎は強烈な存在感を放ち続けた。一つひとつの出来事を思い返してみると、それがたった半年で起きたこととは到底思えない。

実際は面倒なこともいくつか起こしていたが、それを上回る刺激を絶えず燕台に与えてくれた。

これまで何人も若い才能の面倒を見てきたが、こんな体験は生まれて初めてのことだった。

その後、魯山人と名を改めた房次郎からは手紙が小まめに届き、燕台はその動静を大体把握していた。

そして金沢の地を離れて七年目。魯山人は首相官邸の真横にある六千坪の土地で料亭を始めることになったと手紙に書いてきた。

その時、燕台は胸の高鳴りを覚える。

「何かを仕出かすぞ」

それ以降、魯山人からの手紙は頻度を増す。そのほとんどが燕台への頼み事だった。

まず魯山人は茶寮の出資者を募ってほしいと言ってきた。燕台はすぐに金沢中を駆け回り、かなりの数の出資者を集める。続いて庭師を紹介してほしいと頼んできたので、金沢一の「丸岡屋」という業者を紹介した。

そして食器のことでも相談を受ける。あまりに数が多く「菁華窯」だけでは間に合わないということで、燕台は金沢出身で京都の伏見で窯を開いていた宮永東山を引き合わせることにする。すぐに魯山人を伴い京都に赴き、話をつけて帰ってきた。

いよいよ開寮が近づくと、今度は新鮮な北陸の魚介類を送ってくれと言ってくる。燕台は金石《かないわ》港や加賀橋立《はしだて》港の網元を巡り、直接魚介類が仕入れられるように手はずを整えた。

そこまでして燕台を積極的に行動させたものは何だったのか。面倒見がいい人柄だったということはもちろんだが、燕台の中には、魯山人が自分のやってきたことを何十倍にも膨らませてくれるのではないかという大きな期待があった。魯山人は自分に夢を見せてくれる。しかも、金沢などという田舎ではなく、帝都東京のど真ん中で……。

開寮して間もなく、燕台は太田多吉と共に上京することにした。

金沢駅で汽車を待つ多吉の手には、約束通りあの光悦の茶碗の入った風呂敷包みがあった。

東京に着いて「星岡茶寮」の敷地に足を踏み入れると、玄関で魯山人が手厚く出迎えてくれた。そして横に立つ中村竹四郎を紹介する。燕台は心の中で「そうか、この子が今はわしの代わりに我《わ》が儘《まま》な魯山人の面倒を見てくれているんやな」と思った。

魯山人は二人を連れ屋敷の中を案内する。特に多吉には厨房を見てもらいたかったようだ。

「実に見事なもんや」

多吉が感嘆の声を上げると、魯山人は嬉しそうな表情を浮かべる。確かにそれは「山の尾」を手本にし、魯山人が思い描くままに近代化、拡大化させたものだった。

話には聞いていたが、実際に見る「星岡茶寮」は壮観だった。座敷から眺める庭も「丸岡屋」によって見事に手直しされ、室内の造りも魯山人が作った行燈や掛け軸などの趣味もいい。

いよいよ料理を食べる段になって燕台と多吉はなお感動する。根底には「山の尾」の技術があるが、全てが魯山人のオリジナルとして消化されている。多吉も箸をつける度、いい味だと唸った。しかも食器と料理の相性が今まで見たこともないほどピタリと合っている。それは当然なことかもしれない。食器の製作者と料理人が同じなのだから。そして、それが一致している料理屋など未だかつて日本に、いや世界のどこにもないはずだと思った。

内貴清兵衛の言った「料理は芸術になる」という言葉を、魯山人はいま自分の出来うる限りの料理と自作の食器で実現しようとしている。もちろん陶芸の新米が作ったものということで食器の出来不出来は様々だったが、それがまた自分の理想に向かって必死に格闘している姿を現しているようで清々しく感じられる。

酒も程よく回った頃、料理は最後のご飯と漬物、止め椀になっていた。その椀物をひと啜りすると、燕台の中にある思い出が蘇る。魯山人が自分のところに来たばかりの頃、家族七人と使用人二人、合わせて九人分の食事を作り続けていたことだ。

この汁の味は、その時の味そっくりだった。それに続けて脳裏に、筵に鮭をくるんだ若き日の魯山人の姿、「堂々堂」の濡れ額を見た時の驚き、「菁華窯」で絵付けに苦心する様子……様々な出来事が浮かんでくる。思わず燕台の目に涙が溢れた。「ようやった。ようやった」と何度も呟いた。

ふと見ると、前に座る多吉も涙を浮かべている。多吉は父親のような気分でこれまで魯山人と付き合ってきたのだろう。

泣きべその顔を合わせると、二人は恥ずかしくなり思わず笑い出した。

開寮した翌年。

魯山人は鎌倉に窯を作りたいと言い出し、陶工集めを頼まれる。そこでも燕台は献身的に行動した。

まず「宮永東山窯」と掛け合い、工場長だった荒川豊蔵を、「菁華窯」からは山本仙太郎を、さらに金沢のろくろ師・松島小太郎を説得して引き抜き、鎌倉に向かわせる。いずれもそれまでいた窯の中心的な人物だったため、後日燕台はかなり恨みを買うことになった。

「星岡窯」が出来上がると、燕台は再び上京しそれを見に行った。まだ火入れもされていない完成したばかりの登り窯を見て、燕台は胸を熱くする。

魯山人は自分の理想とする食器を自分の窯で焼こうとしている。ここでも魯山人は燕台の夢をまた一つ具現化して見せてくれた。

窯をうっとり眺める燕台に、魯山人はこう言った。

「鎌倉はいいところでしょう。燕台さんも鎌倉に来たらどうですか?」

魯山人には、燕台の顔の広さや問題を処理する能力に期待し、自分の傍にいてほしいという思いがあった。翌年、魯山人から鎌倉に手ごろな家が見つかったので来ないかと再び誘いが来た。

それに対し燕台は、自分でも不思議なくらい簡単に同意の返事をする。そして、その年の十一月、五十六歳になった燕台は母と妻、娘を連れ、生まれ育った金沢の地を後にし鎌倉に越していった。

◇

「魯山人は、ほんま不思議な男やった。

須田菁華も太田多吉も普段気難しい人なんや。簡単に自分の仕事場に他人を入れたりせん。それがや、魯山人にはころりと心を開いて、自分の技術を伝え始める」

確かに、この二人がいなかったら、今の魯山人もかつての「星岡茶寮」も存在していない。松浦も武山も、魯山人の料理は我流と言っていたが、その基本をしっかり多吉の下で習得していたのだ。

「その頃、彼らは人生の峠を過ぎとった。せやから、もう自分では叶わん夢を魯山人に賭けてみたんやと思う。それはわしにしてもおんなじやった。

わしが鎌倉に越した理由は、魯山人の傍でその仕事を見守りたい。そんな思いが募ったからや」

燕台は空になった徳利を逆さにして、掌に酒の雫を落としながら言った。

もう燕台はどれほど飲んだだろう。魯山人の昔話を肴に飲み続けている。燕台は新しい徳利を妻に運ばせた。

「特に多吉はんの魯山人への思いは尋常やなかったな。それがあの〝光悦〟によう現れとる。

魯山人はその逸品の追銘として、赤楽茶碗に『山の尾』と名付けたんや。『山の尾』は、久邇宮邦彦殿下が『星岡窯』にお成りになった時にも披露され、その時多吉はんは自ら鎌倉に赴いて茶も点てとる。

そん時は、多吉はんも自分の人を見る目は間違っておらんかったと鼻高々やったがいね。

しかし、魯山人はそれで終わらんかった。さらに不思議な男やった。全てがわしの予想を覆していく。悪い意味でもな……」

燕台は寂しそうな表情を浮かべて、続きを話し出した。

◇

新居は鎌倉明月院の近くだった。燕台は至る所に歴史の匂いがする鎌倉の地を気に入った。

魯山人は燕台を「星岡茶寮」の顧問にして、月々五十円を月給として支給する。燕台は頻繁に「星岡窯」に出入りし、そこを訪れる客を相手に茶をもてなしたり陽明学を教えたりした。

特に陽明学の知識は、東京の財界人たちを虜にする。財界の怪物と言われた、日本五大電力の一つ「東邦電力」の松永安左エ門や保険業界の育ての親、「東京海上火災」の各務鎌吉《かがみけんきち》、「阪急グループ」の創始者、小林一三など、燕台から教えを受けた人は名前を挙げればきりがない。

また総理大臣に任ぜられる犬養毅とも〝分墨《ぶんぼく》の友〟として交流し、それは犬養が「五・一五事件」で暗殺されるまで続いた。

鎌倉に越して四年目の昭和七年。太田多吉は七十九歳で亡くなった。その時、燕台は魯山人と共に金沢で行われた葬儀に向かう。

魯山人はそこで「私は親を失った思いがいたしまして、朝が来るたびに自然と涙がにじみ出るのを禁じ得ません」と弔辞を述べている。やはり、魯山人も多吉のことを親と思って付き合っていた。二人の出会いの場を提供していた燕台は、その弔辞に目頭を熱くした。

しかし、話はそれで終わらなかった。

その三年後の昭和十年、魯山人は上野松坂屋で「北大路家蒐蔵《しゅうぞう》古陶磁器展」を開く。出品された作品は三千点余り。もちろんそれらは、その場で気に入れば購入することも出来る。

燕台はそのパンフレットを開いて驚いた。最初のページにこの展示会の目玉商品として、太田多吉から贈られた「光悦茶碗・山の尾」が掲載されていたのだ。

それを見た瞬間、燕台は怒りに震え身体中がかっと熱くなる。確かに多吉は既にこの世にはなく、その始末の仕方は所有者である魯山人の勝手である。恐らく、古陶磁を自分の教科書であり師と考える魯山人にとって、もはや学ぶものが「山の尾」にはなくなったということなのだろう。

しかし、それでも多吉が一番大切にしていたこの「山の尾」は、魯山人への思いや期待を溢れるほど詰め込んで贈った逸品だ。それは本来金で売り買いするようなものではなく、魂の繋がりを表すための物のはずだ。

「魯山人には、人の情というものが存在しない……」

結局、「山の尾」は六万円（今の二億四千万円ほど）で売られた。その時、燕台は魯山人が金沢の思い出も切り捨てたような気がして、暫くの間悔し涙が止まらなかった。

しかし、そうした行動はその頃の魯山人の横暴な振る舞いの一端でしかない。「山の尾」が売られた時期は、魯山人が「星岡茶寮」で従業員たちに辛く当たり始めた頃と一致する。そして、自分や竹四郎を支えてきてくれた茶寮の会員たちとも、意見が合わなければ激しい口論を繰り返し、相手が去っていくか、または魯山人の方から排除していった。

その頃、燕台は北鎌倉の道具屋を中心にしたメンバーで「北倉会《きたくらかい》」という会を作り月に一度茶会を催していた。元々魯山人と交流の深いメンバーだったが、

「燕台さん、あなたがこれ以上魯山人と付き合うつもりなら、わしらはあなたとも付き合うのを止めにする。そう思っていてください」

と迫ってきた。燕台は間に挟まり、苦悩を続けた。

さらに燕台も目を疑うような出来事が起きる。

魯山人は「星岡茶寮」が出来た六年後の昭和五年から、機関誌「星岡」を発行している。燕台もそれに度々寄稿していたのだが、昭和十一年七月号にある記事が掲載された。それは内貴清兵衛と魯山人の書簡のやり取りだった。

清兵衛の手紙はこんなものだ。

『今年は天候不順が続いていたせいか、土田麦僊が逝き、今また富田渓仙が亡くなった。昨年速水御舟が亡くなって以来、土田、富田ともう再び現世で出会う事は叶わない。いずれも私の芸術観の同志であった。出来ればあなたには摂生を重んじてもらい、百歳の寿を保たれんことを願っています』

土田麦僊は、かつて魯山人も敬愛した竹内栖鳳に弟子入りし、のちにゴーギャンやルノワールなどの西洋美術に影響を受けた日本画家だ。富田も速水も、やはり「松ヶ崎山荘」に出入りしていた日本画家で、中でも富田は魯山人を清兵衛に紹介してくれた人物である。

清兵衛は自分が見守ってきた者たちが次々と亡くなっていくことを悼み、魯山人にはいつまでも活躍を続けてほしいと、この手紙の中で祈っている。

しかし、その書簡に対する魯山人の返事はこんなものだった。

『感慨深く御書を精読いたしました。しかし、私は饅頭の皮を作るような表面的な美術技巧に身をやつすような輩は大嫌いで、中身の餡こそ芸術の本義と考えています。これをてんで分からずにいい気になり、ろくでもない仕事に得意然たる輩は、たとえそれが夭折《ようせつ》しようとも何の感銘もありません。むしろ御舟、麦僊、渓仙などが優れた画家のように世間に思わすことは害があると思っています』

魯山人は、清兵衛が可愛がった者たちを〝饅頭の皮のようなものを作る者たち〟と表現し罵倒する。清兵衛に対して、彼らへの対抗心を示し意気軒高なことを知ってもらおうとしたのかもしれないが、それは死者に対する言葉ではない。しかも、この書簡は清兵衛にとってはあくまで私的なものので、決して雑誌などに掲載されるとは思っていなかっただろう。

清兵衛は魯山人の人生の恩人だ。それをこんな形で晒し者にするなんて……。

魯山人は、恩師の内貴清兵衛とも袂を分かつつもりだと燕台は感じた。

燕台には、魯山人が野に放たれた猛獣のように見える。山林で出会う人間にはことごとく敵愾心を剝き出しにして嚙みつく、もはや人の心をなくした獣《けだもの》。何がここまで魯山人を変えてしまったのか。

燕台は、どこかの機会で魯山人をたしなめなくてはいけないと考えた。

そんな時、燕台との間でも決定的な事件が起こる。

「星岡窯」にある魯山人が作った茶室「夢境庵」で茶会が行われた。燕台が主人を務めたこの茶会では掛け軸も燕台が調えている。それは牛の水墨画で、右上に「黒牡丹」と題が書かれてあった。

「燕台さん、牛の絵なのにどうして、題が『黒牡丹』なのですかね？」

そう尋ねてきた魯山人に燕台はこう応じた。

「昔、支那のある地方に、黒い牛を放牧して生計を立てていた小さな村があった。ある時、一人の村人が牡丹の種を蒔いたところ、放牧地やもんやさけ、土地が肥えており見事な花が咲いたそうや。そしたら他の村人たちも、けなるがって（羨ましがって）みな牡丹の栽培を始めた。それを聞いた人々が牡丹の見物に遠いところからわんさか来るようになり、村は一気に観光地になった。そして、村人らは黒牛を飼うのをやめて、牡丹を観光化することに一生懸命になったんや。ところがある年、村に天災地変が起こり、牡丹が一瞬にして全滅してしもうたそうや。村人らは意気消沈し、元からやっていた黒牛の放牧が最も適した仕事だったと再認識して、目先の華やかさに心を惑わされたことを反省したという。こんな話から『黒牡丹』が牛の異名になったがや」

話し終わると、燕台は一息ついた。

しかし、魯山人はこの説教めいた話が気に入らなかったようで、

「なんだ、そんなことか。くだらん」

と吐き捨てるように言った。

その瞬間、溜まっていた燕台の感情が一気に爆発した。

「くだらんやと。人に長々と話をさせといて、その態度は何事や」

そして、立ち上がり、

「もう、お前なんかとは二度と顔を合わさんぞ」

荒々しく襖をあけ放ち、床が抜けるかと思うような足音を立てて「夢境庵」から出ていった。

自宅に戻ると、母屋の玄関に掲げてあった「堂々堂」の濡れ額を力任せに取り外す。それは魯山人が金沢に着いて間もなく彫った燕台の思い出の濡れ額だった。そして、妻の曽登に向かって叫んだ。

「のこぎりを持ってこい」

縁側で、それを使い燕台は「乙卯抄秋大観作」の落款部分だけを一気に切り落とした。

「どうして、そんなことを……」

曽登がおどおどしていると、燕台はその場にがくりと座り込み呟いた。

「あいつめ、どこまでダラ（馬鹿）なんや……」

「何があったんです?」

「魯山人と縁を切る」

「えっ?」

「もうあいつはあかん。あいつの周りはもう十人中九人が敵になっとる。わしが最後の一人やったんやが……えろうなったら一つも謙虚でなくなってしもうたんや」

元々魯山人は人付き合いが下手だった。自分の役に立つと思ったら歯の浮くような言葉も口にするが、それ以外には冷たく接しているのはわかっていた。

「なぜ人に嫌われることばかりするんやろか……わしにも、もうわからん」

曽登はすぐにのこぎりを片付け、切った時に出た木の屑を箒で拾い集め、燕台の気持ちを冷やすように努めた。それが済むと、呆然と庭を見つめる燕台の横に座る。

すると、曽登はこんなことを言い始めた。

「私はずっと……魯山人はんを少し気の毒に思うてました」

「なに？」

「魯山人はんがそんなことをして仕舞うのは、きっと親からの愛情を受けてこなかったせいやないでしょうか」

その言葉は、燕台にとって思いがけないものだった。燕台は、曽登の顔を不思議そうに見つめる。

「なんで、そんなふうに思うたんや？」

「金沢に来て暫く、私ら家族のために、魯山人はんはお料理を作ってくだはりました。そん時、一緒に台所に立っていた時、横にいる私に向かってぽろっと『お母はんと、こんなして料理してみたかったです』と言わはって。そして、少し寂しそうな顔をしなさったんです。

私の勘みたいなものですけど、魯山人はんは辛い子供時代を過ごされたんやないでしょうか」

燕台は魯山人から幼少の頃の話を聞いたことがなかった。それに触れようとすると、いつもはぐらかされていた。曽登は燕台とは違う目線で、ずっと魯山人のことを見つめていたようだった。

曽登が言うように、もしかすると今の魯山人の言動にはその生い立ちが関係しているのかもしれない。頂点を極め緊張感を失った時、心の奥に隠してきた、〝親からの愛情を受けてこなかった〟

記憶がむくむくと起き上がり、傍若無人な男に変えさせたのだろうか。

いや変わったたんじゃない。元に戻っただけなのかもしれない。世間への恨みを、今の地位を使って晴らしているのかもしれない。

魯山人の心に植え付けられた過去の怨念。その正体に、燕台はぼんやりと思いを巡らせた。

◇

「魯山人とはそれきりやった」

燕台の魯山人に関する話はそこまでだった。以来二十年余り、二人はこんなに近くで生活を続けながら、その関係を断ち切っている。

燕台の話で平野が一番驚いたのは、内貴清兵衛との手紙のやり取りを機関誌「星岡」で公表したことだ。普通の感覚を持った人間なら到底できる振る舞いではない。魯山人という人は大変な恩知らずだったのか。それとも孤独を進んで欲しがる者なのか。

「わしや内貴はんの前では、魯山人はずっと猫をかぶっとった。大成するまでは芸術の下僕でいようと腹を決めていたのかもしれん。その本音が、天下を取った時に一気に噴き出したんや。それ以前から、私生活の中では、その片鱗を見せていたようやがな」

武山一太は、突然魯山人の人格が変わったと言った。しかし、燕台が感じたように〝元に戻った〟ということの方が正しいのかもしれない。

「その行きついた先が、『星岡茶寮』の解雇という事態やった。でもな、わしはその結末は陶芸家の魯山人にとっては良かったんやないかと思うとる」

「良かった?」

「せや、良かった。解雇によって魯山人は大きなもんを失ったんや。それがわかるかな?」

「お店以外で、ということですか? 何でしょう……」

「料理や。魯山人は大勢に振る舞う料理も失ったがや。そもそも魯山人の器は料理を載せるために作られたもんやった。しかし、その大切なパートナーを失ったんや。

その後の魯山人の器を見ていると、料理を渇望する叫びのようなものをわしは感じる。

それは早くに失った親なのか家族なのか、それはわからんが、それを欲する魯山人の内面と一致しているような気がしてならんのや。愛への飢えが魯山人の皿にはある。

芸術いうんは、自分の中に潜む渇きから生まれるもんや。茶寮をクビになってからの魯山人の作品はそれまでとは必死さが違う。奴の渇きが、猛烈な創作意欲と作品の冴えを育んだんや」

平野はこれまで魯山人の作品に、ある種のエネルギーを感じていた。燕台の分析によれば、それは愛を欲する力ということになる。全ては推論の範囲の話ではあったが。

「わしが初めに、あいつよりも一日でもいいから後に死にたいと願い続けていると言うたやろ。なんでかわかるかいな?

魯山人に執着したのは、わしが描いた下絵にあいつが絵具を塗って自分自身の絵を完成させていったからや。その絵の完成を見届けんことには死ねんと思うてきた。

しかし、もうその絵の続きを見ることは出来んのやろな……」

燕台は寂しそうな顔をする。目にはうっすらと涙を浮かべていた。

「魯山人にどんな土産を持っていったら喜ぶやろか」

「食べ物は難しいと思います。もう洋梨のジュースくらいしか口に出来ないので」

「そうなんや」

しばらく考えると、燕台は膝を打って言った。

「ええもんを思い出した。そん日は魯山人の驚くものを持参するわいね」

平野が燕台の家を出て振り返ると、そこには今も「堂々堂」の濡れ額が掲げられていた。二人が絶縁した時の記憶を蘇らすかのように、のこぎりの跡が生々しく残っている。

切られた板はいかにもバランスが悪いし、切断面は決して真っ直ぐではない。

しかし年月が経ち、それはそれである種の風合いを醸し出していた。それは不幸な出来事さえも愛でてしまう、燕台の大きさを表しているような気がする。

戦後、もう世間ではあまり見られなくなっている「数奇者」の偉大さを平野は感じていた。

リストの四人目　中村竹四郎

この日、平野は会社の仕事を早めに切り上げ、午後四時の最終の「こだま」に飛び乗った。夕日が差し込む座席で、車窓に目をやることもなく平野はノートを開く。京都に到着するのは十一時手前、時間はたっぷりあったが気持ちを焦らせる。中村竹四郎と会う前に、今までのことを頭の中で整理しておきたかった。

これまで平野が会ってきた三人の話からわかったことは、魯山人が最も輝いていた時期は「星岡茶寮」が出来て三、四年目まで。それまでは周囲の人間に大きな夢を与え続け、みな魯山人のことを愛していた。が、そこを過ぎると一転、人が変わったようになる。その横暴な言動に嫌気がさし、魯山人の周りからは次々と人が去っていった。

まるで茶寮が出来た頃に太陽が天空のてっぺんに昇り、それを境に西の地平に向かってじりじりと傾き、解雇と同時に没して辺りには漆黒の闇が広がったような感覚だった。

なぜ魯山人は豹変したのか。

平野の頭の中には、三日前の燕台の話がこびりついている。燕台の妻、曽登に魯山人が語ったという「お母はんと、こんなして料理してみたかったです」という言葉。それは、魯山人の様々な謎を解く大きな鍵のような気がした。

とその時、平野はハッとした。

頭の中に「一等車の先生の様子を見に行かなきゃ」という思いが、無意識のうちに浮かんだからだった。しかし次の瞬間、平野は冷静さを取り戻し、

「そうか、今日は僕一人だけだった」

と呟き苦笑いする。

魯山人に付いて関西方面に向かう時、京都や大阪に着くまで、何度も様子を窺いに二等車から一等車に向かった。平野はこの春の出来事を思い出す。それは京都に向かう特急「つばめ」の車内で起きたことだった。

浜松を過ぎた辺りで一等車に行くと、魯山人の身体から異臭が漂っていることに気づいた。脚から腰のあたりを見て、平野は驚く。魯山人は席に座ったまま失禁していたのだ。

「先生、すぐ手洗いに行きましょう」

他の客に聞こえぬように、そう耳打ちする。しかし、

「いや、このままでいい」

と言って立とうとしない。

その日魯山人は、既製服の二、三倍の金額はする銀座の洋服店「壱番館」で仕立てたばかりのモスグリーンの上下を着ていた。そのズボンにもシートにも汚れを作り、立とうにも立てない状態だったのだ。幸い一等車ということで乗客はまばらだったが、車内には臭いが立ち込めていた。

京都に着いて着替えさせると、平野は魯山人に言った。

「先生、一度どこかしっかりした病院で検査を受けたらいかがでしょう」

「俺の身体は俺が一番よく知っている。病院なんぞ行ったってしょうがない」

そう返した魯山人だったが、この頃は失禁に加え下痢の症状も頻繁に起きるようになっていた。

あの時どんなに怒鳴られても、たとえクビを言い渡されても、先生を病院に連れていくべきだった。平野は今更ながら後悔していた。

暦は、既に師走に入っている。

翌日の京都は、冷え込みがきつく粉雪まで舞っていた。

平野は傘も差さずに、古めかしいビルを見上げる。それは二条城の近くにあり、「便利堂」と書かれた看板の脇に、美術印刷・出版と小さく表記されていた。

地面からの底冷えが伝わってくる革靴が、一歩前に進むことを躊躇っている。中村竹四郎は、作り上げた七人のリストの中で平野が一番会ってみたい人だった。しかし、意識の底の方で、竹四郎が近寄ってくるな、過去を蒸し返すなと自分を拒んでいるような気がする。中村竹四郎は魯山人を「星岡茶寮」から追い出した人物であり、この世で魯山人へのわだかまりが一番深い男だった。

平野はこの日の面会のために、少し卑怯な手を使っている。魯山人の名前を出せば、会う前に拒絶されるような気がして、「主婦の友社」の社員で一度お目にかかりたいとしか伝えていなかった。

最上階にある社長室の応接間に通されると、暫くして中村竹四郎が姿を現した。

会った瞬間、松浦や武山が言っていた通り、穏やかな性格の持ち主だと感じる。今年六十九歳のはずの竹四郎は和服に身を包み、目じりの下がった表情に笑みを湛えていた。

平野は「主婦の友社」の名刺を差し出した後、ここに来た本当の目的を伝え始めた。

「実は私は今『星岡窯』に住み込み、北大路魯山人先生の秘書のようなことをしています。先生が先日、肝硬変で横浜の『十全病院』に入院致しまして医師から余命僅かと宣告されました」

その瞬間、竹四郎の顔に動揺の色が浮かんだ。しかし、それはつかの間で、すぐに厳しい表情を作った。

「そこで先生がご存命のうちに過去の情報を集めておきたいと思いまして、参上した次第です」

そして、頭を深々と下げながら付け加えた。

「詳しいことも告げずに押し掛けてしまい、本当に申し訳ありませんでした」

その様子を冷たく眺めていた竹四郎は一つため息をつくと、予想通りの反応を示す。

「あなたもご存じのことやと思いますが、魯山人とはずいぶん前に関係を絶って、それ以来彼のことについては誰にも話したことがおへんのやす」

口調こそ柔らかかったが、強い意志のこもった言葉だった。

竹四郎から話を聞き出すのはやはり簡単なことではないだろう。しかし、わざわざ京都まで来たのだ。平野は「こだま」の車中で作り上げてきた〝台詞〟を口に出した。

「北大路魯山人という人が、問題の多い生き方をしてきたのはわかっています。しかし、その業績は別で、数奇な人生を客観的に記録する必要があると思っています。それで先生の周辺の人々に話を聞いて回っており、先日は、細野燕台さんのところにも伺いました」

その名に、竹四郎の目は僅かに反応する。

「燕台さんはこんな話をしてくださいました。『星岡茶寮』で初めて中村さんに会った時、今はこの人が自分の代わりに、魯山人の我が儘を聞き面倒を見てくれているんだなと思ったそうです。そして、魯山人が金沢を離れてから茶寮が出来るまでのことは中村さんに聞けと言われたのです」

「燕台さんが、そないなことを言うてはったんですか……」

「はい。また、先生も入院されてから、ひどく弱気になられて、たびたび私に向かって、『竹四郎には迷惑を掛けた。今はすまないと思っている』と涙ながらに言うようになりました」

「魯山人が、ですか？」

「はい」

竹四郎は腕組みをしたまま目を瞑りじっと考えている。心の中で過去の自分と顔をつき合わせ、この突然の客にどう対応すべきかを話し合っているように思える。平野の前で嫌な時間がじりじりと過ぎた。

「燕台さんには、僕は借りがあるよって……わかりました。少しだけお話ししましひょ。でも……」

竹四郎は、平野の目を覗き込んで続ける。

「今回、僕と会ったことは内緒にしてください。諸所に問題もありますよって」

「わかりました、守ります。ありがとうございます」

平野は胸を撫で下ろし、鞄の中からノートを取り出した。実は、平野には少しだけ勝算があった。それは松浦沖太や武山一太から聞いていた、竹四郎の人柄だった。そもそもが穏やかな人で、言葉を尽くせば理解してくれるはずだと。

平野には、竹四郎に尋ねたいことが山ほどある。中でも一番は、どうして魯山人を解雇することになったのか。さらにそこにはもう一人、別の人物が介在している可能性がある。松浦は「目黒茶寮驪山荘」の創業者が、魯山人解雇を画策したと言っていた。それは一体何者なのか。

また、幼少期の生い立ちについて竹四郎が知っている可能性もあると思っていた。

「初めて魯山人と会うたのは、彼がちょうど金沢から東京に戻った頃やと思います。食客生活の中で内貴はんや燕台はんと出会い様々なものを吸収して、さあこれから何をしようかと腰を据えた時やったんやないでしょうか。

今日みたくとても寒い日で、そう、同じように僅かに雪も降っとりました。魯山人は自宅で〝アラ煮〟を振るもうてくれたんです。僕の人生を変えてしもうたのは、あの〝アラ煮〟の味やったんでしょうかね……」

◇

「北大路君らしい、ええ字やなあ」

粉雪が舞う中、そう呟いた兄の伝三郎の口から白い息が漏れていた。

兄の視線の先には、家の玄関に掲げられている「古美術鑑定所」と記された看板がある。真新しい白木の上に墨で書かれたその文字は、見れば見るほど優雅に個性的に綴られている。

ここに来たのは、兄から「神田駿河台に住む北大路君とは古い付き合いで、とても面白い人やから一緒に行ってみないか」と誘われたからだった。この看板の文字を見ただけで、その言葉が本当だったと思えてくる。

玄関先で兄が声をかけると、中から高島田を結った着物姿の大柄な女性が顔を覗かせた。女優かと思うような美人だった。その女性に招かれて中に上がらせてもらう。その時兄が「あれは北大路君の二番目の嫁はんや」と耳打ちしてきた。

通された応接間は綺麗に整えられ、敷物も上等で一番目立つところに、これも商品の一つなのだろう唐時代の石仏が飾られている。紫檀の机には花の生けられた花瓶があり、壁には杜若《かきつばた》の描かれた半折（唐紙を半分に切った上に描かれた書画）が掛かっていた。兄の話では、北大路という人は三十代半ばだそうだが、空間のしつらえはとてもそんな若い人が考えたとは思えない。

しかし、肝心の家の主はなかなか姿を見せなかった。それどころかお茶一杯出てこない。暫くしてようやく姿を現すとその手にはお盆があり、二つの茶碗を差し出した。

「急に来る言うて悪かったな。これが弟の……」

兄が言い始めると、それを遮って、

「挨拶は後や。まずそれで身体を温めなはれ。はよはよ」

と急かされる。茶碗の蓋を開けると、表面に木の芽があしらわれた茶碗蒸しが顔を出す。スプーンでほじると中からは貝柱が出てきた。

口に入れると出汁の香りと温かみが口から食道、胃の中へと広がっていく。恐らく貝柱は茶碗蒸しが全て固まる直前に入れられたのだろう、ちょうど蒸し上がったばかりの貝柱はぷりぷりと弾力があった。

そこでようやく気付いた。お茶をわざと出さずに、北大路という人はこの茶碗蒸しで冷えた身体をまずもてなしたかったのだと。

それが中村竹四郎と、その頃北大路魯卿《ろけい》を名乗り始めていた房次郎との出会いだった。


この時、中村竹四郎は二十七歳、兄の伝三郎は三十九歳。

二人の父親・弥作は昔、錫《すず》職人で京都御所にも錫製の茶器や酒器を納品しているような人物だった。弥作には男ばかり四人の子供がいて、上から弥左衛門、弥二郎、三番目が伝三郎で一番下が竹四郎。

竹四郎が生まれる前、次男の弥二郎が父の応援の下、十四歳の時に、京都で貸本売本屋として「便利堂」を始める。その後、出版業にも手を伸ばし、美術印刷、古美術の複製、美術館の展示図録などを世に出し、会社は成功を収めた。

その後、弥二郎は長男の弥左衛門に「便利堂」を任せ、東京に出て有楽町で「有楽社」を興す。風刺漫画誌「東京パック」などの雑誌や単行本では徳富蘆花や夏目漱石の英訳本も出版した。

「有楽社」が出来た頃、竹四郎はまだ高等小学校を卒業したばかりで、肺尖カタルを患い、弥二郎を頼って上京し気候のいい鎌倉で十か月ほど過ごしたことがある。

その後京都に戻るも、成人した後再び上京。「有楽社」に入り写真雑誌「グラヒック」のカメラマンとして皇族や政治家、芸能人のニュース写真を手掛けるようになる。

その「有楽社」は明治四十五年に倒産し、竹四郎は今「大参社印刷所」という小さな印刷所を経営していた。


房次郎は、二人が茶碗蒸しに手を付けるのを確かめると再び応接間から姿を消す。

「彼はな、僕がまだ〝鼻黒はん〟と呼んでいた小さな頃から料理が本当にうまかったんや」

と兄は竹四郎に説明した。

二人が京都竹屋町の町内で遊び始めたのは、伝三郎が十二歳、房次郎が七歳、竹四郎は生まれたばかり。その頃、伝三郎が房次郎に付けたあだ名が〝鼻黒はん〟だった。いつも鼻水をたらしそこが黒く汚れていたから、そう呼んでいたらしい。

再び、房次郎が陶器鍋を持って戻ってきた。テーブルに置くと、そこには魚のアラ煮が盛られ、何ともいい香りと湯気をくゆらせている。

ひと口食べて竹四郎はその味に驚いた。「有楽社」時代に月刊誌「食道楽」にも携わっており、竹四郎は東京市内のめぼしいレストランや割烹はほとんど行き尽くしていた。しかし、これほどの味に巡り合ったことはない。京風の繊細な味付けが施され、そもそもが家庭で出されるようなものではなかった。

「どや、うまいか?」

房次郎に尋ねられ、竹四郎は本音で答えた。

「これは築地の『錦水』なんかよりも、上を行っているんやないでしょうか……」

「伝三郎はんの弟はなかなかの食通でんな」

嬉しそうにそう言うと、房次郎はようやく座りビールを飲み始めた。

酔いが回るにしたがって、兄と房次郎は芸術論を激しく戦わせる。二人でいる時はいつもこんな調子らしい。房次郎の知識は広く、最近の美術から古典までよく知り、特に古美術に関しては、美術書の編集を通じてその領域を専門にする兄を凌駕していた。元々美術にも興味があった竹四郎は、瞬く間に房次郎の世界に心酔していった。

数時間が経ち、伝三郎の酔いはだいぶ回っていた。すると、房次郎と竹四郎に向かってこんなことを言い始める。

「二人で何か始めたらどやろ」

その言葉で、兄が自分をここに連れてきた理由がわかった。その頃、経営していた「大参社印刷所」は行き詰まった状態で、竹四郎は日々悶々と暮らしていたのだ。

房次郎が神田ニコライ堂近くの二階建ての自宅で「古美術鑑定所」の看板を掲げたのは、二人が訪れる三か月前の大正五年十二月。

その年の初めに結婚した妻のせきは、京橋の和本屋「松山堂」の次女だった。「松山堂」は出版もやる大きな店で、同業の竹四郎ももちろん知っている。房次郎の骨董店は当時の日本の好景気も手伝い、よく繁盛していた。

それから竹四郎は独りでこの家を訪ねるようになる。そのたび紫檀の机上の花瓶には新しい花が生けられていた。房次郎は鼈や鰻の、これまた料理屋のような味を振る舞い続け、それを突きながら二人は芸術談議で盛り上がった。そこで話が尽きないと、外に出て銀座辺りのビアホールなどに繰り出すこともある。

竹四郎はそうした時間を過ごすうちに、自分でも抑えられない欲求を抱えるようになった。

「兄が言ったようにこの人と何かを始められたら、自分の人生は変わっていくんじゃないか……」

竹四郎の中で、そんな思いが募った時だった。

「今の店を少し変えたいんや」

ビアホールのテーブルで房次郎が少し真剣な顔をして、そう切り出した。

「変えるとは？」

「いま骨董はよう売れているから、も少し本腰を入れて……」

歯切れの悪い言葉の裏で、房次郎は「手伝ってみないか」と誘っている。竹四郎はそう感じた。

「やらせてください。手伝わせてください」

返した声があまりに大きく周囲の客がこちらを見ている。竹四郎は少し恥ずかしくなったが、房次郎は嬉しそうに笑っていた。

こうして伝三郎の思惑通りに、二人は新しい古美術の店を開くことになる。

どこに店を出せばいいか。二人は数軒見て回った。すると物件を探す上で房次郎は、二つのことで拘りを見せる。

一つ目は「寝泊まりも出来るような借家」というものだった。房次郎は目の前の幸せな家庭から逃げ出そうとしていたのだ。そして、竹四郎に向かってこんなルールを提案する。

「お互いの妻を、店には決して出入りさせないようにしよう」

さらに、もう一つは「台所のしっかりしたところが有難い」というものだった。

それを聞いて竹四郎はわくわくした。この人はただの古美術店をやりたいわけじゃない。訪れる客に自分の料理を披露しようと思っている。竹四郎は今まで自分が食べてきた房次郎の茶碗蒸しやアラ煮、鼈や鰻の料理を思い返す。あの料理が振る舞われたら、店は間違いなく評判になる。

大正八年、京橋 南鞘町《みなみさやまち》一番地に「大雅堂芸術店（のちに美術店）」が開業する。そこは「繭山龍《まゆやまりゅう》泉堂《せんどう》」など一流の骨董店が並ぶ一角だった。

「大雅堂」の仕入れは房次郎が請け負った。明治時代の末から古美術品の売買は盛んだった。市場には旧大名や豪商が手放したものが溢れている。竹四郎は横でただ房次郎の買い付けを見ているだけだったが、その目利きぶりには驚かされた。骨董品の間を悠々と歩き回り、これは江戸初期の逸品だとか、これは室町と書かれているが真っ赤な偽物だとか竹四郎に説明していく。

並ぶ品の中で主役はなんといっても茶道具だった。しかし、そんな高価な物を房次郎たちが買えるはずもなく、もっぱら購入したのは仏教美術だった。さらに房次郎は運よく良寛の書なども見つけ出し、それと並んで店では竹内栖鳳などの絵も扱うようになる。

新しい店での竹四郎の役割は自分の知人を店に連れてくることだった。それは開業医や呉服商などの友人に加え、「有楽社」時代に撮影とインタビューで知り合った侯爵・二条基広、貴族院議長の徳川家達、カルピス創業者の三島海雲、作家の島崎藤村など多岐に亘る。

そして、その一流の客たちを相手に、房次郎は竹四郎の予想通り自慢の料理を作り始める。昼頃になると、房次郎はそれとなく「僕がやるかあ」と言って厨房に向かった。客たちもそれがわかっているので、昼前には集まるようになっていた。

房次郎は〝賄い〟と呼んでいたが、そんなレベルではない。そこで出される料理は例えば大鉢にキャベツを敷き、その上に上等の生肉や湯引きして牡丹の花のように広がった鱧を綺麗に並べる。美的にも工夫されたものばかりだった。しかもそれが無料で食べられるとあって「大雅堂」の〝賄い〟の噂は瞬く間に食通たちの間で広まった。

次第に房次郎は食材も吟味し始め、鮪のトロなどは神田須田町の「丸銀」という縄のれんまでわざわざ買いに行く。牛肉も電話で注文することは決してせず、自分で肉屋の親爺にここを切れあそこを切れと細かく指示して買ってくるようになる。

そうして二人が始めた「大雅堂芸術店」は大いに流行り、店の骨董は売れに売れた。

収入のほとんどは次の商品の買い付けと食材費に充てられ、余った金は〝世界旅行〟に費やされた。

二人は毎夜ポケットに札束を突っ込んで、〝世界旅行〟と称して街に繰り出し「タイガー」「ライオン」「プランタン」「ヨーロッパ」とカタカナの店を食べ歩いた。

竹四郎はほとんど二十四時間、房次郎の傍にいることになったが、どこからその膨大なエネルギーが湧いてくるのかとよく思った。食材の買い出し、調理、骨董の購入……その間を縫って房次郎は二階の客間で書や絵をものし、印も彫った。

篆刻をやる時は電球をボール紙でくるみ手許だけを照らして、右手に握った二等辺三角形の刃先がある刀で印材を彫り上げる。一つにかかる時間はわずか十五分ほど。房次郎は近眼が酷かったが、手元との距離をしっかりと保ち、姿勢が良かった。それを見て竹四郎は、房次郎が印材の文字を心眼で見ているような気がした。

さらに、竹四郎を圧倒したのが濡れ額の仕事ぶりだった。まず毛筆で下書きをし、それを一日乾かすと、白い頬を紅潮させ左手に鑿、右手に木槌を握り、板面と向き合う。そして咳払いを繰り返し、「ふん、ふん」と気合を入れるように鼻を鳴らしながら、板面を彫り進んでいく。

房次郎は、刃幅八分（二・四センチほど）の〝押入れ鑿〟（刃先が直線のもの）を使う。普通なら彫りやすいスプーンに似た〝匙鑿〟を使うものだが、あえて使いづらい押入れを使っていた。その理由は匙鑿だと彫り跡が穏やかになってしまうからだ。押入れ鑿ならば板面に向かって鋭角に削れる。房次郎の濡れ額の特徴は、文字の角が立っていることだった。

鑿の切れ味が落ちると砥石で研ぎ、再び文字と格闘する。その姿はまるで精霊でも降臨し乗り移ったかのように神懸って見えた。竹四郎はいつもその仕事ぶりをうっとり見つめていた。

竹四郎は、房次郎の手つきも好きだった。彫刻をする時の手の動きも美しかったが、何気なくコップを取る仕草もいつも綺麗だと感じた。自然に動かす仕草が何とも優雅なのだ。

竹四郎は、房次郎の何もかもに魅了されていた。もちろんその中心は彼の才能に違いない。しかし、一緒にいるだけで気持ちが高揚する。

「この人と巡り合えて本当によかった」と竹四郎は房次郎の横で何度も思った。

この頃から、竹四郎は房次郎に献身的に仕えるようになる。

房次郎の衣服を揃えたりハンカチを買ってきたり、その様子はまるで夫婦のようだった。篆刻をしていれば決して声をかけないように心掛け、「美食倶楽部」の客が常連ばかり続き房次郎が飽きてきたなと感じると、初めて会う大物を呼び寄せ刺激を与えるという工夫も凝らす。

そんな頃のことだった。久しぶりに兄の伝三郎が「大雅堂」に姿を現した。房次郎の料理を満喫し、竹四郎が東京駅まで見送る途中、伝三郎は歩きながらこんなことを言った。

「北大路君とは上手く行っているようやなあ」

「ええ」

「彼は才能こそ飛び抜けているが、人付き合いがあまり上手い方やない。それに対しお前は如才なくて誰とでもすぐに仲良くなるやろ。この二人が組み合わされば、きっと何かを生み出すことが出来ると思うとったんや」

竹四郎は自分を房次郎と引き合わせたのには、そんな理由もあったのかと思った。それは幼少時代から房次郎を知る、伝三郎ならではの発想だった。

「そやけどな、大事なんはここからや。北大路君の才能を生かすも殺すも、お前次第なんやで。今は彼に引っ張られているだけやと思うが、これからは上手に使いこなさないかん」

「使いこなす？」

「せや。思い切って、北大路君は優秀な馬と思ったらええ。彼を赤兎馬《せきとば》にするも駄馬にするも、自分の心がけ次第と思うことや」

竹四郎はそんな発想をしたことがなかった。伝三郎が言うように、今までは房次郎が仕事がやりやすいように心を砕くことに専念していた。しかし伝三郎は、同等な立場で意見せよと言っている。

竹四郎は以前、夜中まで飲み歩く中で、房次郎から京都の内貴清兵衛のこと、金沢の細野燕台のことを聞かされている。その二人は今の房次郎に大きな影響を与えた人たちだった。

兄の言葉で、竹四郎には次に自分がやることが見えてくる。

清兵衛が房次郎の中に種を蒔き、細野燕台が水と肥料を与えた。今度は自分が開花させる番なのだ。

竹四郎は伝三郎と別れて、今の自分に何が出来るかを考え始めた。

「大雅堂」を始めて暫くは骨董の商売はうまくいっていたが、株式市場の大暴落で店の商品がさっぱり売れなくなった。それでも二人は夜の豪遊を止めることはなく、昼になれば金のかかった料理を無料《ただ》で提供し続けている。手持ちの金はあっという間に底をついた。

そんなある日、竹四郎は自分の考えを房次郎に伝えてみる。

「兄さん、いま出している料理を、もう有料にしたらどうですやろ」

この頃、竹四郎は房次郎を「兄さん」、房次郎は竹四郎を「竹白」と呼ぶようになっていた。

しかし、その提案に房次郎は顔を曇らせる。これまで自分の料理で金を取ったことがないから、不安なのだろうと竹四郎は思った。

「せっかくやったら、売りもんの骨董に料理を盛って出したらどうですやろ」

「えっ？」

「兄さんの料理が載った方が器も映える。それで気に入ったら器を買うてもらうという算段です」

房次郎は、眉間に皺を寄せて考え続けている。

「商品はちっとも売れへん。もうやぶれかぶれやないですか」

そこで、ようやく房次郎は表情を明るくして言った。

「そやな。そないして料理出したらみんな驚くやろな。金を取ってもいいかもしれん」

「本格的にやったら、兄さんだけでは手は届かんと思うて、知り合いのところに丁稚がおる言うんで、うちにくださいと伝えています」

「すっかり段取られたもんやな」

「でも、お客はなんでもかんでも入れようとは思うてません。ちゃんとその価値のわかる人だけの会員制がいいと思います」

「会員制か……」

房次郎は暫く考えて、

「『美食倶楽部』という名前はどやろ。谷崎の小説に、そんなのがあった気がする」

「ええですなあ、『美食倶楽部』か。それで決まりですな」

大正十年四月。「大雅堂美術店」の二階の八畳間で「美食倶楽部」が始まった。今も昔も、そんな古陶の名品に料理を盛って出す店などなく、房次郎の料理も手伝って「美食倶楽部」は話題になる。会員たちは次々と友人を店に連れてきて自慢し、会員数はあっという間に二百名を超えるまでになった。

その頃にはもはや骨董屋というよりも、立派な料理屋になっていた。苦肉の策で始めたことだったが、結果これから二人が目指す方向がそれによって明らかになった。

すると、自分の料理にも自信を持った房次郎がこんなことを言い始める。

「竹白、これからやりたいことがあるんや」

「どんなことですやろ」

「ここにある器を使い回しているだけやと、会員の人たちに何度も同じ皿で料理を出さなあかん。それが嫌なんや。そやから、自分で器を作ってみたい」

その言葉に竹四郎は胸が熱くなった。房次郎からは山代温泉で一度だけ器を焼いたことがあるという話を聞いている。そして、細野燕台の家では全ての食器が燕台の自作であるということも。

ついに房次郎は「美食倶楽部」という実験的な場で、新機軸を打ち出そうとしていた。

「大賛成です。兄さんの作った器に兄さんの料理が載る。そんな料理屋、前代未聞です」

房次郎はすぐに行動に移した。暇を見つけては山代温泉の「菁華窯」で作陶に没頭するようになる。

竹四郎の夢は膨らんでいく。房次郎の自作の器が揃ったら、手狭な今の店をもう少し大きいものにしようと思い始めていた。


しかし、大正十二年九月一日。二人の運命を変える出来事が起きる。

昼前、竹四郎は応接間の掃除をし、房次郎は厨房に入っていた。足元にはコンクリートで作った狭い生け簀がある。その中で鰻が暴れ始めた。「なんだろう」と房次郎が目をやった次の瞬間だった。激しい揺れが木造二階建ての建物を襲った。

どうにか玄関の土間まで来ると、敷き詰められた大仏瓦が片端から浮きあがっている。

「兄さん、外に！」

竹四郎が叫ぶと次の瞬間、二人の目の前でショーウィンドーに飾られてあった瑠璃南京の大皿が落ちて砕け散った。

「せめて、良寛の書を」

と言って二階に上がろうとする房次郎を、竹四郎は「あきまへん」と言いながら羽交い締めにして店の表に引きずり出す。周囲でも次々と建物が潰れ始めていた。二人は皇居外苑の楠木正成の銅像前まで必死に走った。

二人が燃え尽きた店の前に立てたのは、翌日の夕方のことだった。まだ至る所から煙が立ち上り、地面も熱気に包まれ熱かった。ただの真っ黒い炭と化した店の残骸が、二人に現金も骨董も全てを失ったことを知らせている。

「なんもかも消えてしもた」

竹四郎が声を絞り出す。しかし、ふと房次郎を見るとうっすらと笑みを浮かべていた。

「どうして笑うとるんですか?」

「これも運命なんやなと思うてね」

「運命……?」

「骨董の類いは全て失うた。でもな竹白。山代温泉にはわしが焼いた器がまだぎょうさん残っとる。天がそれを使えとわしに言うてるような気がするんや。もう骨董はいらん、自分の皿を使えとね。それに俺には竹白がついている。二人で始めれば今まで以上のことが出来るはずやないか」

竹四郎も房次郎の横で、うんうんと何度も頷いた。

◇

「骨董品に料理を載せることを思いついたのは、中村さんだったんですね」

「思いついたというよりも、ただ魯山人の料理があいう食器に載ったのを見たいと思うただけやったんです。それで器も売れれば、一石二鳥やなと」

武山一太の言っていた通りだった。「美食倶楽部」時代、二人はまるで夫婦のように仲がよく、魯山人は中村の意見をよく聞いていた。

景気の良しあしや震災などの状況を見ながら、二人はアイディアを出し合い、時代を乗り越えていく。二人の中にはそれだけの機知とバイタリティが溢れていたのだろう。

「僕は最近の先生のことしか知らないので、当時のことを聞くと驚いてばかりで」

「あの頃の魯山人は気を遣い過ぎるくらいで、とても可愛らしい人やった。

住み込みの武山一太に少しきついことを言ったりすると、その後銭湯に自分から誘ったり着物を洗ってやったりもする。ビールを朝から飲むのも気が小さいからなんです。酒で勢いをつければ一日素直な自分でいられる」

なるほど、そんな見方も出来るのかと平野は思った。

「大震災は、僕らにとって大きな転機になったんですわ。魯山人の鎌倉の家も倒壊して、暫くは奥さんのせきさんとうちに身を寄せとりました。

すぐに芝公園で『花の茶屋』を始めたんですが、そん時は『美食倶楽部』という名前は反感を買うだろうということで、さすがに使われへんかった。それでも、その店はよう繁盛しました。

せやけど、あまりに手狭で、外から店ん中が丸見えだとひんしゅくを買うとりました。客層は『美食倶楽部』当時のまま、貴族院の徳川家達や企業の社長、外務省の幹部、各国の大公使やらでしたからね。これではまずいとなって、新たな物件探しに本腰を入れ始めたんですわ。

ちょうど、そん頃です。魯山人があそこを見つけてきたんは」

◇

魯山人が特に興味を持っていたのが、赤坂にある物件だった。

実は、魯山人はその物件のことを震災前から知っていたが、あまりに広大な敷地で自分たちの手には余ると真剣には考えていなかった。しかし、その躊躇する気持ちを、震災が振り切らせた。

二人は早速、下見に向かう。それは華族会館の「星岡茶寮」だった。「鹿鳴館」が出来た半年後の明治十七年、純日本風社交会館として作られたところだった。京都から建材や瓦、壁土を運ばせ、建築も京の宮大工が携わり、廊下は盗聴を防ぐために鶯張り、茶室と能舞台を中心に据えた構造で、東京には珍しい京風の佇まいだった。

創建当初は、新政府樹立によって明治天皇に従って上京してきた公卿たちの社交の場だったという。日枝神社境内の森の中にあり、東に首相官邸、南は山王下に、北は赤坂見附に至る東京の心臓部のような場所で、ここに来ると星が美しいということから「星岡」の名がついていた。

そこを初めて見た竹四郎と魯山人は啞然とする。果てしなく広大で、建物だけで六百五十坪、敷地全体ではおよそ六千坪だった。しかも荒れ果て、さびれているというより廃屋同然だった。庭を見ても雑草が生い茂り枝は伸び放題、いつ植木職人を入れたのかもわからない。

ここを建て直すには、どれだけの金が必要か想像もつかなかった。確かにここに店を開けば東京一と言われている「錦水」をはるかに凌駕し、東京の頂点、いや日本一の料理屋になるのは間違いなかったが、見て回るうちに魯山人の勢いは萎れていく。

その頃、借金があったことも魯山人を弱気にさせていた。以前から「美食倶楽部」の器を作るために「菁華窯」に通い、その借金が八百円にまで膨らんでいる。

すぐに魯山人は内貴清兵衛と細野燕台に相談した。

まず清兵衛は猛反対する。二百名の会員に声をかけるにしても一人平均百円以上を出させる必要があり、それを集めるのは不可能だし、またそれほどの規模の料亭を素人が始めることは無謀だと言われた。一方で燕台は諸手を挙げて賛成した。いよいよ魯山人は弱り果てた。

「星岡茶寮」を見に行ってから十日ほど経った頃、竹四郎の家で酒を酌み交わしていた魯山人はついに音を上げてこう言った。

「今まで決断できないことなど一つもなかったんや。しかし、今回ばかりはなかなか難しい……」

ビールを呷《あお》る魯山人の顔が青白く見えた。

それは仕方のないことだった。清兵衛が指摘したように、二人はまだ八畳の部屋で会員を相手にする料理屋と手狭な「花の茶屋」しか経営したことがない。しかし、今やろうとしているのは大料亭で、しかもその資金はこれまで目にしたこともない別世界の金額だった。

暗く沈む魯山人を前に、竹四郎は既にすっかり気持ちを固めていた。

「兄さん、僕はあの震災にあって、人生いつ何時何が起こるか見当もつかへん。そやから、やりたいことはすぐにやっておかなあかんと思うようになったんです」

そう言い、竹四郎は魯山人の前に一通の封筒を置く。その表には「星岡茶寮再興趣意書」とあった。

魯山人が封を開け、中を見ると、

『世界に誇るべき「星岡茶寮」が無残な状態にあり、ここは「美食倶楽部」が不断の決意を持って再興すべし』とあった。

『再興資金の目標額は三万円、寮債は甲と乙の二種。甲は一口五百円で五十口、乙は一口百円でやはり五十口』と具体的な金額まで盛り込まれていた。

「いつの間に……」

魯山人は驚いた顔をしている。

「僕はまず、徳川家達はんから口説こうと思うてます。徳川はんが首を縦に振ったら、みなそれに続くんちゃいますやろか。金は僕がどうにかします。ですから兄さん、どうか料理と器に精神を集中させてください」

魯山人の目にうっすら涙が浮かんでいた。

「これまで二人でずいぶん食べ歩いてきましたが、結局兄さんが作る料理より旨いものに出会ったことは一度もおまへん。『星岡茶寮』で日本の料理界をひっくり返してやりまひょ」

魯山人は竹四郎の手を両手で握って何度も頷いた。包んでいたその手はいつも通り、分厚くて豊かだった。こうして二人は、博打ともいえる大冒険に乗り出すことになる。

「星岡茶寮」借り受けに関する手続きは、「美食倶楽部」会員の二人、東京市電気局長の長尾半平と東京市長の後藤新平が進めてくれた。特に後藤は帝都復興院総裁の地位にあり、震災後の東京再建計画を任されており、彼の意見は絶大だった。その二人の尽力で、震災から三か月ほど経った大正十二年の暮れには、「星岡茶寮」の土地建物を竹四郎たちが使える目途が立つ。

一方の資金繰りも大きく動き始めていた。竹四郎の読みは正しかった。竹四郎が趣意書をまず家達のところに届けると、

「いよいよ、勝負に出るか」

「はい」

「帝都の真ん中に、純和風の社交会館を再興させることの意味は大きい。いま日本文化を尊ぶことは国益にも繋がる」

「はい」

「以前、北大路君は上賀茂神社の神官の血を引いていると言っていたが」

「そう聞いています」

「彼の料理も見事だが、その出自も『星岡茶寮』にはうってつけだ。大いにやり給え」

そう言って、まず家達が五百円株十口を出資してくれた。

当時、貴族院議長を務めていた家達の社会的信用は大きい。それに続き、次々と出資を引き受ける者が名乗り出てきた。さらに家達は自ら口利きにも動き、結果百口の枠を超えて百四名の賛同者が集まった。ほぼ無一文だった二人の元に、とんでもない大金が転がり込んできたのだ。二人に向かって大きな風が吹き始めた。

こうして資金が調達され、工事に着手したのが大正十三年秋、開寮は翌春で突貫工事が行われる。

竹四郎が資金繰りに動くと同時に、魯山人は約百人前五千点を超える食器の制作に乗り出す。山代温泉の「菁華窯」と京都の「東山窯」を行き来する。職人たちに白生地を作らせ、自分が全て絵付けをしていくというものだったが、大皿から茶碗や小皿、箸置きに止まらず、火鉢まで作った。

この時期、魯山人は目まぐるしい活動を見せる。茶寮の資金調達に加え、「菁華窯」で作った借金を返済するために、二十日間ほど上海にも渡っている。そこで筆や墨、硯などの支那文房具を購入し、日本に持ち帰ると「華族会館」で即売会を開催。大きな収益を上げた。

一方の竹四郎は仲居を含む従業員の採用、内装の工事、備品の発注、経理面全般の準備に奔走した。それと同時に魯山人は仲居の和服の選定、意匠なども行っている。

二人は数年を一年に集約したような過密な時間を精力的にこなした。

顔を合わせる機会は限られていたが、一緒にいる時間、二人は意思の疎通に努める。そこで魯山人は、竹四郎にこんなことを言い始めた。

「一つルールを作ろうと思うているんや」

「どんなことですやろ」

「もちろん座敷に酒は出すし歓談もしてもらう。しかしな、そこに芸者を入れたくないんや。給仕の者にも客にお酌はさせとうない」

当時の料亭なら芸者が来て、飲めや歌えの大騒ぎが当たり前のことだった。竹四郎には魯山人の気持ちがすぐにわかった。

「賛成です。料理は芸術。それを鑑賞するために余計なものは必要おまへん」

「さすが、竹白や」

その提案に、竹四郎は魯山人の決意を感じた。

「星岡茶寮」は共同経営者という形を取るつもりだったが、そうした形式ばったことが面倒な魯山人は顧問に、竹四郎が経営者に収まった。顧問という立場は自由な一方で、法的には従業員としての保証すらない。これがのちに魯山人にとっては思わぬ結末を生むことになる。


かくして大正十四年三月二十日。

魯山人四十一歳、竹四郎三十四歳の年、「星岡茶寮」は再興された。

日本中から集められる新鮮な食材、斬新な料理、魯山人の手製の器、給仕の経験のない仲居たちの初々しい振る舞い、厨房を客に見学させる趣向……その全てが、魯山人が考え出したオリジナルで、客たちはその演出に酔いしれた。

開寮の日、客が帰った後、魯山人と竹四郎は二人きりで祝杯をあげる。

「こんな愉快な日は初めてや」

そう言いながら魯山人は旨そうにビールのグラスを傾ける。竹四郎はその様子をにこにこしながら眺めた。

　ここに店を開くと決まった日からの魯山人の奮闘ぶりは、竹四郎の予想をはるかに超えるものがあった。魯山人は夢が大きければ大きいほど果てしなくエネルギーを噴出させる。特に客をもてなすためには、あらゆる工夫を思いつき、それを実行に移した。

　なんとしてもここに店を持つ、その勇気を捨てなくてよかった。竹四郎は自分が誇らしかった。

「星岡茶寮」は瞬く間に東京の食通たちの間で評判になっていく。

　当時の日本は世界恐慌のあおりを受けて、経済が低迷していたにも拘らず、昼は五円、夜は六円。のちに昼は八円、夜は十円になった。それだけの料金を取っても会員は増え続け、最初百三名だった会員が、昭和十年頃の最盛期にはその二十倍、二千数百名にも膨れ上がっていく。その質も充実していて皇室から政界、経済界、文壇、いずれも日本を代表するような人々だった。茶寮周辺は要人警護の警察官で溢れ返った。

　そして、こんな言葉が生まれる。

「星岡の会員にあらざれば日本の名士にあらず」

　魯山人と竹四郎の二人は、日本一の料理屋を作り上げ、まさに「天下を取った」気分だった。

「星岡茶寮」とは別に、竹四郎は魯山人のもう一つの夢にも協力を惜しまなかった。

　茶寮が始まる少し前、魯山人が申し訳なさそうな顔でこんなことを言ってきた。

「竹白、一つ頼みがあるんや」

「何でしょ?」

　魯山人はぼそぼそと打ち明ける。

「鎌倉に自分の窯が欲しいいんや」

「えっ？」

竹四郎は眉をひそめた。既に茶寮の器は「菁華窯」や「東山窯」で目途がついている。

「山代温泉や京都にまでいちいち行くよりも、近くでやれた方が助かるんや」

今回、魯山人は五千点の食器を製作している。ひょっとすると、その出来にまだ満足がいっていないのかもしれない。いや、違う。魯山人の中には、また別の目標が芽生えている。

竹四郎は魯山人の目をじっと見つめた。遠慮がちな態度とは裏腹に、その目は強い意志に満ち溢れている。そこで竹四郎はこう返した。

「面白いやないですか。是非こしらえましょ。兄さんは陶芸の道でも頂点を目指したいんですやろ。そのためには自分の窯が間違いなく必要ですな」

魯山人は嬉しそうに笑った。


しかし、開寮から五年が経った昭和五年。

この年は、その後の茶寮の運命の鍵を握る分岐点のような年になった。

まず五月、「星岡茶寮」の支店として、銀座に「銀茶寮」がオープンし、料理長に茶寮の初代料理主任、中島貞治郎が収まった。

その年末には竹四郎の兄伝三郎が亡くなる。魯山人の七歳の時からの親友で、かつ彼の過去を知った上で長く付き合ってきた伝三郎の死は魯山人に衝撃を与え、竹四郎も良き相談相手を失う。

その死はさらなる問題も引き起こした。伝三郎は「便利堂」の代表を務めていたので、末弟の竹四郎は茶寮に加えその経営も手掛けなくてはいけなくなったのだ。これにより、自然と「星岡茶寮」での魯山人の立場は強いものになっていく。

すると、魯山人は徐々に色々なところで問題を引き起こすようになっていった。

「なぜ、こんなもんを載せたんや……」

日頃、温和な竹四郎が雑誌を壁に叩き付けた。

それは昭和五年十月から月々発行されるようになった茶寮の機関誌「星岡」だった。

かねてより芸術誌を作りたいと考えていた魯山人が発行したもので、初号でこんな決意を述べている。

「新聞でもなし雑誌にも非ずというものではあるが、（中略）芸術、風流を語りたい」

誌面には茶寮の料理や「星岡窯研究所」（星岡窯のこと）の研究成果なども掲載され、表紙の絵や中のイラストも魯山人が手掛け、茶寮の会員に配られた。二十二号から週刊誌サイズになり、昭和十一年の六十九号まで続くことになる。

この出版に関して、竹四郎には何の相談もなかった。時々茶寮のことを書いた記事を寄せてほしいとだけ言われ、竹四郎も魯山人の個人誌と割り切ってとやかくは言わなかった。

しかし、この「星岡」で魯山人は、周囲を騒然とさせるような文章を綴り始める。

この日、竹四郎が目にしたのは、民芸評論家の柳宗悦に関する魯山人の評論だった。宗悦は東京帝大哲学科を卒業した後、所謂日用品の中に「用の美」を見出す「民芸運動」を進め、それは志賀直哉、武者小路実篤らの「白樺派」の作家たちにも支持されていた。

機関誌には、その宗悦に対し「初歩悦氏をひやかすの記」という匿名の手記が載せられている。この〝初歩悦〟とは宗悦を小馬鹿にして魯山人がつけたあだ名であり、匿名の投稿者はどう見ても魯山人本人に違いない。かいつまむとこんな内容だった。

「この頃、氏の信者が増えているが、その信者たちは東西もご存じなしの世間知らずばかりで、世の名器も名品もちんぷんかんぷんな連中である。

さて君が否定する名品なる物をどれほど知っているかが問題だが、君の言う名品は駄作ばかりで本物の名品を未だ凝視したことがないらしい。

第一に衣冠束帯で焼き鳥の立ち食いを説くような自己生活の矛盾を改め、エナメル靴の底に草鞋《わらじ》をくっつけて喜ぶようなトンチンカンを慎むことだ」

読みながら竹四郎には、魯山人がビール瓶を片手に酔った勢いで書いている様が想像できた。酒宴の場で行われる芸術談議で、魯山人はいつも似たようなことを口にしている。しかし、それはあくまで非公開だから許されることで、誌面を割いてやることではない。しかも元々編集者の竹四郎から見れば文章も稚拙だった。

「星岡」は会員向けの会報誌と竹四郎も油断していたところがあったが、よく考えればその読者には貴族院議長の徳川家達を筆頭に日本の名だたる重鎮がいて、発行部数が一千部だとしても影響力は数十万部の雑誌に匹敵する。このまま酒の席での自由気ままな言葉を誌面で吐き続ければ、茶寮の営業にも差し障りが出てくることは明らかだった。

竹四郎は魯山人の元にすぐに行き、注意を促したのだが、次号も柳宗悦への攻撃を止めようとはせず、それればかりか号を重ねるごとに別の人々へもその刃を向けていくようになる。

例えば新渡戸稲造の美の感覚を幼稚だと揶揄し、内村鑑三の精神を「やくざ」だと貶《けな》し始める。さらに横山大観に物言いをつけ、日本画家、伊東深水を非難し、日下部《くさかべ》鳴鶴《めいかく》などの書の大家たちをこきおろす。

魯山人は現在の日本の芸術や文化は腐り切っていると見なし、世直しを買って出ているような態度だった。しかし、竹四郎の目にはわざと論敵を作り、自分は対等、いやそれ以上なのだと必死に世の中に訴えているように見える。

そんな魯山人を諫められるのは自分しかいないと思い、再三意見したが、魯山人はそれも誌面で、

『わが友が「そんなに悪口を言っていいのか。僕らには飯を食わしてもらっている茶寮があるんだよ。その配慮はいらないのか。仕舞には報いが来ますよ」と本気で案じて言ってくれるのもあって恐縮すること一度や二度ではない。そりゃ吾輩だとて強がりは言っているものの、そのために茶寮が不振になっては元より大騒動で安閑とはしていられない。

そうなっては得意の鋭鋒も鈍らざるを得ないが、さて悲観材料ばかりかと言うと、そうでもないから世の中都合よく出来ている。その一、二がこうだ。

「先生はやはり悪口をおっしゃるに限りますよ」「先生の悪口は悪口とは違いますよ。信念から湧き出る親切というものですね」』

などと書き、一向にそのやり方を正さなかった。

しかも、歯に衣着せぬ評論は話題を呼び、竹四郎の心配をよそに雑誌の注文は殺到し続ける。

「星岡」は部数が足りず全会員に送れない月も出始め、仕舞には発行部数は四千部に跳ね上がった。

「兄さんは……美の巨人になってしもうた」

ここに至って、竹四郎はそう呟くしかなかった。

さらに機関誌で見せた同業者への対抗意識は、日常生活でも実行に移されるようになる。

美術評論家の青山二郎や陶工の加藤唐九郎などと罵声の応酬を行い、小林秀雄とは取っ組み合いの喧嘩になり双方が怪我する事態にまでなった。

竹四郎は喧嘩した相手との仲裁にしばしば入り、その度に魯山人を諫めたが、その時は「うん、うん」と聞いているが、翌日からいつもの通りの魯山人に戻ってしまう。

挙句の果てに、誌上でこう言い放つ。

『たとえ反感を被って殺されるような目に遭っても、自信ある独断に生きていたい』

そうした行動を繰り返すうち、魯山人の周りには太鼓持ちのような者たちばかりが残った。

それが一番顕著に表れていたのが、夏場に催される「朝食会」だった。「美食倶楽部」の頃から始まったこのイベントは、茶寮開寮後も続いている。

朝五時、「星岡窯」に招待客が到着すると、既に四阿の「詠帰亭」の前には氷水を張った大きな水瓶が用意され、その中には冷えた白桃や無花果《いちじく》が浮かべられている。それを賞味するとよしず張りの「雅器風呂」に入る。よしずには、詩句を彫った自作の聯《れん》が立てかけられていた。簡易の浴室には浴槽としてこれも自作の古染付けの大瓶が置かれ、客はそこで朝風呂を楽しむ。そして六時過ぎ、松林の中腹に設けられた大露台で野趣溢れる朝食が始まると、来客の背後から朝日が昇るという趣向だった。

以前なら、茶寮の特に大事な会員や竹四郎も参加していたが、今はその姿はない。周囲にいるのは自分に迎合する若い崇拝者ばかりだった。それに向かって魯山人の演説が続いた。

その取りまきの中に、魯山人の横でかしこまり、発言の度に大きく頷いてみせる男がいた。

「君らのようなインテリには、こうした催しは思いつかんだろうな」

よく冷えたビールを傾けながら、魯山人がそう言うと、

「僕らが十人束になっても、果物を冷やすことすら思いつきゃしませんよ」

間髪を容れずに、その男は相槌を打った。

それは「星岡茶寮」の支配人、秦秀雄。魯山人の未来を決定づける男だった。

秦と魯山人が初めて会ったのは、昭和五年のことだ。

秦は福井県の出身で、浄土真宗の「本流院」という大きな寺の次男として生まれる。父とは子供の頃死別し、兄に養われたが、その兄が欲の張った男で、中学に入る時もその学費を後日返済するように秦に証文を書かせたという。

秦はよく、「復讐したい一心で始めたことだったが、兄貴の物をかすめ取るうちに快感を覚えるようになった」といった思い出話も口にしている。

その後、東洋大学哲学科を卒業し中学教師になると、趣味だった骨董集めを生かし、雑誌「茶わん」の記者も始める。それが魯山人との出会いを作った。

魯山人は、秦が同郷で陶器に目が利いたこともありすぐに気に入った。すると、当時茶寮には少ない大卒という経歴を買い、出会った翌年には「星岡茶寮」に高給で迎え入れる。

それから間もなく、竹四郎には何の断りもなく秦を支配人に抜擢する。機関誌「星岡」の編集兼発行人も任せ、秦は大躍進を遂げていった。

魯山人が厚い信頼を寄せていた秦だったが、竹四郎はあまり信用はしていなかった。その性格には裏表があるようで、いずれ何らかの問題を起こすのではないか、そんな予感を抱いていたのだ。

その頃、竹四郎は茶寮の経営のことで頭を悩ませていた。

「星岡窯」には、「参考館」という建物がある。そこには国内はもとより支那、朝鮮、西洋の古陶磁が集められ、開窯時点で既に千七百点余り陳列されていた。陶磁器の製作者で自らこれほどの数の骨董を所有している者は稀だった。作陶に於いて師を持たない魯山人は、それらの骨董を四六時中眺めたり手に取ったりしながら、自分の中に吸収し続けていたのだ。

しかし、その骨董収集がここのところますます派手になり、逸品を見ると我慢の出来ない魯山人は、それがいくら高価な物であってもほとんど衝動的に買い込むようになる。

その請求は茶寮に送られ、次第に収益のほとんどが、その支払いに充てられるようになっていく。それは茶寮の経営を圧迫し、食材の代金や電気代まで滞る有様だった。

しかし、魯山人には後ろめたさなど微塵もない。茶寮は依然空前の繁盛を続けていてその程度の金がないはずがない。しかも、骨董集めは趣味でやっているわけではなく勉強のためであり、その上将来は茶寮の財産にもなる。魯山人の頭の中にあったものは、その程度のことだった。

結果、「星岡茶寮」開寮から七、八年ほどで、その所有は約三千点にも上った。質的にも日本を代表するような逸品ばかりで、その中には乾山、光悦、唐物などの名品が揃っている。魯山人は新たな収集のためにそれまで購入した作品を売立ててもいたが、それでも買いたい物の半分ほどしか買うことが出来ない。結果、竹四郎の元には、驚くような金額が書き込まれた請求書が届き続けた。

竹四郎は、まるで暴走列車に自分が乗っているような気分になっていた。ブレーキが全く利かず、列車はぐんぐん速度を上げていく。

気に病む竹四郎に対し、魯山人は周囲に、

「竹白は『便利堂』に専念した方がいい。茶寮は俺一人で何倍にもでかくしてやる」

と豪語するようになっていた。

そして、昭和九年。

魯山人が、茶寮内の竹四郎の部屋を訪れる。

それは久しくなかったことで、魯山人の態度も竹四郎の機嫌を窺うようなところがあった。

「一つ相談があってね」

魯山人が眼鏡の奥から、竹四郎を覗き込む。

「大阪にいい物件を見つけたんだ」

初め、竹四郎は魯山人の真意を測りかねていた。

「いい物件？」

「そうなんだ。阪急の曽根崎駅の真ん前にある大豪邸なんだが、四千坪の敷地の中に大小三十ほどの数寄屋造りがあって、庭の造形もそれは見事なんだ」

そこで、ようやく竹四郎も魯山人の真意が理解できる。

「兄さん、本気で言うてますのか？」

「二度と出会えないような物件が、いま売りに出ているんだ」

それだけの規模の料理屋を始めるためには、「星岡茶寮」を開寮した時くらいの資金が必要になる。

「東京の茶寮だけでも一杯一杯ですのに、そんな投資する余裕はおまへん」

今度ばかりは、必ず魯山人を思いとどまらせる。竹四郎は気持ちを強くすることに必死だった。

◇

竹四郎は平野の前で、自虐的に笑ってこう言った。

「そん時は、魯山人がもう契約した後だったんですわ」

「えっ？」

「大阪でハンコをついてきた後だったんです」

今までは何でも竹四郎に相談し、物事を決めてきた魯山人が、「大阪星岡茶寮」を始めるという大事な決断を一人でしてしまったということらしい。

「お恥ずかしい話ですが、もう僕たちはそんな間柄になっとったんです。

昔ある人が、魯山人と私のことを〝龍と雲〟と評してくれはったことがあるんです。『星岡茶寮』が開寮し、運営を続けていくためには、僕らの二人三脚の妙が必要であるという意味でおっしゃってくれた。それがこの頃は、雲一つない青空を龍が気ままに飛んでいるような有様でした」

平野はその心中を慮った。「大阪星岡茶寮」は、茶寮全体の経営危機を招く可能性がある。それを竹四郎が一番に危惧したのは間違いない。しかしそれ以上に衝撃的だったのは、何の断りもなく魯山人が判を押してきたことだったのではないだろうか。

「先生も無茶をする……」

平野は同情の言葉をかけた。しかし、竹四郎は意外なことを言い始める。

「いま冷静になって思い返すと、もっと早くに『大阪星岡茶寮』のような、次の目標を魯山人に与えておけばよかったと思えてならないんですわ。魯山人は退屈やったんやないかなと思えるんです。そやから機関誌ではわざと暴言を吐いて敵を作り、骨董の類いを手当たり次第に買い漁った」

そう言いながら、竹四郎は顔を暗くする。

「それは僕の責任やった。魯山人に次の夢を与えることが、僕に託された仕事やったのに。そん時は気付けなかった。ただ振り回されるばかりで、被害者の気分ばかりが膨らんで……。

兄の伝三郎が他界してもうおらんかったのも、大きかったかもしれまへん。生きていたらなんて言ったか、ずっと考え続けましたわ。兄さんの言葉を借りれば、僕はとうに赤兎馬から落馬しとったんです」

竹四郎は一つ大きく息を吐いて続ける。

「魯山人は、僕の前で『大阪星岡茶寮』の構想を語り続けました。僕は耳を塞ぎたくなるような気分でしたけど……」

◇

大阪で契約を済ませてきた魯山人は、その帰りの汽車で、竹四郎を説得する言葉を全て準備してきたというふうだった。

もう一軒茶寮を作れば単純計算で収益は倍以上になる。そしてその拠点を大阪に置くことで関西や中国地方の食材調達も楽になり、それを東京に送ることが出来る。かたや関東や東北の食材も大阪に送れて、両方の会員が喜び経済効率もいい。そんなふうに魯山人は説得し続けた。

「料理の本場は今だって関西だよ。いくら東京で頑張っても大阪で成功しなきゃ日本一とは言えない。竹白もここを作った時、日本一になろうと言っていたよな」

確かに、あの頃はそれが二人にとっての夢だったが……。

さらに魯山人には新しい茶寮で一つ試したいことがあった。

「鎌倉でやっている『朝食会』のアイディアを生かしたいと思っているんだ。食事の前に、客を全員風呂に入れようと考えている。そんな料亭は世界のどこを探したってないだろう」

確かにその発想は魯山人らしく興味をそそられるものだったが、資金調達は自分の仕事になるに決まっている。

「料理だって、土佐の皿鉢料理と京風を混ぜて出そうと思っている。全てが画期的で日本中の料理屋が騒然となるはずなんだ。出資してもいいと言う人間も既に何人かいる。勝負しない手はないんだ」

熱く語る魯山人を竹四郎は茫然と見つめていた。どの言葉も虚しく聞こえた。そして、改めて自分たちはもう引き戻すことの出来ない遠い場所に離れて立っているのだなと痛感していた。


魯山人は早速、改修の設計と食器作りにとりかかる。「大阪星岡茶寮」のためには、八千点の膨大な食器と風呂のタイルを製作する必要があった。魯山人は生産力の高い巨大な窯の増設を決め、その築窯のために、のべ六百二十余りの職人を駆り出し、十五万円あまり（六億円）を使った。その金を生み出す仕事はもちろん竹四郎に回ってきた。

しかし、竹四郎は自分のツテを「星岡茶寮」開寮の時に使い切っている。

頭を抱え途方に暮れる竹四郎だったが、彼にはこの頃もう一つ頭痛の種が存在した。

「竹四郎、大丈夫か？　土気色の顔をしているぞ」

茶寮の竹四郎の部屋で、そう声をかけてきたのは帳場主任を務める田中源三郎だった。源三郎は中村四兄弟の次男・弥二郎の妻の兄で、竹四郎とは「有楽社」で一緒に働いていた頃からの付き合いもあり、茶寮開寮の時に引き込んでいた。以来、その会計を預かってきた源三郎は生真面目な男で、竹四郎の相談相手でもあった。

「大阪の資金繰りは進んでいるのか？」

竹四郎は元気なく首を横に振る。

「そう簡単にいくはずないよな。魯山人もむごいことを言ってきたもんだ。『便利堂』の方もあるし、俺にやれることがあったら遠慮せず言えよ」

竹四郎のもう一つの悩みは、京都に本社を構える「便利堂」の経営不振だった。伝三郎から「便利堂」を引き継いで以来、その収益は右肩下がりの状態を続けている。その一因でもあったのが、魯山人の骨董買いによる茶寮の経営不振で、竹四郎は「便利堂」の利益を茶寮に回していたのである。「便利堂」の社員は「会社の利益で、星岡窯に優雅な家が建つ」と陰口をたたいていた。

「昨日、秦が『大阪の支配人には俺が行くことになるだろう』と言っていたんだが、お前の耳には入っているのか？」

源三郎の言葉に竹四郎はため息をついて、また首を横に振った。

秦が茶寮の支配人になった時も、竹四郎には事後報告だけだった。今や人事は全て魯山人が掌握し、誰も逆らうことが出来ない。竹四郎にしたって、大阪の資金繰りを達成できなかったら、魯山人から三行半《みくだりはん》を突き付けられる可能性だってある。

秦はそれ以降、大阪に頻繁に赴くようになる。竹四郎の手に余る資金繰りに自ら乗り出したのだ。秦は「大阪星岡茶寮」の支配人という地位に強いこだわりを見せていた。「星岡茶寮」の支配人となった今も竹四郎には気を遣わなくてはいけない。しかし、大阪に行けば、自分で全てを切り盛りすることが出来る。仲居の採用やその給料を一人で決定できる。ところが知らない土地ということもあり、秦の資金集めも簡単には行かなかった。

昭和九年の暮れ、新聞紙上に「大阪星岡茶寮」に関する記事が初めて掲載される。

その三日後のことだった。大阪から金田嘉一郎という男が茶寮の竹四郎の元を訪ねてきた。

金田とは、竹四郎も魯山人も「花の茶屋」からの付き合いで、その頃は大阪で染め物工場を経営していた。「星岡茶寮」を始める時に、金田にも出資を求めたが、大料亭の経営は堅実な事業とは思えなかったようで断ってきた経緯がある。しかしその後も、魯山人との付き合いは続き、大阪に行った時には魯山人の宿や料理屋の手配など金田は色々と面倒を見てきている。

金田が上京することを決めたのは新聞記事を目にしたからだった。実は、彼の会社は最近の不況とストライキで倒産に追い込まれ、「大阪茶寮」に雇ってほしいと魯山人に願い出ていたのだ。その時、魯山人からは資金調達がうまくいけば重役として迎え入れようと言われたという。竹四郎は、金田に向かってこう伝えた。

「資金的にはなはだ苦しい状況にあるんや。一口五百円の出資会員を少なくとも三十口引き受けてもらいたい」

もはや戻る所のない金田は説明書を携え、古くからの知り合いの酒造会社やビール会社に頭を下げて回ることにした。その申し出に「大日本麦酒」の山本為三郎が関心を示し、紹介状まで書いてくれ、結果、金田は百五口（二億一千万）を集めることに成功する。それを喜んだ魯山人は、金田を「大阪星岡茶寮」の支配人として迎え入れた。これが後々自分の首を絞めることになるのだが。

「大阪星岡茶寮」は昭和十年十一月十日、開寮にこぎつける。

それに先立つ十月四、五、六日の三日間、「開寮記念大園遊会」と称し、会員とその家族、ジャーナリストなど二千人余りを招待した。そこには徳川家達、小林一三、内貴清兵衛なども顔を見せた。

この時も、魯山人の演出は冴えていた。

茶寮を訪れた客を、まず浴室へと招き入れる。その風流な空間に客たちは目を見張った。浴室には「星岡窯」で焼いた柔らかい質感の陶器のタイルが敷き詰められ、三方の壁を青竹をイメージした織部釉の半円筒形タイル、浴槽は楕円形のものと織部の縁を付けた長方形のものと合わせて七つが用意されている。

しかも、脱衣所には立派な箪笥が備えてあり、中には魯山人が意匠した浴衣が置かれてあった。それに着替え板の間で涼むと、向こうには蓮の池が望め、客たちは何とも贅沢な時間を過ごす。

そこでようやく広大な庭園に出てみると、そこには露店が並べられ、江の島の栄螺《さざえ》のつぼ焼き、松茸の土瓶蒸しなどの料理には茶寮の料理人が当たり、東京から来た本郷の天ぷら「天まさ」、鰻の「竹葉亭」、銀座の「おけいずし」などの模擬店もずらりと軒を連ねた。食欲をそそられる香りが方々から立ち込め、その中を松の緑、竹の白、梅の淡紅と魯山人がデザインした松竹梅の振袖を着た給仕の女性たちが忙しく動き回り、華やかさにいっそう花を添える。

この「大園遊会」は大きな話題を呼び、新聞紙上でも大きく扱われた。

しかし、その新聞の記事を苦々しい思いで見つめていた男が一人だけいた。それは東京に残された秦秀雄だった。

「大阪星岡茶寮」開寮の一か月後の十二月、秦は青ざめた表情で魯山人が留守中の鎌倉の自宅を訪ねる。そこで魯山人の妻に分厚い封書を手渡した。

そこには「君の馬前で死ぬ覚悟で」前職を蹴り茶寮に入ったこと、必死に勤め上げ「大阪星岡茶寮」の支配人になる内諾を自分は得ていたはずだと不満が綴られていた。

秦は魯山人が思い直してくれることを期待したが、何も変化は起こらず、失意した秦は「星岡茶寮」を辞めていった。

翌年の昭和十一年、「二・二六事件」が勃発する。

首相官邸に近い「星岡茶寮」にも軍靴の音が響き渡り、銃剣のきらめくのが窓の隙間から見えた。当日は内務省の会議と外務省の外国使臣招待宴に出張料理をする予定だったが全て急遽キャンセル。重苦しい時代が到来しようとしていた。

その頃、茶寮の財政状態はますます悪くなっていく。「大阪星岡茶寮」が出来て収入は増えたはずなのにだ。全てはその売り上げを上回る、魯山人の骨董買いによる散財にあった。

竹四郎と魯山人の関係はより冷え込んでいく。竹四郎が大阪に行けば魯山人は東京に、東京に戻れば魯山人は大阪にという故意のすれ違いが続いた。

大阪に行った時に、支配人の金田に竹四郎はこんなことを伝えた。

「金田君。君、折を見て先生に言うてくれへんか。骨董をあんなに買われたらかなわんのや。これ以上の散財は星岡の命取りになる」

金田が大阪に来た魯山人に「先生、中村はんがこない言うてはりましたよ」と伝えると、

「そりゃ、ちょっとおかしいな。東京も大阪もよく流行っているし、俺は一生懸命やっているじゃないか。収支をはっきり出させてみて借金があるようならそれから考えよう」

と魯山人は返しただけだった。

そんな時、東京で事件が起きる。六月末のことだった。

「星岡茶寮」の帳場から、いつものように魯山人が金を持ち出そうとした時、それを制する者が現れた。帳場主任の田中源三郎だった。

魯山人はこれまでも帳場から頻繁に骨董買いのために百円、二百円と持ち出していたが、源三郎は目を瞑ってきた。しかし、財政的に窮地に立つ竹四郎をこれ以上見ていられなくなっていた。源三郎は金庫の前に立って、魯山人の体面も考えて小声で告げた。

「先生、そんなには出せません」

その言葉に初め魯山人は戸惑った。もちろん、源三郎の後ろには竹四郎がいることはわかっている。しかし、その顔はみるみる赤くなり、ついに我慢が利かなくなって大声を上げた。

「従業員風情が俺に楯突くとは何事か。俺がいるから星岡はやっていけるんじゃないか。これだけ流行っているというのに茶碗一個も買えないのか」

周囲には他の従業員もいる。しかし、魯山人はその場でこう言い放った。

「お前は、もう当分来なくていい」

源三郎は魯山人を睨み付けながら唇をぐっと嚙んでいる。それでも金庫の前からは動かない。魯山人は諦めて大きな音を立てて帳場のドアを閉め、そこから出ていった。

その一件を「大阪星岡茶寮」で聞いた竹四郎は自分の部屋で深いため息をつく。自分のために身体を張ってくれた源三郎。それに対し、簡単にクビを宣告した魯山人。

竹四郎は子供の頃、父親から理由もなしに雷を落とされたことがよくあった。

その時の父の顔はとても醜く感じ、子供心に自分は一生腹を立てて人を叱りつけたりしないと誓った。しかし、いま竹四郎の心は行き場のない怒りにさいなまれている。竹四郎はその日、部屋から一歩も出ず悩み苦しんだ。

事件以降、「星岡茶寮」の周囲は途端に騒がしくなる。

噂を聞きつけ真っ先に行動を起こしたのは秦秀雄だった。魯山人が可愛がり、一存で茶寮の支配人まで押し上げた飼い犬が手を、いや喉元を嚙み切ろうとしていた。茶寮に向かった秦は中に入ろうとはせず、玄関番をしきりに呼び出し情報を集め始める。そして、その玄関番が間もなく茶寮の従業員に向けビラを撒き出した。そこにはこんなことが書かれていた。

『このたびの北大路魯山人による田中帳場主任のごとき高潔な人格者に対する馘首は言語道断の暴挙である。我々従業員の仲間も、それほどの罪過もなくして魯山人によって虐待され、馘首され、女子従業員の中には凌辱を受けた者もまれではない。常にかかる危険にさらされながら忍従に努めてきたわれら従業員は今こそ一致団結して魯山人の横暴と戦い、決起しなければならない。

従業員有志』

東京に舞い戻った竹四郎に、秦から早急に会いたいという連絡が入った。二人は中野富士見町で密会する。竹四郎はそこで初めてビラの話を聞く。実は、竹四郎の腹は決まっていた。事ここに至っては、もはや魯山人と袂を分かつ。

竹四郎は秦を信用していた訳ではない。しかし、魯山人と対抗する段で彼の力が必要だった。〝毒を以て毒を制す〟。それが竹四郎の考えたことだった。

竹四郎の態度を確認した秦は、魯山人を茶寮から追い出す段取りを説明し始める。まずは弁護士を呼び寄せ、内容証明を送り付けたいと秦は言った。

「星岡茶寮」の実務面は魯山人が担っていたが、法制税務的には竹四郎の個人経営の店だった。営業許可も不動産関係の名義も全て竹四郎になっている。法律で争えば竹四郎に有利な条件が揃っていた。

しかし、問題は魯山人が茶寮に乗り込んできて「ここは俺が作ったんだ。俺が出ていったりするものか」と従業員の前で居直り大声で叱咤すれば、みな縮み上がってしまうことは目に見えている。そうなれば竹四郎と秦は寮内で孤立する。それに対しても、秦は既に策を練っていた。

秦は「星岡茶寮」に乗り込んできて支配人室に入った。そして、広間に全従業員を集めると、「経営者の中村さんのご依頼で」と前置きし「今日から茶寮の寮頭になった」と宣言する。

続いて、改めて田中源三郎帳場主任の解雇に対する演説をし、従業員たちにストライキを持ち掛けた。タイミングはストライキにはもってこいの時期だった。七、八月の期間、茶寮は休みで臨時営業の納涼園だけを行っている。今なら顧客の反発を最小限に抑えたストライキが出来る。

秦はその演説の後、支配人室に従業員を数人ずつ呼び入れて連判状に署名捺印させた。それに応じなかったのは武山一太、松浦沖太など僅かだった。従業員たちは半年ほど前に起きた「二・二六事件」を思い出し、それに似たクーデターの主役になったような興奮を感じていた。

その一方で竹四郎は、京都の内貴清兵衛の元に説明に行く。

「わしに遠慮することなんていらへん」

清兵衛は竹四郎も驚くほどあっさりと賛同した。清兵衛の中では、機関誌「星岡」で、自分の手紙を何の断りもなく魯山人に公開されたことが、未だ尾を引いていた。

「この際、徹底的にやったほうがええやろ。あの男、だいぶのぼせあがっているよってにな」

その言葉に、竹四郎は百万の援軍を得たように感じた。

そしてもう一人相談に行ったのは細野燕台だった。燕台もまた竹四郎の考えに快く応じる。そればかりかストライキによる休業状態になると、燕台は茶寮にやってきて、ビールを従業員たちに振る舞いながらこう言った。

「君らさえしっかりしていれば魯山人はなんも怖いことあらへん。所有権も経営権も中村さんにあるもんのう」

そして、ついに秦の依頼により弁護士が作った内容証明が魯山人の元に届けられた。

魯山人がそれを見たのは七月十六日のことだった。

内容証明郵便

「通知人　中村竹四郎

通知人ハ自己ノ経営ニ係ル東京星岡茶寮大阪星岡茶寮ニ於ケル割烹営業並ニ鎌倉星岡窯ニ於ケル陶磁器製造ニ付被通知人ヲ料理並ニ窯業ノ技術主任トシテ雇傭中ノ処今般都合ニ因リ解雇一切ノ関係ヲ謝絶致候ニ付此段御通知ニ及候　也

被通知人魯卿事北大路房次郎殿」

魯山人は息を止め絶句した。そしてブルブルと震え出し平衡感覚を失い、その場にへたり込んだ。長年に亘り「兄さん、兄さん」と、かしずいてきた竹四郎が、ついに自分を罪に陥れて全財産を奪い、社会から抹殺するための謀略の網を張り巡らしている。

「房次郎殿……房次郎殿……」

魯山人は虚ろな目でそう呟き続けた。内容証明の文面も衝撃的だったが、それ以上に、魯山人の心に突き刺さったのは、その最後に書かれた「呼び名」だった。

魯山人は内容証明を受け取った数日後に、大阪に向かう。支配人の金田を呼び出し別の場所で密かに会った。その時、金田はこう言った。

「先生は大きな顔して、今までと一緒に茶寮に行ってみはったらいいと思いますけどなあ」

もっと積極的に竹四郎に働きかけろと言ってくるかと金田は思っていたが、魯山人はそうも言わず、ただじっと黙っているだけだった。

魯山人が大阪を発つ時に金田は、東京から派遣されていた少女給仕人らが帰京するのに付き添ってほしいと頼む。金田は自然な形で、魯山人が「星岡茶寮」に向かう口実を作ったのだ。

魯山人は東京駅から彼女らを連れて茶寮を訪れる。そして玄関の上がり框《がまち》に腰を掛けると、うずくまって靴の紐を解き始める。居合わせた二人の仲居は驚き、そこへ並んで手を突いた。寮内では「先生だわ」と他の仲居たちの声がして騒然となる。

その時、支配人室で秦は「みんな、上がってきても口を利くなよ」と声を殺して料理人たちに呼びかけた。

靴紐をゆっくり解き終わった魯山人は、そこで動きをピタリと止める。そして、再び紐を結ぶと、

「元気でやっているかな、じゃあ……」

と妙に息苦しそうに、それだけ言い玄関から出ていった。それが、魯山人が「星岡茶寮」の敷地内に入った最後のことだった。


魯山人と竹四郎の裁判は、横浜地方裁判所で昭和十一年から二十年まで続いた。

魯山人のいなくなった「星岡茶寮」は、その後迷走する。

まず必要になったのは茶寮の器の補充だった。そこで以前「星岡窯」で働いていた陶芸家の荒川豊蔵に依頼するものの、彼は断ってきた。続いて竹四郎はやはり「星岡窯」にいたことのある加藤唐九郎に頼み込む。唐九郎は魯山人と大喧嘩をしたこともあり、その仕事を引き受けてくれた。

暫くして、唐九郎はトラック一杯に積まれた食器を茶寮に運んできた。しかし、その場で秦が器をあれこれと評論し始めると、唐九郎はいきなり竹四郎の目の前で一枚残らず器を割ってしまった。

さらに事件以来、料理主任の松浦沖太も出勤しなくなった。彼さえいれば、魯山人の味を残せると竹四郎は軽く考えていたが、松浦が姿を現すことは二度となかった。

その後、秦はまるで魯山人のように振る舞い始める。従業員を全て呼び捨てにし、自分を「先生」と呼ばせた。諫める者がいても、「余計な干渉をするな」と殴りつけるばかりだった。

従業員たちは代わりに「小山人《こさんじん》」が現れたと言い始める。秦が食べる料理の中に大量の唐辛子を入れる料理人や、吸い物の中に唾を吐き入れる仲居までいた。

とうとう秦は「星岡茶寮」を辞し、料理主任の松浦沖太を連れ出して、中目黒の高台に「驪山荘」を開店させる。敷地二千坪の料亭だった。茶寮の会員も八割が流れ、竹四郎には、もはや「星岡茶寮」を立て直す術は残っていなかった。

◇

「大阪から、魯山人が少女給仕たちを連れてきた時、『竹白、色々とすまなかったな』と頭を下げていたら、僕はどうしていたでしょうな。きっと、撥ねつけられんかったと思います」

平野は初めて、魯山人解雇の舞台裏の全てを知った。そこには開寮から十二年の間に積み上げられた複雑な事情が存在した。中でも「大阪星岡茶寮」に手を伸ばしたことは決定的な結末を呼び込んだ。

そして、最後のキーマンは秦秀雄だった。松浦沖太の言っていた「解雇を画策した人」である。

「人は魯山人が傲慢になり、いなくなって『星岡茶寮』は滅んでいったと言いますな。または魯山人のことを逆恨みした秦秀雄のせいにしよる人もおります。でも、いま思うと、それは本質ではないと思うとります。『星岡茶寮』は……僕と魯山人二人で滅ぼしたんです」

竹四郎は、今までにない苦しそうな表情を浮かべた。

「僕は茶寮が出来て満足し、魯山人は次の夢を探し続けた。自分のエネルギーを放出する先を涎を垂らしながら見つけようとした。そのずれから隙間風が吹き始め、それは次第に強さを増して最後はたけり狂った。本当によう吹き荒れた。

全ては僕の油断のせいやと思います。一度野に放った獣は二度と檻に戻ってこなかった……。そして、最後には東京も大阪の茶寮も『目黒茶寮』も全て空襲で焼け落ちましたわ。僕たちの諍いをB29が嘲笑っているように思えました」

日本の料理界に革命を起こした「星岡茶寮」。これまで松浦沖太、武山一太、そして中村竹四郎と話を聞いてきて、それは魯山人の人生最高傑作と言って間違いないと平野は思った。

しかし、それを為し得たのは竹四郎というパートナーがいたからだ。「星岡茶寮」を解雇されて以降、魯山人が生きている間に同じようなものを作り出せなかったことが、それを証明している。

世間はみな、北大路魯山人ばかりに目を向け、中村竹四郎という存在を知る者は少ないが、こと茶寮に関しては二人で作り上げたというのが事実だった。

竹四郎の話を聞いて改めて思ったのは、魯山人には周囲をその気にさせるだけの才能があり、またその人たちを切り捨てていくという欠点もある。その落差を残念がる人もいるだろうが、平野はそれを知れば知るほど、魯山人という得体の知れぬ怪物の面白さに引き込まれていた。

竹四郎は冷えたお茶で口を潤すと、こう締めくくった。

「魯山人の話をするのは解雇してから初めてなんです。話すことで少し気持ちが整理できましたわ」

素直な言葉を口にする竹四郎に、平野はにこりと笑い頭を下げた。

しかし、平野には一つだけ竹四郎に尋ねてみたいことが残っている。竹四郎はその答えを持っている可能性があると思った。

「先日、細野燕台さんのところに伺った時に、こんなことを聞いたんです。それは燕台さんの奥様が、横暴な振る舞いが目立つ先生について話したことなんだそうですが、『魯山人はんがそんなことをして仕舞うのは、きっと親からの愛情を受けてこなかったせいやないでしょうか』と」

竹四郎は、それに反応した。

「なるほど、そういう見方もあるかもしれまへんな」

「お兄様の伝三郎さんは、魯山人先生とは子供の頃からの遊び仲間でしたよね。竹四郎さんはその過去をご存じなんですか?」

「知っとります。全て兄と魯山人本人から聞かされました。確かに、魯山人の幼少期の体験が茶寮で天下を取った時に、大きく影響した可能性は十分にあります」

「一体、どんな幼少時代を過ごしたんでしょう」

すると竹四郎は一度俯き、顔を上げた後こう続けた。

「それは、僕の口からは……それだけは魯山人本人から聞いてみてくんなはれ」

「そ、そうですか……」

ここまで包み隠さず全てを話してくれた竹四郎が口を閉ざした。

平野はその詮索を諦めるしかなかった。あと残された仕事は一つだけだった。

「実は、先生はもう長くないんです。一度手術を試みたんですが、医師からは匙を投げられて。年を越せるかも微妙な状態なんです。そこで……」

竹四郎は平野の言葉を遮った。

「それはよしときましょ。僕が行っても、決して魯山人はいい思いはしまへん」

「そうでしょうか」

「それに……」

竹四郎は一度唾を飲み込んだ。

「僕は……今でも魯山人のことが、恐ろしいのかもしれない。あの時だって、秦がいなければ、僕一人ではやり遂げてはいなかったんです」

「便利堂」のビルから外に出てみると、路面にはうっすらと雪が降り積もっていた。それを踏みしめながら、冬の京都の寒さを平野は改めて感じた。

魯山人はこの街で生まれ育った。燕台の妻の曽登が言っていたように、はたしてその幼少期は不遇なものだったのだろうか。平野はまだその詳細を知りえていない。しかし、どこかのタイミングで、真相に辿り着けるような予感はしていた。

境遇がどうだったかは別にして、恐らくその才能は小さい頃から突出していたのだろう。それに真っ先に気づいたのが、竹四郎の兄、伝三郎だった。

伝三郎は、魯山人のことを〝赤兎馬〟にたとえた。一日に千里を走るという名馬に、松浦や武山、細野燕台、そして竹四郎もみな憧れ、どうにか乗りこなそうと努めた。もし乗りこなすことが出来れば、自分を遠い場所まで、目にしたことのない世界まで魯山人が連れていってくれるものと信じて。しかし最後には、どの人もその背中から振り落とされることになる。

そこまで考えて、平野はため息をついた。

これまで四人から話を聞き、ずいぶんと情報を手に入れたつもりだったが、まだ魯山人の本質は摑み切れてはいない。事実を繋ぎ合わせれば、その本質が見えてくるだろうと思っていたが、結局はわからないままだ。いや、むしろ謎はより深まっている。やはり魯山人の生い立ちにまで辿り着かなければ結局のところ何も解明できないのかもしれない。

空からは、雪が次々と舞い降りてくる。

「この雪の出所は、一体どこなんだろう」

平野はどんより曇った天空を見つめながら呟いた。

◇

京都から戻った平野は「十全病院」に向かった。

リストの人々と会うことに精力を傾け、ここのところ見舞いの回数がずいぶん減っている。ちょうどこの日は、燕台が病院に来る日でもあった。

久しぶりの病室では、色々な変化が起こっていた。

魯山人は右脇腹に小さい孔を開け、そこにカテーテルを入れて尿を排出するようになっている。魯山人はベッドの脇にぶら下がったその袋を外そうとするらしく、看護婦の目が届かなくなる夜間は両手をベッドに布で結わえられていた。手首は擦れて赤くなり見るからに痛々しい。体重は既に半分ほどになっていた。

魯山人は少し苦笑いを浮かべながら、元気なくこんなことをこぼす。

「誰も、入院費を貸そうとせん」

もう一つ、平野が驚いたことがある。魯山人は隣の部屋の患者に話し相手になってもらうため、看護婦に紙切れを渡していた。そこには、「美食は何でも年中有ります」と書かれてあった。

それを見て平野は、もちろんこれからも「見舞い交渉」は続けるつもりだったが、時間を作ってなるべくここに通わなくてはいけないなと感じる。魯山人は病状以上に心そのものが衰えていた。

いつものようにタオルで魯山人の身体を拭きながら、平野は燕台の来訪を待った。今回も、そのことは魯山人には告げていない。燕台がここに入ってきた時、魯山人はどんな反応をするだろう。平野が待っていると、ようやく燕台が杖を突きながら独りで病室に顔を覗かせた。

「久しぶりやな。調子はどないいや」

燕台は過去を振り払うかのように、ことさら明るい声でそう言いながらベッドに近寄ってくる。

魯山人は明らかに戸惑った表情を浮かべていた。燕台はというと、こちらも魯山人が思った以上に痩せ細り憔悴していたのに驚いたのか、次の言葉がなかなか出てこない。

病室の中に暫く気まずい空気が流れ、やがて魯山人がかすれた声でこんな言葉を呟いた。

「もう、生きているうちに口子を食べることは出来んようです」

口子は金沢にいる時に燕台が教えた味で、魯山人は五円分を一度に買い、食べ続けたものだ。

「お前さんが、こんなことでへこたれるはずがなかろう。退院したら、また金沢で腹一杯口子を食べるといいがや。食への意欲が病気には一番効くんや」

二人のやり取りに、平野は胸を撫で下ろした。

「そや、今日はわしの宝もんを持ってきたんやで」

燕台は抱えていた包みを膝の上に載せて結び目を解いた。中からは立派な桐箱が出てきた。

「これはな、光悦にも乾山にも引けを取らん逸品なんやが」

魯山人もそれが気になったようで、平野に身体を起こすように手招きした。その目には久しぶりに少し覇気が戻っている。これが魯山人を驚かせるために用意したものに違いない。平野も思わず乗り出して箱を注視した。

蓋を開けると、中には直径二十四センチほどの中鉢が入っている。これは一体誰の作なのか。燕台はそれを魯山人の膝の上にぽんと置いた。

「どや、誰のもんか思い出したか？」

平野が覗き込むと、鉢の中には大らかな構図に淡い色合いで鉄仙の花が描かれている。それをじっと見つめていた魯山人の口から「はあ」と息が漏れた。

「酷い出来だ」

そして、微笑む。

「そやな。朝顔の葉と蔓に鉄仙の花が咲いてはまずいわな」

それは魯山人が山代温泉の「菁華窯」で生まれて初めて絵付けした作品の一つだった。鉢の縁には「大観学人試書」と書かれてある。

「堂々堂」の濡れ額から、魯山人の名前を切り落とし、長く絶縁を続けた燕台だったが、魯山人の処女作を大切に仕舞っていたのだ。まるで自分の宝物のように。二十年前の出来事とは別に、金沢の時代から魯山人のことをずっと見守り続けていたことを、燕台はこの一鉢で表してみせた。その思いを、魯山人はすぐに受け取った。

「よくこんなもんを、燕台さんは……」

魯山人は言葉に詰まった。

「そら大切にするがいね。大陶芸家の魯山人が初めて作った作品やもの、高値で売れることは間違いないわいね」

魯山人は鉢の中の絵柄を震える手でなぞりながら「ああ……」とうめき声を上げ、肩を震わせながら大粒の涙を流した。傍の平野も、涙を止めることが出来なかった。

「わしはこの鉢をとても気に入っとる。なんかな、ここに描かれた絵をじっと見ていると、お前さんの人生そのもののような気がしてくるんや。

子供ん頃、辛い思いをし続けた魯山人という芸術家は、大人になってもずっと純粋な愛を乞うてきた。この朝顔も蔓の先に本来の花を咲かせたいと願い続けたが、どうにも見つからん。そこで無理やりに鉄仙の花を咲かせたんや。その不調和が実にええやないか」

魯山人は身体を震わせて泣いている。涙が鉄仙の花の上にぽたぽたと落ちる。

燕台は「辛い思いをした幼少時代」のことを知らないはずだ。しかし、妻の言葉を思い返しながらこの鉢をじっと見つめていた時、魯山人の心をついに見抜いたのかもしれない。

魯山人の膝に載る器は、燕台がいかに金沢での思い出を大切にしてきたか、さらに魯山人を誰よりも理解しているかを雄弁に語っていた。

魯山人と燕台の間には、二十年以上も止まっていた時間がゆっくりと進み始めていた。

「なにか必要なもんはあるか？　茶寮が出来た時のように、わいがなんでも調達してくるよって」

魯山人は俯きながら呟いた。

「和子に……会いたい」

魯山人の口から〝和子〟という名前が出てきたことに、平野は驚いた。平野が作った「見舞ってほしい人のリスト」の七番目にその名前を書き記している。

長く自分の傍に近づけなかった絶縁状態の娘、和子に会いたいと魯山人が言った。燕台は、閉ざされていた魯山人の本音を聞き出したのだ。

「和子か。それはええこっちゃ。わしが捜してきたる」

平野は北大路和子の名をリストに書いていたが、実際は今もその連絡先はわかっていない。燕台はその居所を知っているというのか。もしくは尋ねる目当てがあるのか。

「燕台さんは和子さんの居場所をご存じなんですか？」

平野は、病室を出て玄関まで燕台を送りながら尋ねてみる。

「魯山人は五度結婚し五度別れ、その間に三人の子を授かっとる。上の二人はもう亡くなってしもうたが、三番目の妻、きよとの子の和子は唯一存命なんや。しかし、もう十年以上も前に縁を切られとるがな。その和子に関しては、こんな噂もあったんや」

「どんな噂、ですか？」

「和子の父親は魯山人ではなく、荒川豊蔵っちゅうもんやった」

平野にとってそれは意外な話だった。

「えっ？　陶芸家の荒川さんが、ですか？」

「そや。本当のところなどわしは知らんが、魯山人と別れたきよが美濃にいる荒川を頼ったというんは、わしらの間では有名な話やった。

そやから、和子の行き先を知っていそうなんは荒川くらいしか思いつかへん。魯山人から頼まれた時に、その名前だけが思いついたんや」

「実は、僕もこれから荒川さんの元に伺おうと思っていたんです」

「そやったんか」

それは嘘ではない。平野のリストの五人目、そこには荒川豊蔵と書き記されていた。

「二日後くらいには、美濃まで行くつもりでいます」

「それは好都合や。そこで尋ねてみるといいがや」

魯山人と和子の再会は、平野の手に委ねられた。

リストの五人目　荒川豊蔵

魯山人を詳しく知る上で、陶芸の側面は避けては通れない。

始めたきっかけは山代温泉にある「菁華窯」で、「美食倶楽部」時代に、自分の料理を自作の器の上に盛ることを思いつく。その後、茶寮が始まると、鎌倉に自分の窯も作り上げた。

しかしそれ以降、どのように陶芸家として成長していったか、平野は理解できていなかった。

荒川豊蔵は、魯山人が鎌倉に「星岡窯」を作った時から、そこで共に働いた職人だと聞いている。その人から話を聞けば、自ずと〝陶芸家魯山人〟の側面が見えてくるだろう。

荒川豊蔵は今年六十五歳。四年前に古志野を再現した功績が認められ「人間国宝」になっている。個展を開けば観客が大勢押しかけ、その作品は即完売という陶芸家として絶頂期を迎えていた。

ところが、ここに来て平野が荒川と会う目的がもう一つ増えた。〝和子〟の居場所を荒川から聞き出さなくてはいけない。

しかし、話題が和子のことになった時に、荒川はどんな反応を見せるのだろうか。もし燕台が言っていたように和子が〝荒川の子〟であった場合、魯山人との関係はより複雑なものになる。それが障害になり、魯山人の過去の話を聞くことすら出来なくなる可能性だってある。

平野は、名古屋に向かう東海道本線の車中、そのことばかり繰り返し考え続けた。

名古屋に到着すると、列車を乗り継いで可児《かに》駅を目指す。そこからはタクシーで荒川が仕事場にする多治見市大萱《おおがや》の窯に向かうつもりだった。

タクシーに乗り込んで、荒川の住所を伝えると、

「ああ、先生の窯ですね」

と運転手は応じる。そこからも、荒川が郷土の生んだ英雄であることがよく理解できた。

タクシーの窓から見える景色は、高度経済成長期を迎えていた東京とはかけ離れ、まさに日本の故郷《ふるさと》といった風情だった。樹木に囲まれ、きっとここは陶芸には最適の場所なのだろう。日本を代表する陶器・志野焼がここから生まれたと思うと感慨深いものがあった。

荒川の自宅兼窯は、遠くからでも立ち上る煙ですぐにわかった。

荒川は着古した作務衣に身を包み、「人間国宝」という権威を手にした人とは思えぬほど腰の低い人物だった。平野が陶器に興味があると言うと、荒川は今さっき出来たばかりだという志野焼の茶碗を惜しげもなく披露してくれた。

平野は、魯山人のところに来る前から陶芸には興味があり、その知識も多少はあった。志野焼もいくつか見てきたが、手の中にあるものが「人間国宝」の人の作品だと思うと緊張する。

淡く紫色がかった素地に白い鶴が描かれてある。その色合いは優しく、見る者の心を穏やかにする。表面にある細かいひびや小さな穴、そして火色の赤みが自然の風合いを醸し出していた。この人は本当に土や火を使いこなしていると平野は甚く感動する。

今日の約束は東京から電話で取り付けていたが、平野は今回も、中村竹四郎と会った時と同じ手を使っている。電話では、雑誌「主婦の友」の編集者としか伝えていなかった。

作業場の隅に腰を下ろすと、平野はここに来た本当の目的を明かす。自分と魯山人との関係に続き、その容体、そして魯山人の過去を調べていることなどを手短に説明した。

「そうですか。魯山人はそんなに……」

病状を気遣う荒川だったが、その目は平野がここまで来た本当の理由を探っているように見えた。自分の作品を披露していた時とは明らかに様子が変わり、平野との距離を置き始めている。

荒川の中には〝和子〟のことが引っかかっているのかもしれない。

だが、障害はそれだけではなかった。もう一つ、荒川と魯山人との間に問題があることを平野は知っている。志野焼が生んだ諍いごと。「星岡窯」を離れて既に二十年ほどは経っていたはずだが、荒川の中に、そのしこりが今も生々しく残っていてもおかしくはないと平野は思っていた。

予想通り荒川は腕組みし、口を真一文字にする。平野はその荒川に向かって、思い切ってこんなことを言ってみた。

「荒川さんが〝志野焼の一件〟で、先生によくない感情をお持ちなのは知っています。でも僕は、北大路魯山人のいいところも悪いところも突き止めたいのです」

荒川は、じっと平野の顔を見つめている。

「荒川さんが『人間国宝』になった翌年、先生もその栄誉を受けるはずでした。しかし、先生はそれを断っています。先生は荒川さんを常に意識していたんじゃないでしょうか。僕にはお二人が、まるでコインの裏表のように感じられてしょうがないんです」

当てずっぽうだったが、平野は荒川の心を刺激し続けた。ここまで言って駄目なら、それまでだ。

すると、荒川は立ち上がり、

「外は寒かったでしょう。茶でも淹れましょう」

と言って、部屋の片隅にあるストーブの方に向かった。

「この人は話す気でいる」と、平野は思った。

荒川は平野に茶を振る舞うと、目の前に腰を落ち着けてこう切り出した。

「魯山人には志野のことも含めて、二度裏切られたことがあるんです」

「二度、ですか」

平野は慌てて、鞄の中からノートを取り出す。

「それが魯山人との思い出の大半を占めていますが、もちろん楽しかったこともあります」

その言葉を聞いて、平野はこれまで会ってきた四人の顔を思い出す。どの人の中にも、魯山人にまつわる良い記憶と悪い記憶が混在していた。

「荒川さんは『星岡窯』が出来た時から、あそこにいらっしゃったんですよね。僕も去年から妻と『夢境庵』で生活を始めたんです」

「そうですか。正確には窯が出来る前からです。あそこは桃源郷のような場所でした。今でも初めて訪れた時の景色を思い出すことが出来ます……」

荒川の脳裏には、三十年以上前のその景色が浮かび上がっていた。

◇

「なんて美しいところなんだろう」

昭和二年の春、初めて「星岡窯」を訪れた荒川豊蔵は思わず息を呑んだ。

鎌倉には、山裾の岩石を切り開いて作った〝切通し〟という道が多くある。「星岡窯」の入口には車一台がぎりぎり通れるような深く狭い切通しがあり、それを抜けると別天地かと思うのどかな田園が広がっていた。

入ってすぐには菜の花が咲き乱れ、その向こうに蓮に囲まれた水田が広がっている。傍らには家鴨を放った池もあった。田んぼの畔《あぜ》には芹が群生し勢いよく背を伸ばし、季節が早くまだ水の張られていない水田にはタニシの仕業だろう、ぽつぽつと穴が開いていた。

その景色を望むように、山桜が咲く小山を背に幾棟かの建物が今まさに建設中だった。二年前に開寮した「星岡茶寮」の食器を焼くために、魯山人が借り受けた土地。そこを魯山人は「臥龍峡」と名付け、その空間全体のレイアウトから設計まで自らが負った。

その景色は兼六園などの人工美を追求したものではなく、手を加え過ぎず質素で素朴、わびさびに通じる野性的なものだ。風雅でありながら生命力に満ち溢れている。

翌年には、昔徳川家康や明治天皇も休息を取ったことのある茅葺の田舎家が移築され「慶雲閣」と命名される。この移築を以て「臥龍峡」はひとまずの完成を見る。

その桃源郷を見つめながら、荒川は「あの人は、やっぱり凄い才能を持っている」と呟いた。

荒川豊蔵は岐阜県多治見町の農家の生まれだったが、四キロほど離れた母の実家は製陶業を営んでいた。実家のある町は「高田徳利」の産地として有名で、どこの窯場も酒屋の徳利を焼いていた。生まれ育った環境のままに、荒川は十九歳から陶磁器の販売行商を始める。そして二十五歳で初めて上絵を施して器を焼いた。それはコーヒー茶碗だった。

その後三十歳の時に、魯山人との出会いの場になる京都伏見の「東山窯」に家族と共に移り住む。陶芸家・宮永東山の作った四十人ほどの職人が働く大きな窯で、荒川はその工場長に就任した。「東山窯」の主な販路は三越呉服店で、他の顧客も一流揃いだった。その中には魯山人の師、内貴清兵衛もいる。

この時代の荒川はまだろくろを引くことはなく図案作成と焼きを行っていた。しかし、その主だった仕事は癖の強い宮永東山と職人たちの調整役だった。経営状態が不安定で給料がなかなか支払われないこともあり、そうした時には職人たちがストライキを起こす。割り木屋への払いが滞ることもあった。その色々を荒川は宥めて回っていたのだ。

そして震災の翌年の大正十三年、魯山人が初めて細野燕台と共に「東山窯」にやってきた。

その目的は東京で始める「星岡茶寮」の食器作り。魯山人は背がひょろりと高く、いかにも気難しい男といった印象だった。その頃の魯山人はまだ焼き物にそれほど明るくなく、初めは荒川が図案を下書きし、それをベースに染付の絵を描いている。

しかし、大きな身体に似合わず、その筆使いは繊細でひとたび描き出せば一切の迷いがない。そのため作業は手早く、瞬く間に大量の絵付けがなされていく。その際、筆が寝ることは決してなく常に立ち続け、なるほど書家が器に対するとこうなるのかと、荒川も思わず見とれてしまった。

さらに荒川を驚かせたのは、魯山人のこんな言葉だった。

「食器の上に載せる料理を考えながら、絵を描いているんだ」

そんな発想を持ちながら器を作る陶芸家など聞いたことがない。

この男の中にはまだ底知れぬ能力があり、いつかそれは大きく開花するんじゃないか。荒川は好奇心と警戒心が入り混じったような感覚で、魯山人を見守り続けた。

魯山人は「東山窯」と東京、山代温泉の「菁華窯」とを忙しく行き来しながら、ほぼ一年間、工場の二階に寝泊まりして作陶を行った。

その間、荒川は魯山人とよく酒を酌み交わし語り合った。魯山人の方が十一歳上だったが、腹を割ると意外と気が合う。二人の性格が対照的だったこともいい方に影響した。激しいもの言いをする半面、内心は臆病な魯山人。一方表面は穏やかで人を罵るようなことのない荒川は、真は頑固で図太い男。お互いすぐにその特徴を感じ取り、そこから深い関係が出来上がっていく。

魯山人の話の中で、特に荒川の興味を引いたのは、その発想が突き抜けていることだった。魯山人は〝芸術〟という観点で、陶磁はもちろん自分の作り出す物全てを眺めていた。

「技巧は芸術ではない」

「書家の書、料理屋の料理ほどつまらないものはない」

などと心に刺さる言葉もよく口にする。それらは常に窯の経営に振り回されている宮永東山よりも魅力を感じさせ、それまでの荒川の陶工のイメージを魯山人は完全に打ち崩していった。この時期に荒川は魯山人の世界観に魅了されていた。

そして「星岡茶寮」開寮の直前、ここを離れる時に魯山人は荒川に向かってこう言った。

「僕は近々、鎌倉に自分の窯を持つ。出来たら是非そこで僕の仕事を助けてほしい」

まだ陶芸を始めて間もないのに、ずいぶんと大きなことを言うなと荒川は感じたが、その二年後、魯山人は本当にその窯を完成させてしまう。

魯山人からの求めがあったのだろう、細野燕台からも宮永東山の元に「荒川を鎌倉に寄越してほしい」と連絡が入る。東山は、職人からも信頼され工場長として欠くことの出来ない荒川を手放すことを渋った。しかし魯山人の陶芸の考え方と計り知れないエネルギーに魅力を感じていた荒川は、東山の引き留めも聞かず、家族を連れて鎌倉に引っ越すことを決めた。

「星岡窯」での荒川の肩書は、窯場責任者だった。

魯山人は到着したばかりの荒川を連れ、敷地内を案内して回った。真っ先に連れていかれたのは新品の窯だった。

「この窯は九谷だけやない、古九谷、織部なんかも焼けるんやで」

と魯山人は胸を張る。

その登り窯は長さ十八メートル、幅八・五メートルの連房窯で「東山窯」に比べれば規模の小さいものだった。まだ火入れはされておらず、初窯は半年後の秋だという。

ろくろの置かれた作業場に行くと、松島小太郎という老人を紹介された。ここでろくろが引けるのは松島一人きりだった。職人の数も四十人が働いていた「東山窯」に比べれば寂しいものがある。

これから次々と人が増えていくと魯山人は言ったが、荒川は不安を隠せなかった。

しかし未熟に思える「星岡窯」に、魯山人は荒川の心を揺さぶる、ある施設を作り出そうとしていた。

「ここを『参考館』にしようと思うているんや」

「参考館」と呼ばれる建物は二棟あり、それはまだ工事中だった。完成次第、そこには中国や室町時代前後の古陶磁の他、全国の古窯から陶片を集め陳列するのだという。陶片からは、当時の制作技法を知ることが出来る。

魯山人は工事の作業を見つめながら、こんなことを言った。

「この二棟に並ぶ品々は、学者が万巻の書を備えている意味と少しも変わらんもんになるんや」

なるほど、これが魯山人のやり方なのかと荒川は思った。

大概の陶芸家は何年も師の下で経験を積むものだが、魯山人はそれをしようとは思わない。「菁華窯」や「東山窯」にいたといっても僅かな期間で、作風はほぼ我流だった。いま魯山人は古《いにしえ》の作品を師や教科書とし、見よう見まねで自分の世界を作り上げようとしている。

誰かに教わってしまえば、その師匠の枠から脱することは難しくなる。それは周りの陶工を見て荒川は知っていた。「東山窯」で働いた人は、みな宮永東山の作品を超えることが出来ていない。とはいえ、基礎を身に付けなければ不安なものだ。魯山人は全てを自分の力で作り上げようとしていた。その自信は一体どこから来るのか。それは京都の頃から感じていたことだったが、やはり魯山人は常識の外にいる人間なのだと、改めて思った。

この「参考館」に、陶片としては最終的に瀬戸系の古窯三十六窯中から二十数窯、美濃は二十弱、唐津は十窯、朝鮮の鶏竜山などから十窯以上。合わせると十万点近いものを集め、古陶も三千点を超える名品が収蔵されることになる。魯山人はそれらをろくろ場に持ち込んで参考にし続けた。

また陶土や釉薬の収集にも余念がなかった。日本だけでなく朝鮮にまで出かけて、金に糸目をつけずに買い求め、最盛期は国内物六十二種類、朝鮮物二十種以上と、魯山人は日本の陶芸史上空前の研究所を作り上げていった。

初窯は予定通り、その年の秋に行われる。職人たちの顔ぶれもあって九谷風の作品が多かったが、信楽《しがらき》や染付け、青磁なども焼かれた。

ここで荒川は「東山窯」にいる時よりも自由に振る舞い、夜は時間を作ってはろくろを回し始めた。他の職人たちも、美しい風景に囲まれながら実に生き生きと陶器作りに励んでいる。「東山窯」の時は、この器が売れてくれて職人たちの給料がちゃんと払えるか、そんなことばかり考えていたが、ここは空気が違った。

初窯以来、魯山人は荒川も目を見張るほどの速さで進化し続け、気が付けば自分のスタイルを確立していた。「東山窯」でも絵付けの才能を発揮していたが、今は粘土自体に独特の形を付けていくようになっていた。

魯山人はろくろが引けない。何度か自分でも試す姿を荒川も目にしていたが、底が抜けたりしてうまくいかなかった。ろくろ引きは若い頃からやらないと体に染み込まないのだ。

しかし、魯山人にはろくろ師の松島文智がいた。文智は松島小太郎の息子で、「星岡窯」に荒川より半年ほど遅れてやってきた。文智には、ろくろを回せば百個なら百個同じ形に作れる造形力がある。しかも、粘土や釉の知識も豊富で、松島文智がいなければ、魯山人は今の作陶スタイルを確立できていない。

その文智が成形したものを前にし、魯山人は大きな手でたったと皿の角を立て、うねりを与えていく。身体中から汗を振りまき、咳払いや時折唸り声も発し、まるで何かに憑かれたように作業を続けた。そうして仕上がった器は焼く前から躍動し、まるで魯山人の魂が乗り移っているように荒川には思えた。

魯山人が初めて三越呉服店で個展を開いたのは、荒川らと共に朝鮮古窯の発掘調査に出かけた直ぐ後、昭和三年五月のことだった。それから立て続けに東京で二度、大阪で一度個展を開く。どれも観客がよく入り、作品は完売した。

その個展で、荒川が注目したのは「扇面《せんめん》形椿画鉢」という器だった。幅三十三センチの足付きで、扇の要に向かって五条の透かしを入れ、右上に緑葉を数枚付けた紅椿三輪が描かれている。三センチほどの縁には藍と黄の釉で市松模様が施されていた。

尾形乾山の古陶と似ているなと思われたが、彼の作品には足付きの物は存在せず、縁の立ち上がりも浅い物しかない。

今までの名工たちは古典を精密に模写してきたが、魯山人は古陶の逸品をよく吸収した上で、自らの解釈によって再構築している。その作風がこの鉢にはよく表れていた。

「東山窯」の時代は、荒川と同等、いや荒川の方が経験は上だった。しかし、ここに来て独自の形が出来上がっている魯山人に対し、大きく水をあけられたような気がする。しかも、魯山人の主戦場はあくまで「星岡茶寮」であり、既に料理の分野でその名を轟かせ、陶工はもう一つの顔に過ぎない。その魯山人に作陶一筋の自分がどうして及ばないのか。荒川は気持ちを焦らせていた。

さらに魯山人が他の陶工と異なったのは食器や壺などに拘らず、火鉢や灰皿、浴槽に風呂のタイル、はては男性用の朝顔（便器）まで焼き上げたことだ。

その創作意欲はどこにあるのか。しかし、結論はすぐに出た。魯山人は元々自分の料理を載せたいがために食器を作り始めた。その器に載せて料理を出したい相手は「星岡茶寮」の客に他ならない。つまり、火鉢や朝顔なども全て客をもてなすために作られていたのだ。

一般の陶芸家は、陶土や釉薬の魅力に取りつかれ、陶器の僕《しもべ》となることが多い。しかし、魯山人の頭には常に、芸術の精神や人を喜ばせたり楽しませる世界があり、そこから俯瞰で陶器を見つめている。その余裕が作風を自由にさせ、思いも寄らない発想を生む。それは荒川が真似たくても出来ない領域だった。

しかし茶寮開寮から六年、「星岡窯」が出来て四年ほど経つと、魯山人の作陶ペースが鈍る。その頃は茶寮の食器の供給もほとんど済み、さらにある程度の成功と名声を手に入れたことで、魯山人のもの作りへの情熱が急激に冷めた時期だった。

〝志野焼の一件〟は、そんな頃に起きた。

志野焼とは、室町時代の茶人、志野宗信《そうしん》が美濃の陶工に作らせたのが始まりと言われ、赤志野や鼠志野といった種類がある。紫色やピンク色がかった白土の素地に白釉を厚めにかけ焼き上げる。

通常、表面には細かいひびや小さな穴が多く出来、釉薬のかかりが少ない口縁には火色と呼ばれる赤みが浮かび上がる。

その志野に関して、荒川は優品を見たことがなかった。窯の責任者である荒川に知識がなかったため、「星岡窯」ではこれまで志野に関しては試作品を作った程度だった。

その年の四月、荒川はその志野と劇的な出会いを果たす。

魯山人が名古屋松坂屋で個展を開き、荒川はそれに同行していた。その時名古屋城前あたりにあった「道具屋・横山」に、上等な志野焼の鉢があると聞きつけ、荒川は魯山人と一緒に見に行くことになる。

店に着く前、「百円か百五十円なら購入しよう」と二人で決めていた。

その主人・古美術商の横山五郎が見せてくれた鉢は、全体に赤みを帯び、その中に秋草のなでしこが彫りつけてある見事な逸品だった。

「これが本物の志野か」

荒川は興奮が隠せない。こんな優しい色合いは他の焼き物にはない。土と釉薬と火が絶妙なバランスで折り合い、まるで時間を一瞬止めたようなはかなさを感じる。荒川は色々な角度からそれを眺め、長くいじり続けた。

「いくらかね?」と魯山人が尋ねると、横山は「七千円です」と答える。それは一軒の家が建ち、米なら千俵買える額だった。二人の顔色を見て、横山は別に古志野の「筍絵筒茶碗」を出してきた。

この茶碗が、荒川の運命を変えることになる。

柚子のようなあばた肌で白っぽい茶碗だった。表に筍二本と裏に松の絵が描かれている。「筍絵筒茶碗」は器自体魅力的なものだったが、荒川がしきりに目をやったのは、茶碗の底にこびりついていた赤い土だった。それを見た瞬間、荒川の頭の中に一つの記憶が蘇った。

この頃、志野焼は瀬戸で作られたものと信じられていた。しかし、瀬戸には赤い土は存在しない。荒川は数年前に、生まれ育った美濃で同じように赤土のついた破片を拾ったことがあり、それを思い出したのだ。ひょっとすると、志野は自分の故郷辺りで作られていたのかもしれない。

店を出た後、荒川がぽつりと呟く。

「どうも、志野が焼かれていたのは瀬戸ではないかもしれませんね」

「なら、どこだ?」

魯山人は詰め寄ったが、

「どことは言えないですが、瀬戸ではたぶんない……」

確信など何もない荒川は、そう返すしかなかった。しかし、その夜はずっとそれが気になり、翌日行動に移すことを決める。

魯山人は鎌倉に帰ったが、荒川は独り美濃の多治見に向かい、大萱の古窯跡を掘り続けた。以前、あの陶片を拾った場所の周辺だった。そこで手のひらに収まるほどの小片を見つける。

「これは志野だ。間違いない」

思わず声を上げた。陶片を載せた手が震えた。

それも柚子肌で、なんと火色の小さな筍が一本描かれてあったのだ。昨日見た茶碗そっくりに。

その時、荒川は当地の古文書も調べている。するとそこに、桃山時代に母方の先祖がこの地に移り住み窯を開いたという一文を見つける。自分は単に志野の窯を発見しただけでなく、祖先の窯を見つけ出した可能性がある。

荒川はその古文書と陶片を見比べながら、この運命的な出会いに自分を導いたのは、きっと祖先だったに違いないと思った。

荒川がその陶片を東京に持ち帰り見せると、魯山人は驚き、すぐに巨額の費用を投じて美濃の古窯跡を三十六か所掘ることになる。その結果、従来の「志野瀬戸説」を覆す日本陶芸史上最大級の発見がなされた。

八月、新聞にその記事が載った。「志野が焼かれた窯」という見出しだった。

この記事をきっかけに全国で空前の発掘ブームが持ち上がる。そこでは陶器の歴史研究家だけでなく道具屋も、はては本来古陶とは無縁の農家も各地の古窯跡を掘り始めた。そこから見つけた陶片には高値が付き、一つ五百円もの逸品を掘り当て大金持ちになった者も出た。

しかしその新聞記事を、荒川だけは恨めしい思いで見つめていた。

理由は、記事の文面に荒川の名前は一つもなく、魯山人は「我々」が発見したものと書かせていたのだ。あたかも魯山人が先頭に立ち、陶片を見つけ出したかのように。

機関誌「星岡」にも志野に関しての記事が載ったが、その時も同様だった。

一連の記事は荒川を苛立たせた。手柄を横取りされたこともあるが、強く信頼していた魯山人が、なぜそんな行動を取ったか荒川には理解できなかった。今まで魯山人が嘘をつくところを見たことがない。自分の中で整理がつかない荒川は、ついに魯山人に申し出る。

「これは事実を曲げている」と。

すると魯山人は「編集者が勝手に書いた」などと誤魔化す。その時魯山人は後ろめたかったのだろう、決して荒川と視線を合わせようとしなかった。その態度に、荒川は怒るよりも先に、強い失望感に囚われた。さらに気分の悪い話も耳にする。魯山人が他人に向かって、

「志野発見に関してはコロンブスが俺で、荒川は水夫のようなものだ」という言葉を吐いていたの

だ。

荒川は、これをきっかけに「星岡窯」を去る決意を固めた。

もちろん陶片の発見以来、本格的に志野を極めてみたいという思いが強まっていたこともある。

一方で、これからも自分は魯山人に利用され続けるのではないかという猜疑心が起こっていた。

昭和八年、家族と共に鎌倉から故郷の多治見に戻ると、陶片を見つけた大萱古窯跡近くに穴窯を作る。資金にも乏しい三十九歳の再出発だった。

◇

「先生は、どうしてそんなことをしてしまったんでしょう」

平野の問いかけに、荒川は少し考えて答える。

「魯山人には『星岡茶寮』が出来るまでは、芸術のためならどんな困難も受け入れるといった態度がありました。しかし、茶寮が出来上がると、そこには東京の名士たちが続々と押し寄せた。『星岡窯』にも久邇宮殿下がお成りになる。一方、私も編集に携わったことがありますが、機関誌の『星岡』であらゆる芸術家に毒を吐き続けた。

あの頃の魯山人は作品ではなく、名声や言葉だけで世間と戦おうとしていたんじゃないでしょうか。その名声には、志野発見が役立つと思ったのかもしれません。

しかし、その姿勢は……私の目には卑しく映った」

平野は、これまで会ってきた細野燕台や中村竹四郎の言葉を思い返した。茶寮が出来て数年が経った頃に起きた魯山人の変化について、燕台は幼少期が影響しているのではないかと言い、竹四郎は魯山人を退屈させた自分のせいと語った。そして、荒川は名声を追い続けていたと分析する。

平野にはいずれも的を射ているような気がした。

「しかし、それは私の人生にはかえって良かったと思っています」

「それはどうしてですか？」

「あのまま、あそこにいたら、私は自分の作品を作れなくなっていた……」

穏やかだった荒川の顔が厳しいものに変わった。

「魯山人は恐ろしい人だった」

「恐ろしい？」

「あの強烈な個性が、周りで働く陶工たちの手や脳に知らず知らずのうちに染み込んでいく。そうなったら、自分で器を作ろうとしても、どれも魯山人に似たようなものになってしまう。仲間の中には『星岡窯』を離れてから、魯山人の垢を落とすのに十年もかかったという人もいました。ろくろの名人の松島文智さんなどは、三十年魯山人の元にいた。三十年間、被曝し続けたわけです。二年ほど前に『星岡窯』を辞められたそうですが、なかなか自分の作風を作れずに大変苦労されたと聞いています。松島さんは魯山人より、ずっと粘土や釉の知識があった人だった。それでも、長くいたらそうなってしまうんです」

平野は、陶工の世界はそんなものなのかと思った。

「魯山人の呪縛から逃れて、私はやっと彼を対等な陶工と観ることが出来た。あの人の上をいく作品を作りたい。それが創作意欲に繋がっていったんです」

魯山人は周囲の人間の人生を変えていく。それは平野が作ったリストの一人目、松浦沖太と会った時から感じていたことだった。「人間国宝」になった荒川でさえ、魯山人から強烈な影響を受けていたのだ。

唯一これまでと違うのは、荒川が魯山人を〝ライバル〟と見なしていたことかもしれない。

壁に飾られた「人間国宝」の認定書を見ながら、平野は思う。もし魯山人がいなかったら、荒川がこの称号を手にすることはなかったんじゃないだろうか。

荒川はストーブの上のやかんから急須に湯を注ぎながら、話を続ける。

「これは余談ですが、魯山人はろくろを引けないことにずっとコンプレックスを感じていました。雑誌などに魯山人の仕事場が紹介されると、必ず彼はろくろの前に座る。それは、〝俺はろくろが引けるんだ〟って世間に見せたいからなんでしょう。

一度、魯山人のパトロンのような存在だった阪急社長の小林一三さんが、突然『星岡窯』に来たことがありました。そこで松島さんが下ごしらえしたものの上に、自分が手を加えているところを魯山人は見られてしまった。小林さんからしたら、それはどうでもいいことだったと思うんですけど慌てた。

すると魯山人はことあろうに『よう小林君、よく来たな』と言ってしまったんです。資金を出してもらっている小林さんに〝君〟呼ばわりはあり得ない。それ以来、小林さんは二度と『星岡窯』に来ることはなくなりました。

魯山人という人はそんな子供じみたところがあった。私から見ると、微笑ましいのですけどね」

荒川は、常に魯山人を冷静な目で見続けている。ひょっとすると、荒川はライバルでありながら、魯山人にとってはよき理解者だったのかもしれない。平野にはそんなふうに感じられた。

その二人が再会したのは、荒川が「星岡窯」を去って二年後のことだったという。

◇

「こんな大きな窯を作り上げたのか……」

以前の「星岡窯」にはなかった新しい窯を見て、荒川は言葉を失った。

それは魯山人が「大阪星岡茶寮」のために作った瀬戸式の大登窯で、一度に食器なら千点以上も焼けるという巨大なものだ。

ここに戻るまで荒川は大萱の窯に籠もり、志野と対峙し続けてきた。

しかし、その作陶はそれまで誰も挑戦したことのない未知の領域で、大よその手順はわかっていたものの細かい部分は全て手探りの状態だった。

それでも志野の長石釉を使った白い肌をなんとしても再現したかった。荒川の耳元で、祖先の陶工たちが志野を復活させろと囁き続ける。さらに、その完成品を魯山人の元に届け、見返してやりたい……そんな思いも荒川に力を授けた。そして、二年の試行錯誤の末、ようやく満足のいくものを焼き上げる。

今「星岡窯」に戻ってきた荒川の手には、その志野のぐい飲みがあった。それを誇らしげに魯山人に見せると、

「いいじゃないか、これだけ出来れば十分だ」

と褒め称えたが、どこかに余裕があった。

そして、「俺にも見せたいものがある」と言って、一つの器を持ってきて披露する。それは魯山人が焼いた志野だった。

荒川がここで目にした巨大な窯は、この年の一月に初窯を迎えていた。そこでは織部、黄瀬戸《きせと》（安土桃山時代に美濃で焼かれた古陶で、鉄釉による温かい黄色でおおわれているのが特徴）、そして志野といった桃山陶器が焼かれ、既に魯山人はその再現に成功していたのだ。しかも、その出来栄えは荒川の上をいっている。

「どうだ、もう一度鎌倉で働かないか。君の思う通りのものを作ったらいい」

それは魯山人の本音だった。しかし、荒川はまるで返り討ちにあったような気分で逃げ帰るように大萱の窯に戻っていった。

「キユウヨウアリ」

翌年の夏。「星岡茶寮」から、そんな電報が荒川の元に届く。

魯山人がまたとんでもないことでも思いついたんだろうと荒川は予想し、上京した。

茶寮に着くと、その電報の差出人が中村竹四郎であることがわかる。そこで荒川は初めて魯山人が、「星岡茶寮」を解雇されたことを知った。

なぜそんなことになったのか、竹四郎は事の次第を全て荒川に打ち明けた。竹四郎は元々気の優しい人で、人前で声を荒らげるところを見たことがない。いつもにこにこと穏やかな表情を浮かべ、時には「星岡窯」の職人の相談事にも耳を貸すような人だった。その竹四郎が解雇に踏み切ったということは、その時よほど追い詰められていたのだろうと思った。

竹四郎は解雇の理由が魯山人の浪費であることを強調したが、荒川は違った見方をしていた。

荒川が「星岡窯」にいた頃から、既に魯山人の心は渇いていた。茶寮で成功し、皇族も、日本を動かす政治家や財界人もみな魯山人のことを「先生」と呼ぶ。人生の大きな目標を達成した魯山人は、自分の情熱の使い道を探していた。

そこで見つけたのが「大阪茶寮」だった。しかし、竹四郎を含め、魯山人についていけるだけのエネルギーは誰にも残っていなかったのだろうと、話を聞きながら荒川は感じた。

説明を終えると、竹四郎はいよいよ本題に入る。

電報に書かれてあった「キユウヨウ」とは、魯山人がいなくなった「星岡窯」で〝魯山人風の器を作ってほしい〟というものだった。どうやら竹四郎は志野の一件を覚えていて、荒川も自分に味方すると考えていたようだ。七年も前のことを未だに根に持っていると思われたことも気分が悪かったが、荒川はそれ以上に「魯山人風」という言葉にカッとなった。

「その話、お断りします」と言って、すぐにその場を後にする。

荒川は、その足で鎌倉に向かった。「星岡窯」につくと、魯山人は弱り切った様子で荒川を迎えた。そして、目に涙をためてぽつりと言った。

「みな、敵につきよった」

そこには日頃の傲慢さのかけらもない。小心な側面を曝け出している。志野に関して諍いはあったものの、京都ではよく酒を酌み交わし、「星岡茶寮」のほとんどの食器を作り続けた同志でもある。しょげかえる魯山人を前に、荒川は情にほだされた。

「それじゃ三役がふんどし担ぎに負けたようなもんですよ。あなたが追い出すと言うならわかるが、これじゃ逆だ」

魯山人は初めて現れた自分の味方の言葉に何度も頷いた。

「まだ間に合う」と思った荒川は、暫く東京に留まり〝調停〟の方法を考え始める。そんな時、魯山人の師、内貴清兵衛がちょうど上京中なのを知った。荒川はそこに説得に出かけた。

「あれで、灸《やいと》になっとったら、ええんやけどな」

竹四郎は荒川に、内貴清兵衛も細野燕台も快く自分の考えに応じてくれたと言っていたが、彼らの本音はその程度のものだったのだと荒川は思う。

「いや、十分に応えておられますので」

内貴は、調停に手を貸すと約束してくれた。

荒川は、銀座「中島」をその場所に選ぶ。そこは茶寮の初代料理主任、中島貞治郎の店だった。そして内貴に加え、大村正夫医学博士にも立ち会ってもらうことにする。大村は竹四郎、魯山人の両人と親しい間柄だった。

その計画を魯山人に伝えると「よくやってくれたな。すまなかった」と頭を下げた。

迎えた当日、「中島」に竹四郎がやってきた。

魯山人は別の部屋で控えている。もちろん魯山人がいることは竹四郎には伝えていない。

竹四郎は事件の詳細を知らない大村に説明し始めた。茶寮の財政状態や人事に関する悩みを語るうちに、竹四郎は涙を流す。

もう機は熟していた。このタイミングで魯山人が部屋に入ってきて「竹白、すまなかった。もう一度一緒にやろう」と声をかければ、二人の仲は元に戻るはずだ。それが荒川のシナリオだった。

しかし、魯山人はなかなか入ってこない。その時、魯山人は四人のいる部屋の外で大きな身体を縮めて、中の話を盗み聞きしていた。廊下を通るたびに、中島の妻が目で「どうして、お入りにならないんですか?」と促しても、「いや、まだまずい。もうちょっと……」と躊躇し続け入ろうとしない。

そのうち話は尽きて、竹四郎は帰ってしまった。結局、その調停工作は失敗に終わった。

魯山人が部屋に入ってこなかった理由は何だったのか。それはプライドだったのか。いや、魯山人は本気で竹四郎のことを恐れていたに違いない。あれだけ自信に満ち溢れ、傍若無人に振る舞っていた男の突然の変貌。ひょっとするとそこには魯山人が生きてきた中で、あるトラウマのようなものを抱えていた可能性も考えられる。荒川はその日、自分を納得させるために魯山人の内面を探り続けた。

その後茶寮復活を諦めた荒川は、魯山人の仕事先を考え始める。そこで思いついたのが、自分を長く後援し続けてくれている「わかもと」の長尾欽弥社長夫妻を紹介することだった。「わかもと」は当時よく売れていた胃腸薬で資金はある。三人を引き合わせると、特に夫人のよねが魯山人を気に入り、その場で薬の景品として魯山人の焼き物を使うという契約を取り付けた。

魯山人の生計の道筋をつけた荒川だったが、心の弱り切った魯山人を気に掛け、家族を美濃に置いたまま暫く鎌倉にい続ける。

しかし、ここで再び事件が起きた。

魯山人は荒川に「これからは作陶一本でやっていく」と宣言し、窯の看板も「魯山人窯藝研究所星岡窯」から「魯山人雅陶藝術研究所」にかけ替える。そして辛い気分から這い上がるためにも、がむしゃらに作陶に向かっていった。

解雇の翌年には一年で数千点を焼く。さらに二年後には二か月に一度のペースで窯焚きをし、年間一万を超える作品を作り続けた。職人も増やし、総勢五十名余り。「星岡窯」の最盛期を迎えた。

その頃から、作風もがらりと変わる。それまでの支那趣味から和物が多く見られるようになり、そのほとんどが魯山人の代表作になった。

気力を取り戻した魯山人を見て、荒川はそろそろ大萱に戻ろうと思い始める。しかしその頃、魯山人による〝二度目の裏切り〟は既に始まっていた。

魯山人は、三番目の妻であるきよと九歳になる長女の和子と鎌倉で暮らしている。

荒川が初めて「星岡窯」を訪れた時、魯山人にはせきという妻がいたがその年に離婚が決まり、間もなくきよと再婚する。しかし、きよは長く大森の借家で暮らし、和子と母親を連れて鎌倉に越してきたのは、荒川が独立すべくここを離れた後のことだった。つまり荒川がきよと顔を合わせたのは、今回が初めてで、その時きよは三十四歳、荒川は四十三歳になっていた。

そのきよがここのところ、よく仕事中の荒川の傍にやってきて、色々と面倒を見てくれるようになった。聞けば、魯山人から「荒川には大事な仕事をやらせているんだから、お前が世話してやらなきゃ駄目だろう」と指示されたと言う。そのきよは、荒川の目にはいつも酷く疲れて見えた。

荒川が次第に心を開くと、きよも自分の愚痴を言い始める。

魯山人は娘の和子は溺愛したが、きよに対してはきつく当たっていた。解雇以降、魯山人の周囲への接し方は以前に比べだいぶ穏やかになっていたが、ことさよに対しては全く変わらず、怒鳴りつける日々が続いている。きよは生活費もほとんどもらえず、絶えず魯山人の罵声に怯え、既にノイローゼ気味だった。荒川はその全てが気の毒に思えた。

そして、きよは「離婚を考えている」と口にするようになる。それを一度魯山人にも告げたことがあったというのだが、それへの答えは「和子は置いていけ」というもので、きよは思い悩んでいた。もちろん荒川も和子のことを考えて思い留まるように説得した。

それからもきよは魯山人に咎められるたびに、荒川の元に泣きながらやってきた。荒川は大萱に戻りたくとも、きよのことが心配でなかなか「星岡窯」を去れない状態にあった。

そんなある日。

魯山人が大船から夜行列車で関西に向かうと言って出ていった。しかし、三、四時間ほどしてふらりと戻る。魯山人は母屋の木戸をそっと開けて、奥の間に忍び足で近づいた。襖を開けると、そこには荒川ときよが卓を間にして座りお茶を飲んでいた。その様子を見た魯山人は、震える声でこう言った。

「忘れ物をして戻ってきたんだが、お前たちは今頃……」

二人は新たに入った女子従業員の費用について相談していたと申し開く。その場はそれで済んだが、翌日から荒川ときよが密会しているという噂が窯内に広がっていった。

全てが、魯山人による策略だった。

魯山人もまた、きよとの離婚を考えていたが、どうやって和子を置かせたまま、ここから追い出すかを模索していた。そこで離婚に向けて、しかるべき証拠作りを始めていたのだ。

つまり、荒川は魯山人のその計略にまんまとはまり、〝間男〟の役を演じさせられてしまった訳だ。荒川は自分のうかつな行動を悔いたが、その一方で身を削りながら魯山人に誠心誠意尽くしてきた報いがこれなのかと無性に腹が立った。

結局、荒川は鎌倉に居づらくなり大萱に戻る。間もなくきよも離婚し、娘の和子とは離れ離れになった。

◇

平野の頭は混乱していた。魯山人の言動が全く理解できなかったからだ。

それは荒川も同じだった。十年以上経った今でも荒川は、答えを導き出せないでいる。

「それまで私は、魯山人の性格のいいところも悪いところも大よそ把握しているつもりでした。しかし、まだ理解不能なことがあった。その複雑な精神構造は常識の域をはるかに超えている。どこかがねじ曲がっている。

志野焼の方はまだしも、この二つ目の裏切りは、なぜそんなことをしたか、今もわからないんです」

竹四郎との和解に奔走し、解雇以降の仕事も宛てがい、心の弱った魯山人を傍らで見守り続けた荒川に対し、妻と綺麗に別れるための〝間男〟を演じさせる。普通の人間なら、自分の人生最大ともいえる危機を救ってくれた恩人にそんな仕打ちが出来るはずがない。

いや、待てと平野は思った。ひょっとすると荒川ときよの間には、本当は何かしら男女の関係があったのではないか。その方が全てに納得がいく。

平野は、言葉を選びながら遠回しに尋ねてみた。

「和子さんが、荒川さんの子供だという根も葉もない噂も広まっていたようですね」

それまでの様子と違って、荒川がじろりと平野の方を見る。

「確かに、そんな噂も人づてに聞いたことがあります。しかし、きよさんが妊娠した時には、私はまだきよさんに会ったこともない。それも私が『星岡窯』を去ってから、魯山人が作り上げたものだと思います」

荒川は、燕台の語った噂話を真っ向から否定した。荒川は憮然とした表情で続ける。

「世間にはもう一つ、鎌倉を出たきよさんが私の元に身を寄せたという話も広まっているようです。それも出鱈目で、私には苦労を共にしてきた妻も、大切な家族もいる。そこにきよさんを呼び寄せることなど、決して出来ない」

荒川はそう言い、悔しそうな表情を浮かべる。その顔は真実を語っているように思えた。

もし、荒川ときよの間に何の関係もなかったとするなら、和子の居場所など荒川が知っているはずがない。平野は気持ちを暗くして、話の続きに耳を傾けた。

◇

鎌倉を去って以来、荒川はずっと大萱の窯に籠もり作陶を続けた。

そこで荒川は志野を極め、その第一人者になっていく。

荒川も魯山人も、作陶のスタートは青磁に染付だった。金襴手《きんらんで》のような華やかなものが多かったが、次第に支那風の焼き物から日本回帰し、志野、織部、黄瀬戸などを経て、晩年には土の魅力を最も表現できる備前焼に傾倒していく。

備前焼では、意識的な釉薬を施すことはしない。窯の中で灰が降りかかり、溶けて自然の釉薬となり、所謂「びいどろ」が生じる。炎が当たる部分には焦げも出来た。紫土と言われる土その物の風合いに、二人は取り憑かれていったのだ。

魯山人は昭和二十七年、六十九歳の時に最後の窯となる備前窯を「星岡窯」に築く。その知らせを聞いて荒川は、魯山人の行動力に改めて驚かされた。

本窯での制作は昔から大金を必要とした。大名などが陶芸の職人を保護した理由はそこにある。今でもそれは変わらず、どうしても備前や信楽など、自分の専門でないものを作りたい時は、その土地の窯まで行って焼かせもらうのが一般的だった。

「星岡茶寮」という後ろ盾があった時代ならともかく、今の魯山人にそれだけの経済的な余裕はないはずだ。しかし、魯山人は途方もない借金を作ってでも理想とする本窯を手に入れる。どんなに周囲が心配しても、本人の暮らしが困窮してもだ。

その備前窯作りに協力したのは、〝備前の総帥〟と言われていた金重陶陽《かねしげとうよう》だった。

その頃の備前焼は、歴史は古いものの世間的にはすり鉢に代表される一地方の焼き物に過ぎなかった。それでも金重自身は陶工として高い技術を持っていた。

人一倍努力家だった金重は「星岡窯」で備前窯を作り終えると、暫く魯山人の元に留まることにする。伝統にどっぷりつかった自分に新しい世界観を取り込みたいというのが理由だった。その時金重五十六歳。金重は魯山人から志野や織部の技術を吸収しようと努める。

しかし、一年ほど経った時、魯山人は金重の作品を見て罵倒した。

「そんなもんは芸術ではない」

確かに金重の作ったものはどれも、保守的で平凡な仕上がりだった。

「美の何たるかがわからない者が焼き物を作るなどもってのほかだ。地球の資源の無駄遣いだ。そんなものは止めてしまえ」

そして、金重は鎌倉から追い出される。

荒川は金重の人となりを知っている。歳が二つ下の金重とは戦前からの付き合いで、お互い備前と大萱を行き来して切磋琢磨してきた。金重は温厚な性格で誰よりも研究熱心な男だ。焼き物に使う土なども採取してすぐには使わず、ひと冬越すまで待つ。菌が付着した土なら焼いた時に割れにくくなるという理由からだった。そうした態度は「星岡窯」でも変わらなかったはずだ。

金重から魯山人とのやり取りを聞いた時、「そんなもんは芸術ではない」と言い放ったその言葉が、荒川には自分に向けられたもののようにも感じられた。

その荒川は昭和三十年、古志野と瀬戸黒の功績を称えられ重要無形文化財技術保持者、「人間国宝」に認定される。しかもそれは第一回の認定で、世間的にも大きく取り上げられた。認定されれば年金をもらえ、色々な恩典も受けられる。

翌年、今度は魯山人の元に、文化財保護委員の人間が訪ねてきて「次回の『人間国宝』としてあなたの名前が挙がっている」と伝えた。

しかし、魯山人は、「いや、俺は受けたくない」とその申し出を突っぱねる。

魯山人は以前から、その指定制度を罵り続けていた。とはいえ、その頃の魯山人は「備前窯」の増設もあり借金に追われ、雨漏りも始まった家で窮乏状態だった。

認定を受けた陶芸家は荒川も含め、みな記念の個展や新聞社主催の「人間国宝展」なども催し、その作品も二割、三割増しの価格で売れている。

周囲の人々は魯山人に「認定のために、裏金を使っている人間もいるほどだ」と伝え、どうにか受けるように仕向けたが、魯山人から文化財保護委員に連絡を入れることはなかった。

魯山人の中には、今も内貴清兵衛の言葉が生き続けていたようだ。

「まことの芸術家を目指したい言うんやったら、世間で言う偉い人、つまり金や名誉を得ているような人になりたいなんて思うたらあかんで」

それに加え、やはり荒川に先を越されたという思いが少なからずあった。

「人間国宝」を蹴ったという話を聞いた時、荒川は微笑ましく思った。ひょっとすると、先に魯山人が認定されていたら自分も同じことをした可能性がある。荒川はどこまでも、魯山人へのライバル心を持ち続けていた。

昭和三十一年、魯山人の代わりに「人間国宝」に選ばれたのは、備前焼の金重陶陽だった。

◇

「それでも、僕は先生には人間国宝をもらってほしかった。今はお金が本当になくて、入院代も見舞いの人に頼むくらいなのです」

平野の訴えに、荒川は真剣な顔でこんなことを言い始める。

「平野さんは、魯山人の蟹皿を見たことがありますか？」

「はい。入院する前に最後に焼いたものも、確かその絵柄でした」

今年五月、東京国立近代美術館で開かれる「現代日本の陶芸展」のために、魯山人は皿一杯に松葉蟹が描かれる、その器を作っていた。

「ここ二年、魯山人は皿に蟹の姿をよく絵付けしています。その一つの題名が『横行君子平向』でした。中国では蟹のことを〝横行君子〟と呼びます。縦に歩かず横に歩く様が、権力に抗って決して自分を曲げない姿に見えたため、そんな名前が付いたようです」

それについて、平野はどこかで聞いた話だなと思った。記憶を辿ると、それは細野燕台によるものだった。金沢を去る時に、燕台は〝横行君子〟のように生きるべきだと魯山人に伝えている。

「二年前といえば、私と金重君が立て続けに『人間国宝』になった翌年のことです」

「あっ……」

「わかりましたか？　私もあの皿の写真を雑誌か何かで見た時、これは私と金重君を皮肉った絵柄だと思ったんです。君たちは国家権力におもねりやがって、俺はそんな物には目もくれず〝横行君子〟でい続けてやると魯山人は言っている。その声が私には聞こえてきました」

そういうことだったのか。平野はいま一度その皿を思い返す。蟹は皿の上で躍動し、その爪を高く振り上げこちらを威嚇していた。

魯山人は、その蟹に自分の生き様を投影していたのだ。

荒川は魯山人の陶芸に関して、自分なりの評価を加えていった。

「しかし、その貧しい生活は悪いことばかりじゃなかったと思いますよ。戦後の魯山人の器は見事なものばかりです。困窮や孤独な状態は、周りに振り向いてほしい、自分の作品を見てほしいと、魯山人を奮い立たせた。それが作品に乗り移っていると思うんです。

特に『星岡茶寮』を失ってから、魯山人の皿に料理が載ることはなくなった。その器からは叫びのようなものを感じる。この上に料理を盛ってくれと器が叫んでいる。魯山人も、器たちもその孤独の中に美を輝かせていた」

それを聞いて、平野は驚いた。細野燕台も魯山人の器について、ほぼ同じことを言っていた。さらに燕台は『子供ん頃、辛い思いをし続けた魯山人という芸術家は、大人になってもずっと純粋な愛を乞うてきた』とも言っている。

魯山人は孤独から抜け出そうと、常に愛を乞い続けたのだろうか。それが彼の創作の原点なのか。

魯山人は食客として訪れた内貴清兵衛に教えを乞い、続いて細野燕台の下で力を付け、それを開花させたのが中村竹四郎。いつも魯山人は誰かパートナーを見つけて成長し続けてきた。そして、最後のパートナーが……〝孤独〟だったのかもしれない。

荒川の魯山人に対する評価は続く。

「魯山人の凄いところは自分でも言い続けていたように、決して〝職人〟にならなかったことです。料理でも料理人にならず陶芸でも陶工職人にならない。私だって生活のことや家族のことを考えて、時折どうしても職人になることがあるが彼は絶対にならない。だからその作品がどれも自由なんです。その精神力は誰にも真似することは出来ない」

平野は魯山人の口から、荒川豊蔵の名を聞いたことはない。しかし、荒川は素直に魯山人を褒め称える。「人間国宝」という優位な立場がそうさせているのか、そもそもが素直なものの見方の出来る人なのか、その辺りは平野にはわからなかったが。

しかし、ここまで魯山人を客観的に見ることが出来るようになっている荒川が見舞いに来る可能性は残されていると思った。平野は、思い切って願い出る。

「先生の病状は深刻で医師も匙を投げました。もう年を越せないかもしれません。その前に一度、横浜の方に来て頂くことは出来ないでしょうか」

すると、荒川は即座に答えた。

「彼の作品を評価することと、それは別問題かもしれません。まだ私には、彼への様々な感情がくすぶったままなのです」

はっきりと拒絶された。

もはや見舞いに関しては諦めるしかなかった。しかし、和子の居場所に関して、もう一度だけ確認する必要があると思った。くどい話に荒川が気分を悪くすることは十分に考えられる。それでも平野は開き直って尋ねた。

「実は、これから和子さんにも会おうと思っています。しかし、その居処がわかっていないんです。荒川さんは、それをご存じだったりはしないでしょうか」

荒川はじろりと平野を睨み付ける。平野はその視線に凍り付いた。

部屋の片隅にあるストーブの上で、湯の減ったやかんがカタカタと音を鳴らした。

「ですから、鎌倉を去った後、きよさんとも和子さんとも連絡など一つも取っていません」

「……すみません。そうですよね」

平野は荒川の感情の前に、言葉を失った。


それでも、荒川は「わざわざこんな僻地までご苦労様でした」と言いながら、平野を作業場の出入口まで見送ってくれた。外の空気は、肌を刺すように冷たかった。平野のため息が白い蒸気になり消えていく。

「色々と失礼なことを申し上げて、本当にすみませんでした」

平野がそう言って頭を下げる。すると、荒川は気になる一言を残した。

「仮に私が和子さんの居場所を知っていたとして……あなたが会いに行っても、彼女はお父さんとは会わないと言うと思います」

頭を下げたまま、心の中で「えっ？」と思った。

荒川と別れ、とぼとぼと田舎道を歩きながら、平野はその言葉を何度も反芻する。そして思った。

「やはり荒川さんは、和子の居所を知っている……」

恐らく荒川は嘘をついている自分が心苦しくなって、最後にあの言葉を呟いたのだ。

平野は引き返そうかと思ったが、今の荒川を説得する自信が持てなかった。

北大路魯山人　その一

美濃から帰った翌日、平野は魯山人の元に急いで向かった。

燕台が訪れた日から長く病室を空けぬことを心に決めたが、急ぎ駆け付ける理由は別にあった。

病室に顔を出すと、この日の魯山人は少しだけ調子が良かった。洋梨のジュースを飲むと、もう一杯とお代わりも注文する。それも飲み干すと平野をじろっと見て言った。

「どこに行っていた？」

「えっ？」

「嫁も行き先を言おうとしなかったらしい」

平野が美濃から戻った日、妻から「今日、病室に詰めている女中さんから電話があった」と言われた。女中は魯山人が平野とすぐに会いたいと言っていると妻に伝えていた。もちろんその時、会いたがっている理由など平野にはわからなかった。

「また、こそこそと俺の知り合いの元に行っていたのか？」

見透かされていたようで嘘も吐けない。平野は神妙に頷いた。

「もう、誰も見舞いになど来んだろう」

「それもあるんですが、実は先生のこと、人生をまとめようと思って……」

以前、魯山人から伝記を書けと言われた時に平野はそれをうやむやにしている。まるで死期が近くなり、慌ててその作業を始めたようで気まずかった。

「今まで、誰のところに行ったんだ」

平野は松浦沖太、武山一太、細野燕台、中村竹四郎、荒川豊蔵の名を告げる。最後の二人の名前に、魯山人は驚いた顔をした。

「ちょうど俺も、それを頼もうと思っていたんだ」

「えっ？」

「珍しく気が合ったな」

魯山人は僅かに笑みを作った。

平野は伝記に関して一度誤魔化した手前、魯山人本人から話を聞くことは諦めていた。しかし、五人から話を聞くうち、本人から聞きたいことが溢れ出しているのも事実だ。特に幼少期については、誰も話してくれない。ついに、それを本人の口から聞くことが出来る。

大人になった時に影を落とし続けたという幼少期。その頃一体何があったのか。しかも、その時代から魯山人は書を始め、内貴清兵衛の元に行く前に料理の腕前を確かなものにしている。それらのきっかけは何だったのか？　全ての謎の扉が開くような気がした。

平野は急いで鞄の中からノートを取り出す。きっと長い話になるだろうが、その一言一言を聞き漏らしてはいけない。もう二度と聞けないかもしれないのだから。

魯山人は一つ大きく息を吐くと、自分の生い立ちから語り始める。

「俺は、鹿鳴館が出来た年に生まれたんだ……」

平野は出来るだけ長く、魯山人の体調が安定し続けることを祈りながら耳を傾ける。すると、魯山人は遠くを見つめて言った。

「俺は捨て子だったんだよ」

「えっ……?」

◇

明治十六年。

前年には日本橋と新橋間に初めて馬車鉄道が敷かれている。そんな文明開化真っ盛りの頃だった。三月二十三日、京都府愛宕《あたご》郡上賀茂村百六十六番戸。父の名は北大路清操《きよあや》、母は登女《とめ》。その二人の次男として魯山人は生を享けた。ここからその数奇な人生が幕を開ける。

父は上賀茂神社の社家《しやけ》の家系を継ぐもので、位は「禰宜《ねぎ》」。禰宜は神社の事務方を司っていた。上賀茂の社家の人々は伝承によれば、神武天皇東征の時に熊野から大和に先導した八咫烏《やたがらす》、つまり賀茂建角身命《かもたけつのみのみこと》を祖先とする氏族の賀茂県主《かもあがたぬし》の末裔と言われている。その賀茂一族は賀茂川上流の山城国に落ち着き、その後分家を繰り返し、魯山人が生まれた当時は百五十余りの社家が存在したという。

しかし家柄こそ申し分ないが、その暮らしは決して楽なものではなかった。妻の登女も社家に生まれている。若い頃から御所勤めに出て明治天皇に仕えたこともあったが、清操に嫁いでからもその勤めは続け、つまりは共働きをしなくてはいけないほど禰宜の家計は苦しかった。清操の人柄は潔癖を重んじ気骨のある武士のような人物で、一方の登女は一度社家の西池家に嫁いでいて清操とは再婚だった。

そして、魯山人は生まれる前から、早くもその運命に翻弄されることになる。

それは登女が出産する四か月前のことだった。父の清操が突然、自殺してしまったのだ。生活の見通しが立たなくなった登女は、生まれてくる子供の預け先を探し始める。この時代は長子相続が一般的で、次男三男が他家の養子になることは不思議なことではなかった。

登女に協力し、魯山人の里親探しを手伝ったのは、上賀茂巡査所の服部良知と妻のもんの夫婦。二人がようやく見つけたのが上賀茂から徒歩で七時間、比叡山を越えた坂本の集落の農家だった。その家に、魯山人はまるで捨て子に近い状態で里子に出される。その証拠に、幼少の魯山人の名付け親は服部良知だった。

本来なら北大路家に生まれてくる子には家の決まりとして〝清〟の一字を名前に付ける。魯山人の兄は清晃《きよてる》、父は清操、祖父は可清《よしきよ》。しかし、魯山人はそれすら与えられず、良知が付けた名は、房次郎だった。

坂本の家に預けられて一週間ほど経った時、その状態を心配した登女に頼まれ、巡査の妻もんが房次郎の様子を見に行く。

坂本の集落に着くと、房次郎は縁側に置かれた畚《ふご》（藁などを網状に織り四隅に紐をつけた物を運ぶ道具）の中に入れられ力なく泣いていた。おしめを代えてやろうとすると、股から背中にかけて赤くただれている。見かねたもんは房次郎をおぶって帰り、自分のところで養子として育てることを決める。

服部の家にはその時既に養子が二人、二十七歳になる茂精《しげきよ》と二十歳のやすがいて、房次郎は服部家の三番目の養子になった。しかし、それから服部の家では不思議な出来事がいくつも起き、房次郎の不幸な境遇は連鎖を続けた。

まず義父の良知が間もなく失踪してしまう。そして、妻のもんはその心労がたたったのか、後を追うように病死する。二人を相次いで失った茂精は巡査の仕事を継ぎ、やすと結婚。この若い茂精夫婦が房次郎の面倒を見ることになった。

母親代わりを務めたやすは房次郎に優しく接した。それは自分に朝吉という男の子が生まれてからも変わらず、二人の幼児は〝兄ちゃん〟〝朝ちゃん〟と呼び合い睦み合う。

大人になった魯山人にはこの頃の記憶が一つだけある。それはやすにおぶわれ上賀茂神社辺りを散策した時の思い出だ。その道中、五月の陽光の中で真っ赤な山躑躅《やまつつじ》が咲き乱れていた。物心がつき始めた房次郎はそれを美しいと感じた。

しかし、そんな平穏な日々もそう長くは続かなかった。茂精が精神に異常をきたし、それが原因でこの世を去ってしまったのだ。幼い房次郎に罪などあるはずもないが、その周囲では異常な事態が立て続けに起きていた。

明治二十年、生計の礎を失ったやすは、房次郎と朝吉を連れて上京区《かみぎょう》にある実家、一瀬《いちのせ》家に帰るしかなくなった。

そこで房次郎を待っていたのは、貧困が生んだ虐待だった。

やすの戻った一瀬家は、一度はやすを里子に出したくらいなので、その暮らしは貧しかった。しかも、その頃の京都は天候不順によって農作物の不作が続き、一瀬家は食べ物にも窮する状態だった。

そんな家に突如戻ってきた娘とその子供、さらに拾い子が一人。暮らしぶりは一層厳しさを増す。すぐに、その苛立ちの矛先は房次郎に向けられた。

母親のはるは、やすが家の中からいなくなると房次郎のことを苛め始める。

「この穀潰しが。お前は一瀬家とは何の関係もない、素性の知れぬ子だ」

そう言いながら棒で殴り続けた。やすは自分の母親による房次郎への虐待にすぐに気づく。しかし何も言えるはずもなく、房次郎に「とにかくいい子にしていなさい」と伝えるのが精一杯だった。最初は追い出すことが目的だったが、はるの房次郎への虐待は、次第に生活のやるせなさをぶつけるためのものになっていく。その折檻は頻度も激しさも増し、四歳から六歳の間、房次郎には生傷の絶えない日々が続いた。

棒を振り回し自分を折檻するはるを見ながら、房次郎はいつも思った。

「どうしてこの人は、こんな醜い顔をしながら自分を苛めているのだろう」

真っ赤な山躑躅と振り下ろされる折檻の棒。美と虐待。幼少期に植え付けられた二つの記憶は、これ以降も房次郎の心の底に長く残り続ける。

その母親の仕打ちに耐えかねたやすは、ついに房次郎の離縁を決めた。

明治二十二年に房次郎を引き取ったのは、上京区の木版師・福田武造だった。

やすは房次郎を連れて、その家を訪ねる。別れ際にやすはこう諭した。

「お父はん、お母はんの言わはることをよう聞いて、家のお手伝いをせなあかんえ。うちもまた来たげるよってにな」

房次郎は目を潤ませ、今にもやすにすがりつきそうな様子だった。

服部房次郎の名前は、福田房次郎に変わった。

武造の仕事は主に版下屋の書を彫ることで、妻のフサは元芸者だった。家は四畳半の台所に六畳の部屋が一つきり。昼はそこが仕事場になり、夜は寝床に変わる。そこには捨て犬が五匹もいて、その犬が虱《しらみ》をまき散らしているような家だった。

良く肥えて丸顔の武造の日常は、半纏を着て手拭いを被り木版を彫ることだった。花札賭博などの賭け事が好きでだらしない性格でもある。そもそも福田の義父母には房次郎への愛情などはない。やすの元から引き取った理由は、養子というよりは丁稚が一人欲しかった、くらいのことだった。

それでも尋常小学校には通わせてもらえた。そこで房次郎はほとんど目立たない子だった。というよりも周囲から相手にされていなかった。なかなか代えてくれない虱だらけの膝きりの着物に、藁草履姿の房次郎を同級生は馬鹿にする。子供たちの話題が親のことになると、房次郎がいつも押し黙ってしまうことも周囲との壁を作った。

そんな房次郎にも唯一楽しみがあった。それは家から二百メートルほどのところにある二条城に遊びに行くことだった。そこに行くと房次郎は城門の乳鋲《ちびょう》を撫でてみる。

「ほんとのおかあはんの乳はきっとこんなやろな」

そして、房次郎はおっぱいみたいな金具を舐め続けた。硬かったがそれを吸って母を偲んだのだ。

家の中では、義母のフサが房次郎を丁稚として扱った。早くから炊事をやらせ、買い物も洗い物も全て押し付ける。

しかし、そこで房次郎は二人に気に入られようと知恵を絞った。ご飯を炊く時に、美味しく炊くには水や火加減をどうしたらいいかと考える。房次郎はおこげが好きで、どう炊けばご飯が美味しく炊けるかわかってきた。すると武造から、

「お前が炊くと、三等米が一等米の味になる」

と毎朝褒められるようになった。

武造は食道楽だった。花札で儲けると、房次郎に猪肉を買ってこいと五銭を渡す。房次郎はその五銭の白銅貨を握りしめ、気持ちを高ぶらせながら肉屋に向かう。店頭に立ち、真っ白な脂の乗っ

た肉を見ただけで、これですき焼きを作ったらさぞかし旨いだろうと涎が出てくる。十歳になる頃には、猪のどの部分が美味しいかもわかっていた。

買い物の最中、真剣に品定めする房次郎は、肉屋は元より八百屋や魚屋とも知り合いになる。

「お前、泥鰌《どじょう》はさけるか？」

「……いいえ」

錦市場の川魚屋の主人は、錐《きり》をとんと泥鰌の鰓の辺りに打ち込むと背骨に沿って小刀で開く。房次郎はそれをじっと見つめて思った。

「なるほど、泥鰌さきの要点は最初の錐打ちにあるんだな」

野菜屑など捨ててしまうような部分にも、新鮮なら個性的な味があり美味しいことを知ったのも、ちょうどこの頃のことだ。

野菜は葉と茎と根など場所によって味が全く違う。例えば芹などは根の部分が一番旨い。根だけを切り取り微塵に刻み、少量の胡麻油で炒め味噌をくわえてペースト状にする。そして火を止める寸前に胡麻油をたらし、熱いうちにご飯に載せれば立派なおかずになる。野菜だけではなく、魚のアラや皮、海老の殻、肉の脂身などの普通なら使わないところも工夫して料理を作った。

朝飯を作ってから小学校に行き、帰ると買い物、そして夕食作り。そんな日々が続いた。家の手伝いで、他所の子のように外で遊んだりすることのなかった房次郎だったが、この頃唯一と呼べる友達がいた。

それは「便利堂」の三男、伝三郎だ。「便利堂」は貸本兼出版業を営み、そこから武造が木版や印判の仕事を受けるようになり、房次郎はよく店まで使いに行かされていた。店に入ると、伝三郎は必ず房次郎を見て「鼻黒さん」と呼ぶ。次第に二人は遊ぶようになった。房次郎七歳、伝三郎十二歳の頃からの付き合いになる。この伝三郎が、中村竹四郎の実兄だった。

房次郎は四年間の尋常小学校生活を終えると、烏丸《からすま》二条の和漢薬「千坂和《わ》薬屋《やくや》」に丁稚奉公に出された。そこで十三歳までの三年間を過ごす。

奉公人の洗濯物は、着替えを親が取り替えに来るのが普通だったが、養母のフサはさっぱり来なかった。洗われぬ服には四季を通じて虱がたかり、房次郎はそれに悩まされる。耐えがたいのは、夜冷たく薄い布団に入った時だった。ようやく体温で温かくなり日中の疲労で寝入り始めた時、虱が一斉に寝間着の縫い目から這い出しうごめき始める。虱は柔らかい部分を特に好み血を吸われた。

そんな生活を続けていた房次郎だったが、その中で運命的な出会いがやってくる。

◇

「水をくれ」

そこまで話した魯山人が一つ息をつく。

水差しを渡しながら平野の興奮は収まらない。ついに魯山人の幼少期を知ることが出来たからだ。魯山人は「星岡茶寮」時代に人格を変貌させ、その根底には幼少期の体験があるかもしれないと燕台は語っていた。恐らく、その推論は間違っていなかった。

自分が生まれる前の父親の自殺。以降も〝捨て子〟の魯山人は、育ての親が何度も替わっている。虐待を受け、それをようやく逃れたかと思うと、貧しい家庭で丁稚のような暮らしを続けた。それらの虐げられた環境が、歪んだ人格と人生に影を落とすトラウマを育んだのだ。

そして、「星岡茶寮」で成功を収めた時に過去が首をもたげる。それまでずっとひた隠しにしてきた世間への鬱屈した感情が一気に噴き出したのだ。

それればかりではない。魯山人本人の話は、平野が集めてきた情報の切れ端に正解を与え続けた。松浦沖太や武山一太は、魯山人がいつどのようにして料理を始めたか知らなかった。魯山人本人の話によれば、それは福田家で煮炊きをやらされたことに始まっている。さらに注目すべきは、そこで作られていた料理の内容だった。

「松浦さんが、先生が厨房に立つとゴミがほとんど出なかったと言っていました。ずっとその理由がわからなかったんです。先生が魚のアラや野菜屑をどうして大事にしたのか。その精神の全ては子供の頃に既に出来上がっていたんですね」

平野は「星岡茶寮」で魯山人が野菜を余すところなく使っていた理由を、内貴清兵衛のところで〝残肴料理〟を作り続けていたせいだと思っていたが、それは違っていた。既に幼少期には、その調理法は確立されていたのだ。

長い話に少し疲れた様子の魯山人は、苦笑いする。

「哀れなもんだ。子供ながらに福田の両親にどうやったら気に入られるか、そればかりを考えていた。一番手っ取り早いと思ったのが料理だった。料理はささくれだった人の心を穏やかにしてくれる。料理は、捨て子の俺が手にした唯一ともいえる武器だった。これさえ駆使すれば、屋根の下に置いてくれると思った。俺がもう少し大きくなっていれば、やすの母親にも同じような接し方が出来たのにな」

魯山人は六歳までに、一週間と短い坂本の家を足せば、育ての親が四回も替わっていることになる。その苦労の中で、どうやったら自分の住処を確立できるのかを必死に考えたのだろう。いや、それは生命を維持するための動物の本能だったのかもしれない。その行きついた先が料理だったのだ。

「茶寮が出来た時、俺は料理の隅々にまで気を遣ったが、その中で一番拘ったのはなんだかわかるか？」

平野の頭の中には、削りたての鰹節や京都から運ばれる新鮮な鮎のことが浮かぶ。しかし、答えは全く違った。

「それは前菜と締めのご飯ものだ。前菜には食材の残りカスを利用した酒のあてを並べた。もちろんそこには食材を使い切るという茶寮の精神もあったが、俺は世の中の名士と呼ばれる連中に、それを食べさせて旨いと言わせたかった。

炊飯にしたって、六歳から始めたものだ。つまりな、茶寮の料理には俺の人生が詰まっている。あのコースは俺そのものだったんだ」

魯山人は、内貴清兵衛から「料理も芸術になる」と言われていた。芸術というものが、人格の全てを注ぎ込むものというのなら、魯山人の料理はまさにそれだと平野は思った。

「俺がなんで一日に二度の風呂を欠かさないかわかるか？」

確かに、平野が「星岡窯」で暮らすようになってからも、魯山人は朝と晩に二度女中に風呂を沸かさせ入り続けていた。

「虱の……せいですか？」

「そうだ。その記憶が今も残っているからだ。あの頃の俺の最大の敵は虱だった」

平野の中で色々なことが繋がる。魯山人はその他の場面でも風呂に拘っていた。「朝食会」では自作の風呂窯で客をもてなし、「大阪星岡茶寮」ではそれが高じて、食事の前に客を全て風呂に入れた。その演出は辛い子供時代の虱体験が作り上げたものだったのだ。

「『和薬屋』時代の運命的な巡り合わせというのは、一体何だったんですか?」

次の興味は書や芸術に向けられる。平野は好奇心が抑えられなくなっていた。

◇

「なんて面白い行燈《あんどん》なんや」

十歳の丁稚、房次郎は使いの途中、足を止めてその文字に見入った。

それは御池通油小路西入ルの辺りにある仕出し料理屋「亀政」の行燈看板だった。

「亀政」の入口は、板塀の囲いから少し奥まったところにあり、そこに中に電球を入れた行燈看板が掛けてあった。電灯自体がまだ物珍しい時代だったが、房次郎が興味を示したのはそれではなく、文字のデザインそのものだ。

そこには亀の字が一筆書きで書かれ、同時に亀の姿も表している。亀は紐で結わかれていて、その紐の先がもつれるようになり、平仮名で「まさ」と読むことが出来る。絵と字が混じった不思議な看板。その造形が房次郎の心に引っかかって離れなかった。使いに出されるたびに寄り道しては、しげしげと見つめ続けた。

この絵は毎年正月になると新しいものに替えられる。それを知った房次郎は、ならば大晦日、替えられる前に盗んでしまおうと決める。

大晦日の夕刻、「亀政」まで行って、看板絵を剝がしにかかった。しかし、

「こらあ、どこの餓鬼じゃ」

と店の人間に見つかり襟を摑まれてしまう。これはまずいことになったと房次郎が震えていると、

「やめとき」と止めに入ってくれた人がいた。

その人は黒い着物を着ていて、店の人間から房次郎を離すと道まで送り出してくれる。

「あの字は僕が書いたんやけど、気に入ってくれたんか？」

本人と聞いて、房次郎は固まった。

「どこが良かった？」

「字と絵が合わさって、こらおもろいなって……」

それをにここと聞いていたのが「亀政」の若主人で、のちに「東の大観、西の栖鳳《せいほう》」と呼ばれるようになる日本画家・竹内栖鳳だった。当時二十九か三十歳。まだ京都府画学校の教師だったが既に花形画家となりつつある頃で、この時から栖鳳は房次郎の憧れの人となった。

房次郎が十二歳の時、たまたま「和薬屋」の主人の娘つるのお供で、市内で開催された「第四回内国勧業博覧会」を見に行く機会に恵まれる。そこには当時の日本画壇を代表する東西の画家の作品が展示され、房次郎にとって芸術との初めての出会いの場になる。もちろんその中で房次郎のお目当ては、栖鳳の作品だった。

「四曲一双屏風《よんきよくいっそうびようぶ》・百騒一睡《ひやくそういっすい》」

屏風一双の左手には、稲を刈ったばかりの田園に落ちている籾《もみ》をついばもうと、我先に群がる雀たち。右手には傍らで子犬を遊ばせながら居眠りをする親犬。動と静が対比的な構図で描き込まれていた。房次郎はその絵に感動しじっと見入った。そして心の中で誓いを立てる。

「わしも栖鳳先生のような絵描きになる」

「和薬屋」の丁稚奉公を終えたのは、十三歳になる二か月前のことだった。武造の元に戻ると、房次郎は自分の気持ちを伝える。

「お父はん、わしを画学校にやってはもらえへんか。おねがいや」

「画学校て、あの絵かきになる学校か？　そんなとこ、長屋の職人の子供が行くとこかいな。馬鹿なこと言え」

聞く耳など全く持たぬといった状態だった。そもそも家計にゆとりもないし、画学校は絵筆や紙など特別に金もかかる。それでも納得のいかない房次郎はこう言い放つ。

「お父はんの木版も手伝いながら他の仕事もして金を稼いで、わしは自分で絵筆を買って絵を描く」

それからは家の中で朝晩の食事の支度をしながら、武造の横で木版や印判を彫り始める。これが後に濡れ額や篆刻の仕事に役立つことになる。

そんな生活を続けていた房次郎が目を付けたのは習字のコンクールだった。この頃の京都では神社や商店、習字塾などが主催する「一字書き」の習字コンクールが盛んで、優秀な書には賞金も出る。お題は北野神社なら「北」、鶴屋なら「鶴」。自由課題の時もあって、主催者は応募作品の中から天・地・人・佳作を決め、賞金は五十銭から二円くらいだった。

房次郎は絵具や鉛筆を買いたい一心から、菓子店主催のコンクールに自分の習字を提出した。その時は用紙代十枚分で十銭を投資し、自由課題のひと文字、「風」「裕」「貞」の字を書いた。もちろん自信などなかった。小学校で習った程度で、先生に褒められたこともない。

しかし房次郎は、天が一枚、地が一枚、佳作が一枚、提出した全てで賞を取ってしまったのだ。その時十四歳。その若さに周囲は騒然となったが、一番驚いたのは房次郎本人だった。

家に戻って、それを武造に報告すると、

「そんなんまぐれに決まっとる。せやけどせっかくもろた賞金や。それで猪肉でも買うてこい」と言う。

房次郎は肉屋まで行く間、心の中で思った。

「これはまぐれやない。その証拠に応募した全部が賞を取ったやないか。ひょっとしてわしには書の才能があるんかもしれん」

房次郎が大人顔負けの字が書けるようになっていたのは、日々武造の木版の仕事に接し、それを生来の才能が大きく膨らませていたからだった。

猪肉を買って残った賞金で念願の絵筆を買うと、そこでも天と地の賞を取った。

自分の能力を確認したかった。すると、房次郎はもう一度コンクールに応募してみる。

「これは間違いない。天はわしに書の才能を授けたんや。福田の家に導いたんも天の計らいや。書を書き続ければ、今の貧乏暮らしから抜け出せるかもしれん」

房次郎は身体を熱くし、全身から不思議な力が漲ってくるような気がした。

それからも字を書いてはコンクールに応募し賞を取り続ける。その賞金で習字に関する書や法帖《じょう》（古今の名筆を鑑賞するための本）を買い求め、それで勉強してまた賞を取る。洛中の一字書きの常連や主催者の間に、房次郎の名は瞬く間に知れ渡っていった。

字さえ書けば、己一人分の飲食の収入は得られる。さらにもう少し稼げば、虱地獄からも自由になれる。房次郎は書を学び続けた。料理以外で何かに熱狂するのは初めてだった。

あらかたのコンクールで賞を取ると、房次郎は次の挑戦に乗り出す。それは当時流行り始めていたトタンにペンキで描く「西洋看板描き」の仕事だった。その会社に出入りするようになると、一文字書きの賞金稼ぎで名を上げた房次郎の元には注文が殺到した。

十七歳の頃には月に四十円ほど稼ぐようになっていた。房次郎は身なりを整え、養父母に美味しいものを食べさせたりもする。町内には「先生」と呼ぶ者も現れ、武造も手のひらを返したように「うちの房は竜だ、竜だ」と自慢して回るようになった。

房次郎は二十歳になった時に徴兵検査を受ける。しかし酷い近視だったため兵役は免除された。いよいよ将来を真剣に考え始める時が来た。自分は絵で行くのか、書で行くのか。それを決めなくてはいけない。絵描きの道のりは遠いが、書は既に評判を得ている。しかし書で身を立てるにしても、もう少し勉強が必要なのは明らかだった。それならば東京に出るしかない。そこには書の大家と言われる日下部鳴鶴や巌谷一六がいて、その門を叩くべきだと思った。

しかし、自分を育ててくれた武造とフサを置いて上京することなど出来るのだろうか。二人は房次郎の活躍を喜び、今はそれなりの金も家に入れている。一度それとなく「東京を見てみたい」と言ったことがあったが、その時武造には即座に「親を見捨てるつもりなんか」と釘を刺されている。

上京すべきか留まるべきか、心の揺れている房次郎の元に、意外な来客が訪れてきた。

「わしの親類、ですか？」

と、房次郎が尋ねた人は四十歳くらいの男性だった。福田の家からさほど遠くない二条通西洞《にしのとう》院《いん》西入ルにある大きな縫箔《ぬいはく》屋の主人だという。名は中大路季栄《すえひさ》。

「はい。あなたのお父さんは私の母の兄にあたりますよって、私は従兄いうことになります」

房次郎は、捨て子だった自分は巡査の服部家が育ててくれたと教えられていたが、それ以上のことは知らなかった。

「お義父はん、それはほんまのことでしょうか？」

傍らにいた武造に尋ねても、

「わしはなんも知らん」

そうつれなく返すだけだった。中大路季栄はさらに思いもよらぬことを話し続ける。

「あなたの父親は上賀茂神社の禰宜で北大路清操という方なんです。私の母はずっとあなたのことが気になっていたらしいんですわ。最近あなたは習字で名を上げられ、母はそのことをとても喜んでいました。しかし、その母がここのところ身体を悪くして、生きているうちにどうしてもあなたに真実を伝えたいと申しまして」

本当の父親は上賀茂の宮司だというのか。全てが信じられるような話ではなかった。

「清操さんは、あなたが生まれる前に自殺しとります。お母さんの名は登女。あなたには三つ違いのお兄さんもおりまして、清晃いう方です」

「母や兄は今……?」

「お二人とも東京で暮らされとるようです」

「東京で?」

房次郎は思わず大きな声を上げた。自分の出自について知ることなど永遠にないと思っていたのに、実の母や兄が今も生きているという。

「私のかねという妹が、東京の京橋の丹羽《にわ》の家に嫁ぎ、そこにお兄さんはよく出入りしているようなんです。そのお兄さんに聞けば、登女さんの居所もつかめるはずだと母は言うとりました」

こちらに背を向ける武造を前に、房次郎は興奮していた。ずっと身寄りなどない独りぼっちだと思っていた。しかし、母も兄も従兄も叔母もいた。自分の血筋が上賀茂神社の社家、北大路家ということも重大なことだったが、それ以上に房次郎には自分の家族や親類がこの世にいることの方にずっと心を動かされていた。

中大路季栄がメモ紙を置いて、福田の家を後にした。そこには京橋のニス引き屋「松清堂《しょうせいどう》」の住所とその主人、丹羽茂正の名前が記されている。それをじっと見つめながら、房次郎は不思議な感覚に囚われた。

字を書き始めてからというもの、世間は急に房次郎に注目し、金も面白いように入ってくるようになった。そして今度は親類だという人間が現れ、自分の出自を語った。自分が書で名を上げた途端、世界が動き始めたのだ。

書はやはり天命だったと思わざるを得ない。書は未来へと繋がる扉を開ける鍵のようなもので、天はそれを極めてみろと言っている。

そして、房次郎は思った。

「わしは東京に行く！」


明治三十六年、晩秋。

深夜十二時の京都駅のプラットホーム。羽織袴で正装し着替えの入った風呂敷包みを抱えた房次郎が立っていた。懐中には西洋看板で稼いだ五円の入った財布があった。

武造とフサには「数日家を空ける」とだけ言って出てきた。大柄でひょろりとした身体には夢が溢れんばかりに詰まり、セルロイドの丸眼鏡の奥にある眼光はこれから訪れる東の方を睨み付けていた。東京には実の母との暮らしが、そして書道の大家になる将来が、自分の人生を一変させる輝かしい未来が待ち受けている。

鈍行で十七時間半。興奮からなかなか寝付けなかったが、うたた寝を繰り返し、ようやく新橋に着いたのは同日の午後五時四十分。

そこから道を聞きながら徒歩で丹羽家が営む京橋の店を目指した。ガス灯が灯り始め多くの人が行きかう銀座通りは、房次郎に上京したことを実感させた。

ニス引き屋の「松清堂」の前に立った時にはもう六時を過ぎていた。二間《けん》（三メートル六十センチ）の間口で二階建て、表は四枚の濡れ障子で、左右に開く真ん中の二枚にはそれぞれ「松清堂」と書かれていた。

その応接間で、房次郎は中大路季栄の妹のかねと会う。その時かねは四十三歳。

「京都の二条から、こちらを訪ねるように言われてまいりました、福田房次郎です。北大路清操の次男で……」

と、まだ見ぬ母に会うためにはるばる上京してきたことを告げると、かねは目に涙を浮かべた。

夫で店の主人の丹羽茂正は五十八歳で元士族。潔癖、厳格な性分で面倒見のいい人物だった。房次郎の母や兄の清晃も、茂正を頼って上京していたのだ。二人は喜んで房次郎を迎え入れた。

夕食を共にしながら茂正は、母の登女の居所を伝える。母は千駄ヶ谷の四条男爵邸に住み込み、女中頭をしていた。さらに、兄の清晃は深川の鉄工所で工員として働いているという。

房次郎は翌日、母のところを訪ねることにする。東京までの汽車の中でもろくに睡眠をとっていなかったが、興奮してこの夜も眠れない。

房次郎は六歳の頃から二条城の扉の鋲を母の乳房だと思い舐めてきた。その鉄鋲が唯一の母との繋がりだった。明日にはその本当の母と会うことが出来る。一体どんな人なんだろう。その前で自分は何を話したらいいのだろう。気が付いた時には辺りは白み始めていた。

翌日、綿服に綿の袴のいでたちで四条男爵邸を目指した。その頃はまだ新橋から千駄ヶ谷村まで鉄道は通っていない。八重洲にある一石橋《いっこくばし》の船着場から早舟で飯田町に出て、「甲武鉄道」に乗って新宿まで行き、そこからは徒歩で向かうしかなかった。その道中、房次郎は息も止まるほどに緊張し続けた。

ようやく着いた男爵家の屋敷は広大なものだった。それを見てますます気後れする。房次郎は意を決して門をくぐった。

登女は四谷まで使いに行っていて留守だった。代わりに自分とほぼ同世代と思われる男爵の長女の駒子が、応接間で房次郎の相手をしてくれた。

「実は、生まれて間なしに他へ行ったもんですよって、まだお母はんには会うたことがおへんのどす」

と説明すると駒子は怪訝な表情をする。そこに四条男爵も姿を見せた。男爵と駒子のやり取りを聞いていると、どうやら登女は、子供は東京にいる清晃だけと二人に伝えていたようだった。

男爵から将来は何をしたいのかと尋ねられ、房次郎は日下部鳴鶴や巌谷一六に師事し書の道を究めたいと伝えた。すると男爵はその場で、二人の書家宛てに紹介状を書いてくれる。その紹介状を手に、房次郎は夢見心地だった。

こんなにスイスイと色々な物事が決まっていいのだろうか。これほどの幸運に恵まれて罰でも当たるのではないかと心配になった。

これからの母との再会も、人生で味わったことのない感動を味わえるのは間違いないと思った。母は抱きしめてくるかもしれない　自分は母の知らない二十年の月日を伝えなくてはいけない。これは長い話になる。今晩中で終わらなかったら明日も、明後日も食事などを楽しみながら話し続けなくてはいけない。はて母はどんな食べ物が好きなんやろう。そんなことを応接間で思い続けた。

すると、母が使いから戻ってきたという。心臓がこれまで経験したことのないほど激しく鼓動を繰り返す。男爵は去り、駒子と二人だけの部屋の扉がゆっくりと開いた。

母は白い顔の身体の大きな女性だった。

「お母はん、福田房次郎です」

「福田……房次郎……」

母は眉間に皺を寄せた。その身体中から戸惑いが感じられる。

そうか、母は姓が〝福田〟になっていることも知らないのだろう。房次郎は、福田は服部家から移った先の家の姓であること、従兄の中大路季栄から登女のことを聞いたと説明した。登女は疑わし気に房次郎の全身を見回す。駒子も遠目から二人の様子を固唾を呑んで見守った。

しかし、話を聞き終わった後の母の行動は、房次郎が思い描いていたようなものではなかった。

「そない急に……なんでこんなところへ」

と言うと、房次郎を応接間から連れ出し、玄関の傍らの火の気もない控室まで追い立てた。

「ここで少し待っていなさい」

そして母は邸から姿を消す。どうして母はあれほど狼狽したのだろうか。房次郎は男爵と駒子のやり取りを思い出す。自分の子供は清晃ただ一人で、京都などにもう一人の子供は存在しない。世間的にそう公言してきた手前、突然の訪問は母にとっては迷惑だった可能性がある。房次郎は自分の軽率な行動を悔やんだ。そして母とは場所を変えて、二人だけでゆっくりと時間を過ごす必要があるのかもしれないと感じ始めた。

少しして、母は風呂敷包みを持って戻ってきた。母はそれを手渡しながらこう言った。

「とにかく、今日はお帰りなさい」

房次郎は外に追い出された。まるで冬のような冷たい風が房次郎の全身に吹き付ける。しかし、寒さも感じられぬほど房次郎は呆然としていた。

玄関先で母が手渡した風呂敷を広げてみる。その中を見た房次郎の頭はカッと熱くなった。そこに包まれていたのは縞の着物と下着の上下。一目で古着とわかるようなものだった。

それが、母の房次郎への返答だった。

脱力しながら男爵邸を後にする。古着の入った風呂敷包みは通りかかったお堀に投げ入れた。

水に浮かぶ風呂敷包みを睨みつけながら思う。ただ「そうか、房次郎か。ようも生きてそんなに大きうなって訪ねてきてくれた」と手を取ってくれさえすればよかったのだ。他に何もいらなかった。しかし母の目はずっと「何をしにここに来た」と言い続け、みすぼらしい古着だけを手渡し追い払った。悔しすぎて涙も出ない。ただ怒りに身体が震え続けている。どうしてこんな仕打ちを受けねばいけないのか。生まれてすぐに捨てられて……俺は今日、また捨てられた。

房次郎は暫く「松清堂」の二階に籠もり続ける。

思考は止まり身体が全く動かなかった。母を恨んでみたり、忘れ去ろうとしてみたが、応接間から腕を摑まれ引っ張り出された時の母の手のひらの感覚をつい思い出してしまう。房次郎の心は整理のつかないまま揺れ動いた。かねも気を遣って、東京を案内すると言ってくれたが外にも出たくなかった。

三日ほどしてようやく一階に降りると、台所から包丁のまな板を叩く音が聞こえる。それに誘われるように顔を覗かせると、房次郎はかねの夕食の手伝いを始めた。房次郎の作った料理は、丹羽にも子供たちにも喜ばれた。特に子供たちは房次郎の作った京風のだし巻き卵を取り合って食べた。

その様子を見ながら房次郎は、これが自分の本来の姿なんだと思った。母と暮らす幻想など実現しなくても、自分は今まで通り生きていける。

房次郎の顔にやっと笑みが戻った。そして、東京に出てきた目的がもう一つあることを思い出した。房次郎は運よく二人の書家への男爵の紹介状を手にしていた。書は自分の運命を切り開いてくれる天から授かった武器なのだ。また違った夢を与えてくれるかもしれない。すぐにその書家の元を訪ねてみようと、房次郎は改めて心を奮い立たせた。

巌谷一六と日下部鳴鶴は当時、日本の書に新風を巻き起こしていた。鎌倉から江戸時代まで続いてきた、くずし字の書体「御家流」中心だった書道界に、二人は「六朝風《りくちょう》（中国南北時代に出来た書体で現在の楷書の起源）」を持ち込み、それが書の世界の常識になりつつあった。

早速、房次郎は巌谷一六の住む麴町区番町の屋敷に向かう。

しかし二度、書生に「先生はいま接客中である」と追い返されてしまった。そして三度目、房次郎は玄関のところでじっと息を潜め待ち続ける。そこに客を見送るために一六が姿を見せると書生の制止も聞かず、上がり框に手を突き願い出た。

「四条男爵様からの添書を持って参じました。どうか大先生にご引見お願い申し上げます」

一六は啞然としたが、封書を見ると男爵の物で間違いない。房次郎を立たせて奥に案内してくれた。こうして房次郎は、一六の元で書を習い始めることになった。

しかし、房次郎は三回ほど通ったところで一六の下に行かなくなってしまう。弟子たちはみな、師の書体をどう真似るかに精進し、一六自身も字の根本を教えることがなかったのだ。房次郎はあっさり一六を見限った。

続いて、日下部鳴鶴の門を叩いた。房次郎は紹介状の他に、自分の書いた「隷書」を携えていた。隷書とは中国で一番古い書体の篆書を簡略化したもので、扁平で台形のような文字を右下に引っ張ったような書き方をするものだ。

これを見てもらえば一目置かれ、簡単に入門できるだろうと房次郎は軽く考えていた。ところが鳴鶴はそれを一瞥しただけで、隷書は楷書を学び得た後で習うものだと諭してきた。

「元より楷書など心得ている。それはこの隷書を見ればわかるじゃないか。こんなものの見えぬ師になどつくものか」

「松清堂」の部屋に苛立ちを抱えたまま戻ると、房次郎は呆然とする。

自分はこの東京で一体何をしているのか。母に拒絶され、将来への橋渡しと信じていた大家たちも、自分の師として相応しくなかった。こうなっては、もう京都に戻るべきなのか。いや、このまで済ませるものか。

この時、房次郎は一つだけ東京で自分の足跡を残してから京都に帰ることを決意する。

翌年の正月から京橋高代台の印刷屋の二階に住むようになる。全ては丹羽茂正の計らいによるものだった。茂正は収入を得るために書道教室をやることを房次郎に勧め、界隈の子供たちを大勢集めてくれた。

習字を教える傍ら、房次郎は〝足跡〟のための準備に取り掛かる。それは秋に開催される「美術博覧会」に自分の書を提出することだった。この博覧会は有栖川親王を総裁に戴き、日本美術協会が主催する書の世界では最も権威のあるものだ。

房次郎は十四歳の時に一文字書きで賞を取り、名を上げた。それならばここでも賞を勝ち取り、帝都に一矢報いることは出来ないだろうかと考えたのだ。

あの時は一文字だったが、今度は千文字書くことにした。書くと決めた「千字文」は六世紀初めの中国で出来上がった「天地玄黄、宇宙洪荒」に始まる壮大な四言古詩だ。千文字に一字の重複もなく基本漢字が網羅されているため書家にとっての手本にもなっていた。

しかし、それを書き上げることは至難の業だった。全ての文字の書体、運筆の均整がとれていなくてはならず、あらかじめ紙面に線を引くことなどはもちろん許されない。疲労が高じれば誤字脱字の恐れもある。

房次郎はそれを隷書で書くことにした。この展覧会の審査員には、房次郎の隷書を見下した日下部鳴鶴もいたからだ。法帖を唯一の師として、房次郎は春から夏にかけてひたすら書き続けた。

そして十一月二日。新聞各紙に入賞者の名が記載される。

「おおっ、取ったで！」

新聞を前に房次郎は大きな声を上げた。しかも獲得したのは褒状一等二席。つまり入賞者五人のうち二番目。弱冠二十一歳の青年による受賞は、書道史上前代未聞の快挙だった。

房次郎は翌年にも同じ展覧会に出品し、やはり入賞する。しかし、その時は「楷書」で書いて提出した。そこには房次郎の日下部鳴鶴に対する意地があった。

房次郎の書いた「千字文」は、のちに宮内大臣・田中光顕《みつあき》に買い上げられることになる。

京都で、一文字書きで賞を取った時がそうだったように、今回も周囲の様子ががらりと変わった。中でも手のひらを返したような態度を取ったのは、母の登女だった。母は自ら房次郎の元を訪ねてくるようになる。いま彼女にとって房次郎は自慢の息子になっていた。腹の底では将来自分の面倒を見てくれるかもしれないと思ったのかもしれない。

運命は、生まれながらにして自分を家族から引き離したが、それを房次郎は自分の力で取り戻した。母の態度の変化にホッとする一方で、虚しさを感じていたのも事実だった。

帝都東京に一矢報いたことは、房次郎に僅かばかりの自信を植え付けた。これで京都の貧乏な家にも戻らないで済みそうだ。

その時、房次郎には〝ある夢〟が芽生える。それは生まれてから今日に至るまで、一度も手にしたことのないものだった。それを手にするためには生活の基盤が必要だった。

房次郎は書道の腕を生かしながら、今の稼ぎを大きくするものはないだろうかと探し始める。すると、「版下書き」の仕事を見つけた。

その版下書きの世界で第一人者と言われているのは、岡本可亭という人らしい。可亭は漫画家の岡本一平の父で、芸術家の岡本太郎の祖父に当たる。房次郎はその可亭の下で働こうと思った。日本橋の老舗茶舗「山本山」の大看板も可亭の作品で、それを見たことも房次郎の背中を押した。

京橋南鞘町にある可亭の家を訪ねた房次郎は二十二歳になっていた。玄関には「書道教授」の看板が掲げられている。可亭は書を教え看板文字を書き、一方で雑誌やガリ版の文字を引き受けていた。

可亭には、すぐ会うことが出来た。版下書きの仕事をするのが目的だったが、まずこう言った。

「是非、書道を教えてください」

「お前さん、字は書けるのか？　どんな字か、まあ二、三枚持ってきたまえ」

「ありがとうございます。すぐに書いてきます」

房次郎は心の中でにやりと笑う。家に戻って筆を執ると、隷書と楷書を書いて可亭の元に戻る。するとその字に、可亭は目を丸くする。

「きみ、仕事は何をしている？」

「今は無職です」

「僕の書生になるつもりはないか？」

可亭は、あっという間に房次郎の才能の虜になった。

それから三年間、可亭の家に住み込むことになる。可亭は気難しい人でもあった。例えば、出かける時に履物が綺麗に揃っていないと機嫌が悪くなり家人を厳しく叱る。その仕事も書生の房次郎がやるようになった。

房次郎は、秀吉が信長の草履を懐で温めたように、可亭の履物を揃え続ける。例えば天候によってその日の履物は駒下駄なのか、草履なのか、高下駄なのか予測して玄関に並べ、雨に濡れた下駄はよく洗い、歯が少しでも斜めに減れば削って平らにする。その配慮に可亭は毎度感心した。

可亭の下で、房次郎は次第に版下書きの仕事に慣れ始める。その時可亭を驚かせたのは、自分と全く同じ書体で房次郎が書き始めたことだった。いやそれだけではない。房次郎は誰のどんな書体でも、すぐに真似て同じように書くことが出来た。

「この男の才能は底が知れない」

可亭は恐ろしさすら感じながら、房次郎の仕事ぶりを見つめていた。

仕事が安定してくると、房次郎は可亭の元から「帝国生命保険文書掛」に出向するようになる。

この頃、房次郎は生まれて初めて骨董というものを買い求めた。骨董店のショーウィンドーで、古渡り（古くに外国から渡ってきたもの）の紅切子を見つけたのだ。薩摩硝子にも紅切子はあるがその色は淡いものばかりだ。それに比べ見つけた逸品は赤色が濃く鮮やかで、手に取れば刺さりそうなほどのカットだった。しかし、その値段十三円五十銭。一か月の給料に等しい。

商品をじっと見つめ迷い続ける房次郎には、こんな感情も働いた。

「贅沢とはどんなものだろう」

貧乏がすっかり身についていた房次郎には、この高価なギヤマンを購入することは清水《きよみず》の舞台から身を投じるほどの行為だった。しかし、初めて心の中に生まれた欲望は、房次郎を恍惚とさせた。

ついに自制が利かなくなり、房次郎はその紅切子を購入する。

それから毎日昼飯は、その切子に豆腐を入れて食べた。白く柔らかい豆腐が硬いガラスの赤に映えて美しかった。それを見た上司が「君は実に贅沢だね」と羨ましがる。安い豆腐がその人には贅沢に見えたようだった。それは器の意味がなんとなく理解できた瞬間だった。

明治四十年、二十四歳の夏、房次郎は可亭の下から独立する。そこで十分技術を学び取ったという思いとは別に、可亭よりも房次郎の方に注文が集中するようになり居づらくなったことも辞める理由だった。

可亭の家から百メートルほど離れた湯熨斗屋《ゆのしや》（湯熨斗とは湯気で布のしわを伸ばす仕事）の二階に借家を見つけ、書道教授の看板を掲げ新進の版下書きとして独り立ちした。この時から〝福田鴨《おう》亭《てい》〟を名乗る。〝鴨〟は生まれた場所の近くを流れる鴨川から、〝亭〟は可亭から取った。

独立すると大きな仕事が次々と舞い込んできた。特に房次郎の名を上げたのは看板の仕事だった。その書風は大衆の注目を集め、収入も当然それに見合うようになる。

その金を最初、古美術品の筆、紙、硯、墨に使った。その額、実に四十円。書家として大成するためには、これくらいの道具類に囲まれる必要がある。自分の中にそう言い訳を作って、それらを買い求めた。

続いて古風な支那製の机、硯箱に火鉢や鉄瓶も購入する。この時代は日本が日露戦争に勝利し、満州・韓国の権益を手にした後で、支那や朝鮮から古美術品が多く流れ込んできていた。京橋辺りにはその逸品が溢れ返っていたのだ。

また収入が増えるにつれ、房次郎はもう一つの贅沢を経験する。それは高級な店での外食だった。京橋や銀座を食べ歩くようになった。洋食屋に入って初めてビフテキを食べた時は、隣のテーブルの人が「ビフテキ」と注文しても、それが野菜なのか肉なのか飲み物なのかもわからなかった。「伊太利」という洋食屋ではイタリー風の「うどん」を食べた。房次郎はそうしたものを金が続く限り食べ続けた。

◇

「その頃、俺が真剣に欲しがっていたものが何だったかわかるか?」

高価な習字道具や高級な料理ではないことはわかる。平野は名声ではないかと思った。しかし、その答えは大よそその後の魯山人からはかけ離れたものだった。

「小さな幸せだよ。温かな家庭だった。それまで俺はそんなものすら経験したことがなかった」

魯山人が「千字文」で賞を取った後に持った〝ある夢〟とは、家庭のことだった。

その気持ちは平野にも理解できる。やすの実家での虐待に続き、福田の義父母からも丁稚として扱われ、普通の人が当たり前に手にする〝温かい家庭〟を魯山人は一度も手に入れたことがなかった。

しかし、ここまでの話で平野が一番驚いていたのは、書の世界でも独学でその技術を磨き、賞を次々とさらったという事実だった。

魯山人は模倣の天才に違いない。荒川豊蔵の話では、陶芸でも魯山人は師事したことがない。全て古陶磁や陶片を見つめて自分の腕を高めていった。天才の領域とはそんなものなのかもしれない。修業などということには時間を使わず、それまで積み上げられた長い歴史を見よう見まねで模倣吸収し、あっという間に自分の世界を築いていく。

思えば、天才と呼ばれる人はみな模倣が上手い。ピカソもダリもエジソンも、全ては模倣から始まり、それらを体内で分解し、新しい独自の世界を作り出している。

「先生、今日はこれくらいにしておきますか」

すでに話し始めから、ずいぶん経った。時折ちらちらと病室を覗く看護婦の視線も気になる。

「いや、まだだ」

そう言うと一つ息を吐く。魯山人は残った時間と体力を自分の話を伝えることに全て費やそうとしている。平野はその覚悟を感じ取った。

「まだ触れていないことがある」

平野は再び、魯山人の口元に向け身体をぐっと近づけた。

「俺は岡本可亭の下から独立した後、妻を娶っている」

魯山人は五度結婚し五度離婚してきている。その経歴も魯山人の人物史の中で謎の一つだった。

◇

最初の妻、安井タミは房次郎の一歳下だった。

福田武造の家と同じ竹屋町に、寿司屋兼仕出し料理屋を営む「今堀」という店がある。タミはその三女で、少し小柄だが〝竹屋町小町〟というあだ名がつくような町内一の器量よしだった。

二人が親しくなったのは房次郎が十七歳の頃のことだ。一字書きで賞を取り続け、町内では「先生」と呼ばれるようになっていた。

その噂を知っていたタミも、その母も既に書家の福田房次郎先生への憧れを抱き、二人が心を通わせるのに、それほど時間はかからなかった。房次郎は顔を合わせるたび「新時代には女性も文明の中心地である東京に出て、せめて一、二年勉強をしその空気を吸うべき」とタミに話すようになる。そして、房次郎は二十歳の時「書家として名を上げたら東京に呼ぶ」と言い残し上京する。それから二か月ほどして、タミの元に東京に来るように促す手紙が届いた。

タミは、迷うことなく一人京都駅から夜行列車に飛び乗った。

東京に着くと、房次郎は印刷屋の二階にある自分の下宿に連れていく。上京したその日、二人は初めて結ばれた。房次郎が自分の生まれ育った竹屋町で、一番の女性を手に入れた瞬間だった。

その頃の房次郎はまだ「美術博覧会」で賞を取る前で、近所の子供たち相手の書道教室を始めたばかりだった。もちろん、それほど収入もあるわけではない。

間もなく、東京で面倒を見てくれていた丹羽茂正に、房次郎は同棲していることを知られてしまう。すると茂正は、

「己の頭の蠅も追えんうちに、女を呼び寄せるとは何事か」

と房次郎を叱りつけた。茂正の言葉は絶対で、タミを京都に戻すほかなかった。

見送りの新橋駅で、房次郎は、

「待っとれ、じきにあんな爺の指図など受けんでも独立でけるようになって、呼ぶよってにな」

と告げると、タミは「きっとやえ」と涙ぐんで京都に戻る列車に乗った。

タミが再び房次郎の元に帰ってきたのはそのほぼ四年後。千字文で「美術博覧会」の賞を取り、独立した時だった。

明治四十一年二月十七日、房次郎は安井タミを入籍した。房次郎二十四歳、タミ二十三歳。この時タミは既に妊娠六か月。夏には長男の桜一《おういち》が誕生する。房次郎は長く夢見てきた〝温かい家庭〟を手にしたのだ。

房次郎は生まれて間もない桜一を写真館に連れていく。この写真のために、丈の長い高価なスーツとネクタイを購入した。この頃の房次郎は五分くらいの短い髪で、色白の顔に鼻の下に髭を蓄え白ぶちの眼鏡をかけ、百七十五センチの長身は細身だった。桜一の顔は房次郎によく似ている。写真館では、酷い近視だったが眼鏡をはずし、誇らしげな表情で撮影した。

独立したての房次郎は、版下書きだけではなく看板書きなどの仕事も次々と舞い込み順調そのものだった。全てが上手く行くはずだった。

しかし、三人家族の生活はすぐに暗礁に乗り上げてしまう。

タミは芸術に興味を示さない上に、仕出し屋の娘なのに食材の見分けもつかず美味しい料理を作れなかった。育児に専念するばかりで、月並みな発想しか出来ないタミに房次郎は不満を持ち始める。一方のタミはというと、収入の僅かしか家庭に入れない房次郎に苛立っていた。そのほとんどが書道の骨董の購入や外で食べ歩くことに使われていたのだ。

それについて文句を言うと、房次郎は、

「わしが気に入った硯や墨を買うたからって、お前のその態度はなんや。お前はどんな墨でも書をかけると思うとんのやろが、天下一品の書は天下一品の墨やないと書けへんのやで」

と当たり始める。

次第に、房次郎の小言は日常化していった。

「ケチ臭そうすんな言うてんのや。ぱあっとやれや、ぱあっと。しみったれた暮らししてたら気が滅入ってしまうやないか。そないな気分で、わしが物作れるとでも思うてんのか。

気分が滅入ったら書も悪くなる。悪うなったら、入るもんも入らんようになるやろ。何もかんも悪循環になって、わしの未来もお前の未来も暗うなるだけやないか。そんなこともわからへんのか。

金は天下の回りものやで。使うたら使うただけ入ってくるんや。

お前は芸術家の嫁はんやないか。そこんとこがほんまにわかってへんな。そもそもわしは世間の男とほんまに違うんやで」

二人の見ていた未来は確かに違っていたのかもしれない。しかし、全ての原因は、房次郎が〝家庭〟というものを全く知らなかったことにある。どうすれば、それが形になっていくのかがわからない。書なら手本になる教書を本屋で買うことが出来るが、〝家庭〟に関してはどうしたらいいか知る術がなかった。しかも、女性を自分のものにすると愛情が冷めるところがあり、既にタミへの興味も薄れていた。

タミに当たり散らしたのには、今の仕事の状態への焦りもあった。房次郎は一つのことを達成すると、瞬く間に焦燥感が頭の中を覆いつくし、次の目標を探し始める。当時から〝停まった時計は地金の価値しかない〟という考え方を持つようになっていた房次郎にとっては、今の生活は止まって見えた。

とはいえ、自分がどう行動すればいいか、それもわかってはいなかった。

そんな時だった。次の行動のヒントが、房次郎の元に舞い込む。

丹羽茂正の実弟に、坪山六哉という男がいた。坪山は石版印刷店を経営していて、「千字文」で賞を取った頃から房次郎を贔屓にしている。

その坪山は、房次郎に会うたびに、

「ここまで来たら、房さんは支那で書と篆刻を学ぶべきだよ」と言い続けていたのだ。

五年前に日露戦争が終わり、日韓併合条約が結ばれた年だった。日本から新天地を求める若者が、満州や朝鮮の大陸に渡っていた。そして坪山も、朝鮮行きを決めたと房次郎に伝えてきたのだ。

めた。

「僕が足場を作っておくから、後からおいで」

そう言い残すと、本当に店を畳んで日本を後にし、坪山は京城の朝鮮総督府京龍印刷局で働き始めた。

それまで房次郎の中には、海外に渡るという発想は存在していなかった。しかし、考えてみれば竹内栖鳳も西洋に渡り、その技術を高めて帰ってきたし、ほかの画家たちもフランスに一度行けば、その絵は売れ出している。

坪山の行動は房次郎を刺激した。京都にいる頃、東京を夢見、胸を熱くしていたことを思い出す。

「わしも本場の支那で、書を学んでみたい」

そんな思いが一気に湧き上がってきた。

ある日、房次郎はタミにその思いを伝える。しかし、タミは心細そうな顔をしただけだった。房次郎はタミを睨み付けて言う。

「わしは支那に行きたいんやと言うてんのに、結局は子供と金のことばかりなんやな。そんなん、実家と話して私のことは何とでも致しますから、どうぞ行ってくださいとなんで言えへんのや。わしの才能を殺す言うんかい」

いつにも増して、大声でタミを責めたてた。すると、タミは今にも泣き出しそうな顔で、こう声を絞り出した。

「私……二人目の子供がお腹にいます」

「えっ」

それ以上、言葉を続けることは出来なかった。

その時、房次郎の中にタミとお腹の中の子に対する情が湧いたわけではない。ただ、身籠もった妻を置いて支那に出かければ周囲からどれほどの非難を受けるか、それを気にしただけだった。〝二人目の子供〟の存在は、房次郎の気持ちを家庭からより遠ざけることになる。もし二人目の子供を見てしまったら、自分は平凡な人生に縛り付けられ、そこから二度と逃げ出すことは出来なくなる。人生はきっとそこで終わりになる。日々の生活に追われ、版下書きで老いぼれていく自分が、その脳裏に映し出されていた。

そんな強迫観念に苛《さいな》まれた時、ある女性が背中を押しにやってきた。それは母の登女だった。

登女は女中頭をしていた四条家から暇を出され、今後を考えあぐねていた。

「京城にいる氏雅《うじまさ》の元に行こうと思う」

登女は北大路家に嫁ぐ前、やはり社家の西池家に嫁いでいる。夫の名は西池学氏《さとうじ》。そこで五人の子供を産んでいた。その一人が氏雅で、ずっと大阪の堺で国鉄の切符売りをしていたのだが、今は京城で機関士をしている。登女はそこに身を寄せる決心を固めていたのだ。

そして、朝鮮まで一人で行くのは心細いので、房次郎に連れていってくれと頼んできた。

房次郎は支那に行くのは今を置いてほかにはないと思った。実母を送り届けるために朝鮮に渡るというなら、世間も身勝手とは言うまい。その後で朝鮮から支那を目指せばいい。

普通の母親なら、息子の妻のお腹に子供が宿っていると知れば、息子を海外に誘うなどしないだろう。しかし、登女の中にはそうした感情は存在しなかった。

明治四十三年十二月、房次郎二十七歳、登女六十五歳。

タミには何も告げずに、房次郎は家を飛び出した。

「わしは大芸術を志す自由人なんや。人並みの人生程度を目指すんやったら、わしは今ここで自分の人生を捨てたる。わしは人並みに出生したわけやない。人並みで生まれたわけやない者は、人並み程度を求めて安住することは出来ないんや」

大阪を目指す列車の中で、房次郎は自分に向かってそんな言葉を吐き続けた。

大阪から京城へは船旅だった。その船中で、房次郎は初めて母と長い時間を過ごすことになる。

登女は躊躇いがちに、なぜ房次郎と離れ離れの道を選んだのかを話し始めた。房次郎が生まれる四か月前に突然夫が自殺して亡くなり、貧しかった北大路家には自分の居場所がなくなったこと。やむにやまれず上賀茂巡査所の服部夫婦に相談し、坂本の集落の農家に里子に出したこと。

登女は涙ながらに、全てがやむを得ず取った行動だったと説明したが、房次郎は納得できなかった。身勝手な母に捨てられたとしかどうしても思えない。

しかし、冷静になると心に苦いものが広がった。身籠もっている妻を東京に残し、朝鮮に渡ろうとしている自分と母が重なって見える。この身勝手さはきっと母から譲り受けたものなのだ。自分の身体にも冷酷な血が流れている。房次郎はそれ以上母を非難することが出来なかった。

母を氏雅のところに送り届けると、房次郎は京城で暮らしていた坪山六哉を頼った。すぐにでも支那に行きたかったが、その頃の中国は、清朝に対する革命運動が広がり混乱していた。翌年には辛亥《しんがい》革命も起きている。機会を窺って向かうしかない情勢だった。

一方、東京に残されたタミは、房次郎が姿を消して四日、五日と経つうちに、本当に朝鮮に行ったのではないかと思い始める。数週間して案の定、京城の消印で手紙が届いた。

タミは、丹羽茂正に泣いて訴えた。厳格な性格だった丹羽は、房次郎への怒りを露わにする。茂正はタミに京都に戻って子供を産むことを勧めた。引越しの手伝いでタミの家を訪れ、茂正は房次郎の集めた骨董品を目にする。天井にも届きそうな漆を施した欅《けやき》材の書棚には和本・漢籍が積まれ、紫檀材の大きな机の上には宋時代の硯などが置かれ、その様子はまるで富裕な学者の書斎だった。それに比べ、タミの身辺の道具は実に貧しい。

茂正はタミにこう言い放った。

「全ての家財を売り払ってしまうんだ。それを出産の費用に使うといい」


朝鮮に渡って二年目。房次郎はようやく上海に渡る。

房次郎には、そこで是非とも会ってみたい人物がいた。それは書家、画家、篆刻家として当代随一と言われた六十八歳の長老、呉昌碩《ごしょうせき》だった。

房次郎は呉の下で初めて篆刻の作業を目にする。

房次郎は義父武造の下で、版下の木版彫りの経験はあり、それを身に付けることは容易く思えた。しかし、篆刻は木ではなく石を削る上に、呉の彫り方は独特だった。印刻をする時、印床を使わず、左手でじかに石を握って右手で刀を執る。石を印床に固定すれば彫りやすくなるが、両手を動かせば自ずと複雑な技術を駆使することが出来る。しかし、このやり方だと指にかかる負担は大きくなる。呉の爪は抜け落ち、指から血が滴ることも多かった。房次郎はその執念に心打たれ、自分もまた印床を使わずに彫ることを決意した。

僅かな日数、呉の下で篆刻を学び、帰国したのは大正元年の夏。房次郎は二十九歳になっていた。この時、名前も鴨亭から福田大観と改める。〝大観〟は朝鮮、支那に渡り、「あまねく世界を見渡した」という意味だった。

丹羽茂正から酷く叱られたのは言うまでもない。房次郎はすぐに京都からタミと桜一、朝鮮に行っている時に誕生し、もう一歳半になる次男武夫を呼び戻す。そして京橋で書道教室も開き、四人での生活を始めた。

しかし、今度こそ家庭を築くものと期待するタミとは裏腹に、房次郎の心は既に家族から離れていた。その原因の一つに、ある女性の存在があった。

房次郎には朝鮮に渡る前から、気になっていた女性がいたのだ。

「この世に、こんな綺麗な子がいたんやなあ」

その人を初めて見た時、房次郎はこんなふうに思った。

可亭から独立した後、房次郎は版下の仕事で京橋にある老舗和本屋「松山堂」に出入りしていた。「松山堂」は間口が五間もある書店と出版社を兼ねる店で、主人・藤井利八は房次郎の書を気に入り多くの仕事を依頼した。のちに近江の数奇者、河路豊吉を房次郎に紹介したのも利八だった。

房次郎が見初めた女性は、その利八の次女の藤井せきだ。タミより五歳若く、大柄で身長は百六十二センチ。掃除も洗濯も料理もしたことがないような箱入り娘で、化粧に余念がなく髷を優雅に結いいつも水白粉をつけている。せきは女優も霞むような存在で、この界隈で評判だった。

しかし、房次郎を虜にしたのは、その美貌もさることながら豊満な肉体だった。少年時代、二条城の門扉に打ち付けられていた乳鋲を「母」を想像して舐め続けた房次郎は、せきの豊かな張りのある胸やくびれた腰の線に夢中になった。しかし房次郎には妻子があり、せきは自分を重用してくれる利八の娘。遠くから眩しく眺めるしかなかった。

その状況が一変したのは、支那から帰国後のことだった。

藤井利八は、大陸帰りの房次郎をますます贔屓にし始める。彼の作る篆刻に惚れ込み、家に呼んで食事を共にするようにもなった。さらに利八は房次郎の書道教室にせきを通わせる。房次郎とせきの距離は急激に縮まった。

習字を学んだ家で、せきは妻のタミや二人の子供たちを目にしたことはない。タミはその頃には、再び京都に戻らされていたのだ。房次郎は生活の拠点を京都の内貴清兵衛の別荘とし、家族をその近くの京都に住まわせ、東京にいる時は、せきとの逢瀬を楽しむようになる。せきは義太夫の稽古に通うため、朝の六時に尾張町（現在の銀座四丁目辺り）から電車で稽古場のある平河町まで向かっていた。房次郎は、その電車に乗り込み、わずかな時間もせきと会い続ける。せきもまた、その房次郎の情熱にほだされ始めていた。

そして、ある日教室に行くと房次郎は留守で、硯箱の中にせき宛の手紙が入っていた。そこには「自分が藤井の家に養子に入ってもいいし、裸で私のところに来てくれてもいい。あなたと一緒になりたい」と書かれてあった。

房次郎には妻子がいることはわかっていたが、今では別居状態で夫婦の体をなしていない。せきは房次郎との結婚を決意する。

その頃、タミは何も知らずに京都の堺町六角上ルの家で暮らしていた。時折房次郎は顔を出したが、留まる時間はみるみる減っていく。京都にいる間も、房次郎は内貴清兵衛が斡旋してくれた「泰山寺」を仕事場とし、内貴の別荘かどちらかでほとんどを過ごしていた。

たまに顔を合わせた時の夫婦のやり取りは殺伐としたものだった。

「桜一の学校の準備はいつしてくれやすのや」

とタミが問いただすと、房次郎は、

「どうでもせい。わしはいま大事な仕事を頼まれているんやわい」

そう言って、自分の前に立つタミを押しのけ出ていこうとする。傍らでは桜一が泣き続けた。

とうとうタミの肉親たちも怒り、義父の武造にも訴えたが、武造の説得にも房次郎は全く耳を貸さない。ついにタミの母の妹とその夫までもが泰山寺に抗議にやってくる。

「その話なら何度聞かれても同じです。タミは芸術家たる僕の妻にはふさわしくありません」

標準語で繰り返す房次郎に、

「なにぬかしよるんや。芸術家、芸術家って生意気に。われみたいな奴は人間やない、ど畜生じゃ」

相手はたまりかねて、傍らにあった灰皿を投げつけた。

そんなことがあった末、二児の養育費と当面のタミの生活費を送るという約束で、ついにタミとの離婚が決まった。


しかし、その後も房次郎は京都、近江、そして金沢と忙しく動き回り、せきともなかなか結婚しようとしなかった。次第に房次郎をあれだけ気に入っていた利八も、結婚に反対するようになる。そんな周囲の苛立ちとは別に、房次郎は何もかもが上手くいくような気がしていた。河路豊吉、内貴清兵衛、細野燕台と次から次へと出会いがあり、そのたびに自分の世界が広がっていく。せきにしても、結局は自分の思いのままになると疑うことがなかった。

大正五年の正月。

金沢で「山の尾」の太田多吉と出会うと、房次郎はその足で東京に舞い戻った。食客の生活に一区切りついた房次郎は、ようやくせきと結婚する気になったのだ。

しかし、せきを呼び出そうとすると、利八夫婦は下駄を隠して外に出さないようにする。せきは両親の目を盗んで、裸足に着の身着のままで房次郎の待つ場所にやってきた。

二人はまるで駆け落ちのように、そのまま箱根の「福住」という旅館まで行く。「福住」は木戸孝允や福沢諭吉も宿泊したことのある江戸時代から続く箱根の名旅館だった。そこで一週間ほど泊まり続けていると、ようやく利八たち両親は諦め、結婚の許しが出た。

一月二十八日、上野の大礼会館で形ばかりの式を挙げる。その後二人は山代温泉と金沢に新婚旅行に出かけ、さらに京都で登女や養父母の福田武造とフサ、旧友の伝三郎にもせきを紹介して歩く。登女は朝鮮に渡った数か月後にはその生活を諦め、生まれ故郷の京都に戻っていた。


房次郎がこの時せきを連れて、京都に立ち寄ったのにはもう一つ大きな目的があった。それは自分の姓を〝福田〟から〝北大路〟に変えることだった。

三年前の十月、兄の清晃が三十三歳の若さで亡くなっている。北大路家の家督を継いだ清晃がいなくなり、次男である房次郎の番が巡ってきたのだ。

房次郎は京都に着いてすぐ筆を執ると、二枚の紙に〝福田〟と〝北大路〟、それぞれの苗字を文字に起こす。そして、それをじっと見比べながら思った。

自分は神武天皇の時代に遡る、由緒正しい血筋で、福田という長屋暮らしの夫婦の姓を継ぐべきではない。それは〝捨て子〟がとりあえずの居場所を見つけるために使用した仮の名前なのだ。

今こそ、捨て子の房次郎から這い上がるチャンスだ。房次郎は〝福田〟と書かれた紙を感情もなく丸めるとゴミ箱に捨てた。

房次郎はまず、登女と家督を継ぐ約束を交わす。そして、竹屋町の実家の門をくぐると、義父母に離縁を申し出た。

「房は恩ある俺たち夫婦を見捨てるつもりなんか？　そんな不人情な男だったんか？」

泣いて拒む武造を眺めながら、房次郎は虱に苦しみ続けた日々を思い出していた。丁稚に出てもなかなか着替えは届かず、絵の学校にも入れてもらえなかった。この夫婦への恨みは数え上げればきりがない。

しかし、その言葉をぐっと飲み込んで冷静に応じる。この夫婦が、稼ぎ始めた自分をいま頼りにしているのはわかっている。しかし、自分の中にも打算は存在しているし、この夫婦をさげすむには後ろめたさもあった。

「お義父はん、わしが北大路姓に戻らんと、三十二代続いた家が断絶することになるんや」

それでも武造は頑として引かない。そこでもう一つのことを提案する。

「桜一にこの家を継がせようと思うとるんや。お義父はんたちの老後は必ずわしが面倒を見るよって安心してくんなはれ」

桜一はタミとの間に出来た子で、今後福田夫婦の面倒を見ることを確約するための人質のようなものだった。

武造は長い話し合いの末、震える手で印を押した。

生家を出た房次郎は大きく息を吸って吐いた。ここから新しい人生が始まる。この世には〝福田房次郎〟はもう存在しない。今ここに立っているのは〝北大路大観〟なのだ。

これ以降、やむを得ない時以外、決して〝房次郎〟と自分で署名したことはなかった。

東京に戻ったのは三月初旬のことだった。東紅梅町（現・神田駿河台）のニコライ堂近くの一軒家の借家にせきとの新居を持つ。

その後も房次郎には大きな仕事が舞い込み続けた。洋食レストランの「鴻乃巣」、貸し画廊の「光琳堂」の大看板を製作し、それらは日本橋や銀座の名物にもなり、待ち合わせの目印にもされる。

自宅に「古美術鑑定所」を開いたのは、その年十二月。名も〝北大路魯卿《ろけい》〟に変える。〝魯〟は愚、鈍という意味。〝卿〟は唐の時代の書家で芸術家の顔真卿《がんしんけい》から取った。

その店に、中村竹四郎が兄の伝三郎と訪れたのは年が明けた二月。それをきっかけに房次郎は京橋に「大雅堂美術店」を持ち、ようやく自分のものにしたせきとも距離を置き、家にほとんど帰らなくなる。

◇

魯山人の話をノートに書き写しながら、平野は唖然としていた。

凄絶な生い立ちと書を以て世間と格闘してきた時代に続き、魯山人は自らの私生活についても語った。初恋の人、タミとの出会いと別れ。二番目の妻せきとの再婚への道のり。それと同時に訪れた〝北大路〟の姓への移行。

燕台から聞いていた近江から京都、金沢まで続く三年ほどの目まぐるしい食客生活の裏で、魯山人はこれだけのことも同時に行っていた。その速度とバイタリティはなんだろう。

「平野、俺がこの世で憧れる生き物がなんだかわかるか?」

唐突に魯山人が、平野にそう聞いてきた。

「憧れる生き物ですか……わかりません。なんでしょう」

「蟹だよ、蟹」

平野は、はっとした。細野燕台や荒川豊蔵の話の中にも、その蟹の話は出てきた。魯山人本人もやはり蟹を意識し続けていたのだ。

「敵から襲われた時に、蟹は爪や脚を自ら切り離す。蜥蜴《とかげ》の尻尾切りみたいなもんだ。しかしな、蟹は脱皮することでその無くなった脚を元通りに復元させることが出来るんだ。蟹は一生で十五、六回脱皮するらしいが、俺が思うに蟹は脱皮すれば、脚を元通りにすると同時に過去も忘れてしまうことが出来るような気がしている。

福田の苗字が北大路に変わったことは、俺にとっては蟹の脱皮みたいなものだった」

つまり、それで過去を振り払うことが出来たと言いたいらしい。爪や脚の無くなった無残な蟹の姿は、捨てられて棒で叩かれた家無しの少年、房次郎を表している。そこに巡ってきた〝脱皮〟のチャンス。

魯山人の中では、ただ単に北大路という由緒正しい苗字を手に入れるのが、目的ではなかった。同時に、辛い過去を消去したい。そんな思いも込められていたのだ。

しかし、よく考えるとそれは苗字だけではなく、魯山人の号も過去を清算するように使われてきたように思える。タミと家庭を持った時に〝鴨亭〟を名乗り、朝鮮から戻ると〝大観〟に変える。さらに食客を終えると〝魯卿〟に、陶芸を始めた時に〝魯山人〟になった。もちろん次の自分への意気込みも込めていただろうが、人生の区切り区切りで号を変える姿は、脱皮を繰り返す蟹とよく似ていた。

平野は再び、魯山人の最後の作品、蟹皿を思い出す。人生最後の作品になろうとしているあの蟹皿に、魯山人は様々な思いを巡らせ絵付けをしたのだろう。

魯山人が過去を話し始めて、既に数時間が経っていた。過去の膿を出したことへの充足感が窺えるが、魯山人自身の体力はもう限界を迎えていた。すると、ろれつも回らなくなってきた口元から、こんな言葉がこぼれ落ちた。

「桜一に申し訳ないことをしたと思っている」

初めて耳にする自分の子供に対しての情。平野には意外な言葉だったが、魯山人の眼にはうっすら涙が浮かんでいた。

確かに、父の身代わりになって福田の家にやられ、血も繋がらぬ義父母の面倒を見なくてはいけなくなった桜一の心情はいかほどだったか。平野は桜一について何も知識がなかったが、奔放な振る舞いを続ける父親の犠牲になったことは予想がついた。

すると、長時間の話が身体の負担になり過ぎたのか、魯山人は急に苦しみ始める。平野は慌てて看護婦を呼びに走った。

「先生、大丈夫ですか？」

手を握りしめながら平野は声を上げた。注射や点滴などで少し様子が落ち着くと、混濁する意識の中で、魯山人はこんなうわごとを呟く。

「俺は……北大路魯山人だよな」

平野は耳元で答えた。

「はい。先生は大芸術家の北大路魯山人です」

それを聞くと、安心したように魯山人は寝息を立て始める。

病室を出た平野は、その最後の問いかけが心の中に引っかかった。先生はどうしてあんなことを聞いてきたのか。福田の親たちへの後悔があの言葉を生んだのだろうか。

『俺は、北大路魯山人だよな』

この質問がなぜ魯山人の口を突いて出たのか、平野はのちにその本当の理由を知ることとなる。

リストの六人目　中島きよ

待ち合わせは、蒲田駅近くの古い喫茶店だった。

珈琲を注文すると、昨夜の魯山人の妻たちの話を思い返す。平野は、魯山人がよもやそこまで語るとは思っていなかった。

一人目のタミから二人目のせきへと移行した私生活には、本来安住の住み家になるはずの家庭は存在していない。魯山人は岡本可亭や内貴清兵衛、細野燕台にはあれほど献身的に接していたのに、結婚するまでは激しく情熱を燃やすものの、一度結ばれてしまうと、その妻たちにはことごとく冷たく当たっている。はたして、三人目以降の妻に魯山人は同様の振る舞いを見せたのか。

平野はこれから、その三人目の妻きよと会うことになっている。

きよは苗字を母の旧姓島村に変え、実家近くの蒲田に住んでいた。

平野は魯山人の五度の結婚に関して、不思議に思っていることがある。どうして魯山人は気に入った女性が出来た時に、必ず離婚から結婚という手順を踏んだのか。戦前の男性なら、ある程度の経済的な余裕があれば〝妾〟を囲う。魯山人がその手を使ってもおかしくない。なぜ必ず所帯を持ちたいと思ったのか。その理由を知りたかった。

平野はこれまでリストのうち五人と会ってきた。その中で実際に見舞いに来たのは武山一太と細野燕台の二人だけ。次のきよも見舞いに来るとはどうしても考えづらい。

となると、平野のこの日の一番の目的は、きよから和子の居場所を聞き出すことになる。きよは、魯山人の子供の中で唯一生きている娘、和子の母親だ。もしここでも駄目なら、和子とは永遠に会えない可能性が高かった。

きよは時間通りに姿を現した。この年五十六歳になっていたが、今も着物を綺麗に着こなす、鼻筋の通った美しい人だった。大柄なところは、やはり先生好みだと平野は思う。

「『主婦の友社』の平野です」

名刺を差し出す平野は、今回は正直に魯山人に関しての取材ときよに伝えていた。きよが応ずるか自信はなかったが、それ以外会う目的が思いつかなかったのだ。しかし、きよはあっさり面会を引き受けてくれた。

きよは紅茶を注文する。ティースプーンを持つ仕草、紅茶の入ったカップの持ち方などを見て、礼儀作法のちゃんとした人だと平野は感じた。

鎌倉の「夢境庵」に夫婦で暮らしながら魯山人の世話をしていると伝えると、きよは一瞬驚いた顔をし、その後「それはご苦労なことですね」と言った。容態について言及すると、

「ビールはこちらが心配になるくらい飲んでいましたが、身体のことは人一倍気に掛けていたのに……」

と、夫婦だった頃の情を僅かに見せた。

それに続き、存命のうちに魯山人の過去をまとめておきたいのだと平野は申し出る。すると、きよは平野の目をじっと見て、こんなことを話した。

「魯山人に生涯を滅茶滅茶にされたとか言ってくださる人もいますが、彼と出会った頃、芸術家気質に惹かれたのも事実ですから、後悔はしていません。全ては自分の運命だったと思うようにして

いるんです。でも……もう、あの人とは何の関わりもないのですが、未だに根拠のない噂だけは亡霊のように独り歩きをして」

それは荒川との関係についてなのだろうと平野は思った。

そして、それを修正することが、今日ここに来た理由だときよは言った。出来ればその真実を世間に広めてほしいと。

きよは魯山人との出会いからの話を淡々と語り始める。

「私が彼と初めて会ったのは、『星岡茶寮』が出来る直前のことでした」

平野の頭の中には、魯山人の年表が出来上がりつつある。ノートの新しいページに、すぐに「大正十四年」と書き込んだ。

◇

「星岡茶寮」が開寮したのは、その年の三月二十日。

きよが二人の友人を伴い「星岡茶寮」を訪れたのは、そのほぼひと月前、二月の終わりのことだった。

「なんて立派なお店なのかしら」

それまで料亭などに足を踏み入れたことのなかったきよは、その桁外れの広さや豪華さに目を奪われた。敷地の中では開寮に間に合わせるために庭職人が忙しく働き、出来上がったばかりの器が次々と運び込まれてくる。

二十二歳のきよは、この新しい職場に大きく胸を膨らませていた。

きよは母の再婚相手の家に養女として入り、そこで暮らしていた。養父は名の通った植木職人だったが、放蕩者でその生活は苦しかった。

高等女学校を卒業するとすぐに三越呉服店で働くようになる。大柄な美しい女性で、店の中でも目立った存在だった。三年ほど働いた時、きよの元に間もなく始まる「星岡茶寮」という料理屋で女中として働いてみないかという話が舞い込んできた。

誘ってくれたのは、蒲田にある養父の家の隣に住んでいた野村鈴助の妻だった。鈴助は出版社「新橋堂」の社長を務め、「星岡茶寮」の経営者、中村竹四郎の古くからの知り合いで、その中村から「開寮にあたり、いい子がいたら紹介してほしい」と頼まれていたのだ。給料も今よりいいという。

そこできよは三越を辞め、二人の友人を誘って「星岡茶寮」を訪ねた。初めて会う竹四郎はきよを親切に迎え入れ、すぐに仲居頭になることが決まった。料理屋で働いたことのないきよは初め戸惑ったが、竹四郎はここの仲居は経験者を採用しないことになっているから、気にしないでいいと言う。仲居頭の給料は他の子が三十五円のところ八十円。きよは俄然やる気になった。

そして料理の出し入れなどの接客の作法を、ここの料理長に教わることになる。その料理長が、もうすぐ四十二歳になろうとする魯山人だった。

きよの前に現れた魯山人は三つ揃いを着こなす眼鏡をかけた大柄な男だった。

しかし、その指導の仕方は細やかで、繰り返される「客の気持ちになればいい」という言葉は、初心者のきよにも飲み込みやすいものだった。

さらに、茶寮の接客方針にも好感を持つ。それは客間には芸者を入れず、仲居はお酌もしなくていい。その代わり客からの心づけは、一切もらってはいけないというものだった。ここでは客は紳士らしく振る舞い、酔っぱらって大騒ぎするような場所ではないことを魯山人は強調した。さらに仲居の着物も、魯山人自らが意匠したものだと知り、なんて多才な人なんだろうと、きよは思った。

そして「星岡茶寮」が始まると、きよはその客層に目を見張る。訪れる客は侯爵から大企業の社長、政界の大物、文豪ばかりだった。自分も含め、素人同然の仲居たちにそんな名士たちへの接客が務まるものなのか心配になる。

しかし、それが却って好評を博した。初々しくすれていない女性たちは、今までの料亭の空気に飽きていた通人たちの眼に新鮮に映ったのだ。

さらに客たちを興奮させたのはもちろん料理だった。みな口々に「さすが魯山人だ」と褒め称えている。座敷にいるきよはその声をじかに耳にした。そして改めて、「星岡茶寮」は日本一の料亭で、それを作った魯山人は偉大な人なのだと感じ始める。

その魯山人は、廊下できよを捕まえては「お客さんは何と言っていた？」などと頻繁に声をかけてきた。

「とても美味しいとおっしゃられていました」と返すと、魯山人は子供のように嬉しそうにする。

仲居たちの人気は、風貌が良く温厚な竹四郎に集まったが、きよは魯山人の才能に魅了された。しかも、仕立てられた高価そうな洋服や夏場はチャイナ服などを着こなし、三日に一度は散髪にも行く。お洒落な人だなとも思っていた。

しかし、親しく会話することはあっても、それは仲居と店のトップの間柄。きよの中で尊敬の念が恋愛感情にまで発展することはなかった。

ところがある日——。それは突然のことだった。

働き始めて一年ほど経った時に、野村夫人を介して魯山人から求婚されたのだ。その話にきよは戸惑った。年が二十歳も離れ、その上魯山人は既婚者で、自宅のある鎌倉には「神田の有名な本屋の娘」だという妻がいることも知っている。しかもその頃、きよにはいくつもの縁談話があった。煮え切らないきよに対し、野村夫人は積極的だった。きよを安心させるため、魯山人から今までの私生活の経緯を聞きとっては伝えてくる。

魯山人はこれまで二度結婚していた。本人の話では一度目は若気の至りで相手を選び損ね、二度目は箱入り娘過ぎたという。一人目の妻との間には長男の桜一、次男の武夫の二人がいたが、その次男は三年ほど前に没していた。

今の妻せきとは既に十年間夫婦生活を続けている。せきはいつも髪を高島田に結い上げ、化粧に何時間もかけるような人だという。庭掃除をした職人に気前よく五円も渡すようなところがあり、世間離れした〝箱入り娘〟という話に納得がいく。掃除もお勝手仕事も苦手で、魯山人の家には三種類の糠味噌があったそうだが、せきはそれに手を入れることが一番嫌いだとか、細かいことも野村夫人は伝えてきた。

しかし、きよが気の毒に思えることもあった。結婚して三年目に北鎌倉に引っ越すと、そこに京都に住んでいた魯山人の養父母と長男・桜一が現れ、一緒に暮らすことになったらしい。そこで関係を築くのは難しいことだっただろう。

野村夫人はきよを納得させるために、魯山人に向かって四つの条件を出した。

まずせきとちゃんと離婚したのち、きよを妻として入籍させること。次にきよの両親を扶養すること。魯山人の子供の桜一とは一緒に暮らさぬこと。最後に家庭での料理は自分の気に入った料理人に作らせること。

いずれも後々問題になりそうなことを先に解決しておくという、きよへの配慮が感じられた。この条件に魯山人は同意したらしい。きよも、

「魯山人は二度結婚に失敗しているが、三度目は私の努力次第でうまくいくかもしれない」

と自分を勇気づけ、結婚の意思を固めた。

昭和二年の春、きよは魯山人の子を身ごもる。お腹が目立つようになった十月、ようやく前妻のせきと協議離婚が成立し、きよが入籍した。

そして、二人は野村夫妻の媒酌で神前結婚式を挙げる。魯山人四十四歳、きよが二十四歳の時のことだった。

二人の新居は鎌倉ではなく大森になった。それは出産を間近に控え、きよの実家に近い方がいいのではということで決まり、玄関には魯山人が書いた「北大路魯卿」の表札が掲げられる。

その家できよは、野村夫人が決めた〝家庭での料理は自分の気に入った料理人に作らせること〟という四つ目の条件を忘れることにする。料理はもちろん、家の中の生け花などの装飾にも気を遣い、繊細な神経を持つ魯山人を満足させようと努力し始めた。

しかし、その新婚生活はきよが想像していたものとは違う形になっていく。

結婚した時期は「星岡窯」の初窯から間もない頃で、魯山人はほとんどの時間を茶寮と窯の前で費やした。さらに和子が生まれて三か月後の五月には、陶工の荒川たちと朝鮮に渡り、戻ると六月から日本橋三越呉服店で初めての個展を開く。しかもその最中、久邇宮殿下を「星岡窯」に迎えている。多忙を極める魯山人は家にはほとんど戻ってこなかった。

初めこそは魯山人という偉大な夫のため、「星岡茶寮」のためと思い自分を抑え続けていたが、きよの中に次第に疲労感が募っていく。魯山人が月に二、三度しか戻らないことにも不満を感じた

が、その帰宅はいつも突然で毎晩気を許すことが出来なかった。

そして、最初の一年目を過ぎると、魯山人は本性を表し始めた。

魯山人が帰宅すると、女中は近所に住む母親のせいを呼びに走る。そして三人がかりで、風呂焚き、料理の準備、身の回りの世話をする。

その中で気を遣わなくてはいけなかったのはビールの冷やし加減やお通しの選択、お茶漬けのおかず、ご飯の炊き方だった。魯山人が床に入ると、翌朝の朝食の味噌汁の具、香の物、果物を何にすべきか、三人で話し合いが始まる。味噌汁の具は甘みと苦みが濃い、菜の花に似た五月菜、ケシの芽、チシャの実が好みだった。特に豆腐や油揚げについては魯山人は決まった店の物しか食べない。

それほど神経を尖らせなくてはいけなかった理由は、一つでも意に沿わない料理があると、魯山人は「鶏の餌と間違えるな」と言って立ち上がり外出の支度を始めるからだった。

きよは今になって野村夫人の「条件」を破った自分を後悔し始めていた。

さらにきよを困らせたのは、魯山人が住む家をなかなか気に入らず、すぐに替えようと言い出すことだった。やっと慣れたかと思うと、すぐに引っ越しがやってくる。きよは次の家探しに大森から池上にかけて奔走し荷造りを繰り返した。

そんな時、きよにはこんな思いが募る。

「どうして私は鎌倉に呼んでもらえないんだろう……」

前妻のせきは鎌倉で一緒に暮らしていた。私はひょっとすると、世間には公にしたくない妻で、妾のような日陰の存在なのではないか。今も「星岡茶寮」の中には美しい仲居たちが大勢いる。もう魯山人の心はその誰かに移ってしまっているのではないか。じゃなかったら、家の中であそこまでの仕打ちが出来るはずがない。きよの中で、自分が過去二人の妻たちと既に同類になっているのだという気持ちが強くなっていた。

結婚から三年目、ついにきよは野村夫人に離婚を申し出る。

「とても私のような者には務まりません」

しかし、夫人を介して魯山人から戻ってきた返答は、和子は自分が引き取る。そして慰謝料は払わぬ、というものだった。こんな条件はとても飲めるものではない。

魯山人はきよには辛く当たったが、娘の和子に対しては態度が全く違っていた。例えば、僅かな時間だったが、夏の大森海岸に三人で出かけた時……。

「お父ちゃま、蜻蛉《とんぼ》を捕まえて」

と和子が甘えた声を出すと、

「蜻蛉か、わかった」

魯山人はパナマ帽で必死に蜻蛉を捕まえようとする。

「まあだ？」

「いま捕ってやるからちょっと待て、待て」

と汗だくになって蜻蛉を追いかける。普段威張り散らしている男が必死に砂浜を駆け回る。普通の家族のような微笑ましい瞬間。和子に見せるそんな姿だけが、きよを家に繋ぎ止める僅かな理由になっていた。

結婚から六年が経った昭和八年。それは思わぬ知らせだった。

「『星岡窯』の中に母屋が出来上がったから、そこに越してこい」

ずっと求めてきたことだったが、きよはとっくにそれを諦めていた。なぜ今になって突然、魯山人は鎌倉での暮らしを許したのか。母屋が出来上がったというのは本当の話だったが、そんなものがなくても家族で暮らすくらいのことは出来たはずだ。きよにはその理由に全く見当がつかなかった。

夏の暑い盛り、きよと和子、そして母親のせいは鎌倉に引っ越していく。きよは三十歳に、和子は五歳になっていた。

初めて見る「星岡窯」の風景はとても美しかった。

水田の稲穂が風で揺れている。その向こうの蓮池には沢山の蓮の大きな花が咲き誇り、陶器を焼く窯からは真っ白い煙が青空に立ち上っている。その開放感に和子も喜び、あぜ道を走り回り蜻蛉を追いかける。きよもまるで別荘に遊びにでも来たように感じた。

その田園を見下ろすように、客をもてなすための「慶雲閣」、古陶磁を並べる「参考館」、職人が家族と暮らす家、そして移築したばかりの母屋と、まるで集落のように二十二の建物が点在していた。

きよが暮らすことになる茅葺屋根の母屋は元々厚木の庄屋のもので、それを一万円で買い取り、ほぼ同額を使い魯山人が納得いくまで手入れを施していた。そこに魯山人は上海で呉昌碩にもらったという「隨縁艸堂《ずいえんそうどう》」の扁額を掲げている。

母屋には二十四畳もの厨房があり、特に目を引いたのは馬小屋を改装した洋間だった。窓にカラフルなステンドグラスが張り巡らされたテラスのような空間で、近代的なデザインと自然の形を剝き出しにした石が積み上げられた暖炉が奇妙な融和を見せている。その横に作られた手洗いには自ら焼いた男子用の朝顔が、当時としては珍しい水洗として置いてある。風呂のタイルも魯山人が焼いたものだという。中二階は女中部屋で、少し離れたところに「夢境庵」と命名された茶室もあった。

自然に囲まれた環境はきよの心を癒し、和子の教育にとってもいい場所だと感じる。ここで暮らせば、今までより家族の時間も作れるはずだ。しかもここでは魯山人の料理は「星岡茶寮」から来た料理人がやってくれるという。

きよはここで始まる生活に期待し始めた。もう一度夫婦の関係をやり直せるかもしれないと。

しかし、そんな高揚感はあっという間にしぼんでいった。

引っ越しの荷物を部屋に運び入れるきよの元に、魯山人は一人の男を連れてやってきた。

「これは俺の御曹司だ」

「桜一です」

ぺこりと頭を下げた青年は、一人目の妻との間に出来た長男だった。いま二十五歳だという桜一は容姿も魯山人とよく似ている。背は低かったが父親のような丸みを帯びた体格で強度の近視だった。ただその目付だけは父親とは違い、弱々しい。

なぜここにときよは思ったが、聞けば桜一は「星岡窯」が出来た当初、きよが来る五年も前から住み込んで働いているのだという。野村夫人が最初に突き付けた条件の中に、「魯山人の子供、桜一とは一緒に暮らさぬこと」というものがあったが、きよには出ていってほしいと言う勇気はなかった。

むしろ、きよを憤らせたのは母せいへの扱いだった。母のために部屋を用意してあると言われていたが、そこは女中部屋だったのだ。これだけは魯山人に変えてほしいと言おうと思ったが、怒鳴られる娘を見たくなかった母は「私はここで大丈夫」ときよを制した。

そんな戸惑いの中、「星岡窯」での生活が始まる。それは今までのようにほとんど別々に暮らしているのと、どちらが幸せなのかわからぬようなものになった。

これまでも生活費を僅かしか渡されてこなかったが、ここでもそれは変わらず、今回の引っ越しの運送代さえもきよが払った。

魯山人の帰宅は遅くなることが多い。夜の十二時過ぎに「星岡窯」の入口、切通しにタクシーが差し掛かるとクラクションが鳴る。玄関まで迎えに出ないと雷が落ちた。いつ帰るともわからない帰宅まで帯もとけず足袋も脱げない。魯山人が風呂から上がると按摩をし、寝かしつけるまできよはおろおろし通した。

魯山人の身の回りの世話はもちろん、五、六匹いる犬の面倒も見る。魯山人は必ず朝と夜二度風呂に入った。その時下着も全て取り換える。母親はきよが叱られているのを見かね、そうした洗濯もよく手伝ってくれた。気が付けば、女中部屋で暮らす母は洗濯婆さんになっていた。

女中のような扱いは、きよも似たようなものだった。「星岡窯」には来客が多かったが、魯山人はきよを人前に出すことはしなかった。名前を呼ばれたこともない。いつも「おい」と呼ばれるだけだ。そこには妻への愛情などは存在せず、魯山人のこと細かなことに対する叱責に、きよはただ恐怖を感じるだけだった。

その中で唯一の救いは、魯山人の食事は茶寮から来ている料理人が作ってくれることだ。

その料理人が五品くらい料理を出すと、

「俺は百姓じゃない　こんなに食えるか」

と言い、それでいて五品食べ終わると、

「もう何かないか」

と言い出す。料理番も心得ていて、他にも作っておいて料理を小出しに魯山人の前に運んでくる。ご飯の盛り方も少なめだと「料理屋の真似をするな」と言い、多めに盛ると「俺は土方じゃないぞ」と怒鳴りつける。

振り回されるのは料理人だけではなかった。魯山人は昼寝が好きで、夏場はセミが鳴くと「うるさい」と大騒ぎする。セミ取りは陶器職人の仕事だった。

きよと母のせいにとってここでの暮らしは窮屈でしかなかったが、唯一和子については、周囲の目には奇異に映るほどに魯山人は猫可愛がりした。

夏の夜、職人たちに花火をあげさせ、母屋の縁側で胡坐をかくとその上に和子を乗せ、「内親王様をいま膝の上にお乗せしているんだ」と言いながら和子の頭を撫でる。和子は魯山人の飲むビールをねだり、その味を覚えていった。

その様子を隅から見つめながら、きよは思った。

「この母屋は和子のために造ったのだ。私と母は、その和子に付き添ってここに来ただけなのだ」

魯山人は和子が欲しいというものは何でも買い与えた。

きよたちが越して一年ほど経つと「星岡窯」の忙しさはピークを迎える。それは「大阪星岡茶寮」のためのもので、昭和十年には巨大な登り窯も完成した。

きよは、ここに来て初めて作陶にのめり込む魯山人の姿を目にしている。魯山人はろくろは引かなかった。職人にああ引けとかこう引けとか指示を出して、そこに絵付けをしたり、へらで削ったり釘で彫ったりしていく。その速さと集中力にきよは圧倒される。

例えば、竹と雀の絵を付けなければいけない何十本という染付の壺に、赤絵の鉢が何十とある。これだけの量を仕上げるのにどれくらい時間がかかるのかときよはお茶を運びながら思ったが、次にもう一度お茶を持っていくと、すっかりそれが片付いている。

きよは昔を思い出した。自分が恋した魯山人は、確かに類い稀な才能を持つ男だった。しかし、今その仕事ぶりを見ても、自分の心は戻らない。才能があるがために、周囲の人間が馬鹿に見えるのだろうと、きよは冷ややかに思うだけだった。

そして、きよがここに来て三年目、あの事件が起きる。

中村竹四郎から、茶寮解雇の内容証明が魯山人の元に届いたのだ。それを読んだ魯山人は震え始め、その場にしゃがみ込む。いつも自信に満ちていた魯山人が、きよの前で初めて弱々しい態度を曝け出した。虚ろな目つきで「房次郎殿……房次郎殿……」とぶつぶつと呟き続けている。

そして突然、

「松島を呼べ」

ときよに言うと、駆け付けたろくろ師の松島文智に向かって、いつもは隠している京都訛りで叫び続けた。

「ここにある骨董を梱包せなあかん、手伝え。それと職人たちに裏山の木の茂みの中に穴を掘らせるんや」

「いや、穴なんてやっぱりあかん。誰かしっかりした人んとこに預けなんだら」

「おい、松島。あすこに誰やら覗きに来てるんと違うか」

と、庭の方を睨み付け口走るとおろおろし始める。

それ以来、あれほど拘ってきた食事も取らない。もちろん仕事など手に付くはずもない。絶えず怯え、竹四郎が遣わしたものがうろついていないか、敷地の周辺を見て回り続けた。

ある時、母屋に松島と荒川豊蔵を集めた魯山人は酔った勢いでこんなことを口走った。

「実を言うとな、竹四郎の女房と俺はある時、あることがあったんだ。竹四郎はそれを恨んで謀反を起こしたんだ」

その場には、きよもいた。松島も荒川も魯山人の虚言癖に下を向くよりほかなかった。

後できよは、その解雇の策略を練ったのが、魯山人が可愛がっていた秦秀雄だと知り、「ああ、やっぱり」と思った。魯山人には、見え透いたお世辞を繰り返す者たちに容易に丸め込まれてしまう間抜けさがある。

ライオンの傍にはハイエナのようにずる賢い動物が集まり、その食べ残しを狙い続ける。中でも秦はわざわざ「星岡窯」の近所に住んで、魯山人に取り入る。その策略はまんまと功を奏し、秦は魯山人から他の誰よりも大事にされることに成功した。

魯山人は「秦くんにこのメロンを持っていけ」とか「この鯛の頭を半分を分けてやれ」などと気を遣う。

茶寮の中に知り合いが残っていたきよは、その秦の噂を耳にしていた。秦は魯山人が茶寮にいない時には「自分のことを先生と呼べ」と周囲に言っていたらしい。狡猾な人間は目つき一つでわかるのに、ときよは思った。

しかし、茶寮解雇の知らせを聞いた時、何よりきよの気持ちを動かしたのは、魯山人と一番親しかった盟友、竹四郎が絶縁を突き付けたという事実だった。

「私も、もう魯山人の元を離れた方がいいのかもしれない」

その思いがいよいよ強まった。

事件後、きよは魯山人の奇妙な行動を目にするようになる。猫が子を産むと鳴き声が煩いと言って踏み殺し、小鳥が死ぬと鳥かごを覗き込んで涙ぐむ。

また、弱り切った魯山人の周囲では、それにつけ込む者も現れた。作品を安く買い叩く骨董屋がいたり、魯山人の部屋から描き損じの絵や書を漁って盗む職人も出始めた。

きよの目にはこの窯場は奇妙な人の集まりに映り始める。このままここに居たら、病人たちの仲間になってしまうという恐怖感に襲われた。きよもノイローゼの状態に陥り、五十キロほどあった体重が三十二キロまで減っていた。

そんな中、唯一「星岡窯」でまともに見えたのが荒川豊蔵だった。

きよは、しばしば荒川の元に相談に行くようになる。すると、こんな噂が広まり始める。

「妻子ある荒川が、魯山人の妻きよと通じている」と。

もはや居づらくなった荒川は「星岡窯」を去ってしまう。全ては、和子を置いたまま、きよを追い出すための魯山人の策略だった。きよはそのことに気づくが、口答えする気力など残っていなかった。

大森周辺で五年、鎌倉でも五年。とっくの昔にきよの限界は超えていた。

「星岡窯」を去る日、魯山人がきよに掛けた最後の言葉は、「結婚指輪を置いていけ」だった。

◇

きよは、平野の前で少し涙ぐんでいた。

タミやせきのことも聞いている平野は、きよに同情を寄せる。

「先生は、前の二人の奥さんの時も似たような行動を取っていました。結婚して一年ほどで家に帰らなくなる……」

「そのようですね。でも、彼は私の後に二度結婚していますけど、そちらの方がもっと様子は酷かったようです」

平野はずっと疑問に思っていたことをきよに尋ねてみようと思った。

「これは、きよさんに聞くのは失礼なことなんですが……」

「何でもおっしゃってください」

「ありがとうございます。先生はどうして気に入った女性が出来た時に〝妾〟にせず、五度も結婚を繰り返したんでしょうか。戦前の男性ならお金に余裕があれば、妾を囲うと思うんですけど」

平野のぶしつけな質問に、少し考えてきよは答えた。

「あの人はたぶん、家庭というものに強い執着があったんじゃないでしょうか」

「執着ですか」

「実際の家庭づくりは下手くそでしたけどね」

そして、思い出したようにこんなことを言い始める。

「私、魯山人の部屋を整理していた時に、機関誌の『星岡』を読んだことがあるんです。たまたま読んだその号に、こんなことが書かれてありました。

『家庭料理は本当の料理の元であって、料理屋の料理はこれを美化し形式化したものだ。たとえて言うなら家庭料理は真実の姿であり、料理屋の料理はその芝居である』って。

私、これを見て不思議だなって感じたんです。私の手料理を食べていても、魯山人にはそんな感情は決してなかったと思うんです。つまり、あの文章は魯山人の幻想なんです。家庭料理はそんなものであってほしいっていう。

あの人の中には絶対に実現できない、おとぎ話のような〝家庭〟があったんじゃないでしょうか」

平野にはきよの言っていることがなんとなく理解できた。魯山人のその発想は恐らくみじめな幼少期の思い出から来ているのだろう。家庭に過大な夢を抱き、理想が高過ぎて目の前の家庭を壊す。しかし、燕台の言葉を借りれば、結果的にそれが〝芸術家の魯山人〟を作り出す。その皮肉な結末のために、きよは、いや、きよだけでなく他の四人の妻たちも犠牲になったということなのか。

「『星岡窯』を出た後、きよさんはどちらへ」

平野は恐る恐る尋ねた。

「美濃に、荒川さんの元に行ったんです」

きよはあっさりとそう答えた。

「でも勘違いしないでください。荒川さんは愛妻家です。世間に広まっているような関係はありませんでした。荒川さんにしたって、友人の妻を奪ったなどということは自分のプライドが許さなかったはずです。でも荒川さんは気の毒な人を放っておけない性分で、暫くの間、私と母の面倒を見てくださいました」

そう聞いても、平野の中には疑問が残る。わざわざ美濃で暮らさなくてもよかっただろうにと。するると、それを察したのか、きよはこう付け加えた。

「美濃に行ったのには、魯山人への当てつけもあったのかもしれません。魯山人は自分からあんな噂を広めましたが、実際に私が荒川さんの元に行くことは不愉快だったはずです。まさか、本当に美濃に行くとは思っていなかったでしょう。だから、わざとそういう行動を取ったんです」

虐げられた女の最後の抵抗。ぎりぎりまで追い詰められ、娘との生活を引き裂かれた妻の最後の意地。それが、あらぬ臆測を呼んだのだろうか。

「そうだ。一つだけ話すのを忘れていたことがあります」

きよは、少しだけ残った水に口を付けると続けた。

「解雇の事件があって少し経った頃、魯山人が私に贈り物をくれたんです」

「それは、何だったんですか？」

「魯山人からの初めての贈り物でした。日頃辛く当たっていることが申し訳なくて贈ってくれたのかと思いながら包みを開けると、中に五十過ぎの女性が着そうな着物が入っていました。そして、魯山人はこれからは外出時にそれを必ず着るようにと言ったんです。

今更どうしたのかと思いました。それから魯山人はとても嫉妬深くなりました。窯の傍で職人と立ち話などをしていると『いま何を話していたんだ』としつこく聞いてくることもありました。

正直な話、鎌倉に行ってからは夫婦の夜の生活などは一切ありませんでした。なのに、嫉妬ばかりし続ける」

平野にも、その魯山人の行動の意味が想像つかなかった。タミの時もせきの時も、魯山人には嫉妬深さを窺える行動は一切存在しない。

「それは前の家から、人と接する機会の多い『星岡窯』に移ったせいだったんでしょうか」

「そんなことはありません。引っ越してから解雇の時期まで三年ありましたが、それまではそんな素振りは全くなかったんです」

「突然、そうなったんですね」

「ええ」

「解雇されて、心細くなったんですかねえ？」

〝解雇〟という事件と嫉妬深くなったという行動。魯山人の中で一体何が起きたというのか。

それについては後日、信じがたい事実を、魯山人の口から平野は聞かされることになる。

ここまできよの話を聞いてきて、平野には一つ気になっていたことがあった。それは「星岡窯」に桜一がいたということだ。

「これは昨日のことなんですが、先生は病床で涙ぐみながら『桜一に申し訳ないことをしたと思っている』と言ったんです。きよさんに何か心当たりはありますか？」

「そんなことを言っていましたか。桜一さんは魯山人の家庭づくりの失敗作……その代表のようなものでした。桜一さんが亡くなった時、その時ばかりは、魯山人は本当に辛そうにしていました」

きよは自分の中にある、桜一の記憶を辿り始めた。

◇

鎌倉に越して間もなく、きよは桜一からそれを見せてもらった。

「親父には言わないでください。これは僕がずっと大切に持ち歩いているものなんです」

そう言いながら恥ずかしそうに差し出したのは、一枚の写真だった。

写真館で撮られたもので、首が据わって間もないくらいだろうの桜一を若き魯山人が抱きかかえ、カメラに向かって斜に構えきりっと立っている。当時から酷い近視だったはずなのに眼鏡をはずし、鼻の下に髭を蓄え、ネクタイを締め丈の長い高価そうな洋服を身にまとっていた。

きよはそれまで魯山人の昔の写真を見たことがなかった。今はお腹が出て恰幅がいいが、その写真の魯山人はほっそりしている。

「この頃から、お父さんによく似ていたんですね」

そう言うと、桜一は嬉しそうに笑った。

頭のてっぺんが平らで髪の生え際や眉毛もそっくりで、桜一は利発そうな顔立ちをしていた。

「どうして、これを持ち歩いているの？」

その答えに、桜一は二十歳になってここに来るまで、ほとんど父親と会話をした記憶がないことを挙げた。


桜一は明治四十一年、東京で誕生している。

三歳の時、母タミの実家がある京都に戻り、そこで弟の武夫が生まれる。それからは東京と京都を行ったり来たりした。

その頃の父の記憶は、たまに帰ってきては母と大喧嘩して、逃げるように立ち去っていくというものだった。口論のきっかけは大概、お金を家に入れない父に母が不満を漏らしたことだった。

魯山人とタミは結婚から六年目、桜一が小学校に通い始めた年に離婚する。以降タミは魯山人から生活の援助を受けることになった。

桜一は素直な子で習字がうまく勉強もよく出来た。小学校の傍ら通っていた京都教会英語学校では二年目には教わることがなくなり、次に行った三条のＹＭＣＡでも抜群の成績だった。小学校を出た後、一度鎌倉の魯山人の元で福田の義父母と共に暮らしたことがある。タミの後妻のせきとの生活だったが、その時も父が家に帰るのは稀なことだった。それでも桜一は父の背中を追うようになる。魯山人はその頃、陶芸に目覚め山代温泉の「菁華窯」に通い始め、芸術に人生を捧げようと最も情熱をたぎらせていた時期だった。

十四歳になったばかりで、桜一は鎌倉を離れ優秀だった学業を捨てて「京都市陶磁器伝習所」に入ることを決意する。伝習所で学び終えると、母のいる京都から瀬戸や唐津に向かい、一年ずつ修業も積んだ。そして昭和三年、初窯を行ったばかりの「星岡窯」に一人前の職人として戻ってきたのだ。

その時、父の魯山人は母には見せたことのないような態度で、桜一を迎え入れる。桜一が進んで自分と同じ道、陶芸の世界に身を置いたことが素直に嬉しかったこと、父親として何一つ面倒を見てこなかった次男の武夫が、三年前に十六歳の若さで没したことも心のどこかにあったのかもしれない。

魯山人は桜一を別棟の洋館に住まわせ、ベッドカバーに至るまで内装の全てに気を配った。さらに専用の女中も一人付ける。今までの全てに対し贖罪するかのように、桜一を過剰なまでに大切に扱った。「星岡茶寮」に連れていき食事もさせ、荒川らの朝鮮の古窯発掘調査にも同行させた。日本に戻ると、松島文智も付けてろくろの回し方や窯焚き、絵付け、手びねりを基本から学ばせる。魯山人は、陶芸における自分の後継者になってほしいと桜一に期待していたのだ。

桜一は手の空いている時間、腹違いの妹の和子の元に来てよく一緒に遊んだ。和子も「お兄ちゃん」と呼んでなついている。そして、きよには何でも話すようになっていった。

「母は小さな私に向かって、父の悪口ばかりをこぼしていました。自分は贅沢をしているのに家にはさっぱりお金を入れないとか、お腹に弟がいるのに朝鮮に黙って渡ったとか。さすがにプライドが許さなかったのか、父が浮気をして自分が捨てられたということは、その中には入っていませんでしたけど」

桜一が自分の母のことを話すのを聞きながら、きよは「あなただけじゃないんですよ」と桜一が言っているように思えた。

桜一は魯山人の血を引いているのかと疑うほど、気の優しい男だった。

魯山人が外出している時、近所に住む秦秀雄が訪れることがよくあった。秦は桜一のことを「桜一」と呼び捨てにしていた。そして、そこで決まって始まるのが、魯山人の陰口だった。すると、桜一は口答えもせず、ただ「ちょっと活動を観てきます」ときよにこそっと耳打ちして、静かに外に出ていくだけだった。

しかし、きよたちが「星岡窯」に移って暫くすると、魯山人と桜一の関係が変わる。

魯山人は、窯から母屋に戻っては、「あいつは何をやらせても駄目だ」ときよに向かって吐き捨てるように言う。魯山人は、桜一がなかなか自分の満足のいくような才能を発揮しないことに我慢できなくなっていたのだ。

桜一は桜一で、きよの前で「親父のやっているような仕事なら今すぐにも出来ます」と強がった。

きよは食事の時、長男である桜一より先に和子が食べることがないように気を遣っていた。そして、母屋の居間に魯山人の分と一緒に桜一の食事を持っていく。しかし桜一はわざわざきよと和子、母のせいがいる奥の間に膳を運んできて、そこで食べるようになった。桜一は父親から距離を置き始めていたのだ。

細野燕台などとの酒宴があっても、魯山人は「飲まん奴を呼んでも仕方ない」と桜一を避ける。二人は廊下ですれ違っても互いに視線を外すようになった。

全ての原因は、桜一の才能にあったのかもしれないが、不幸な幼少期しか過ごしてこなかった魯山人には子供との接し方がわからず、陶芸も独学で身に付けたため、弟子への接し方を知らなかった。

桜一は決して自分専用の女中や特別な部屋など欲しかったわけではない。ただ父から褒めてもらいたい、その一心で作陶を続けていたのだ。

その頃、桜一と同年代の職人が「星岡窯」に入ってくる。美濃から移ってきた西原修吉だった。修吉はろくろに優れ、その他の作業も器用にこなし、あっという間に窯の人気者になった。

修吉を見て、なお魯山人は苛立つ。桜一を叱りつける言葉に修吉がよく登場した。もちろん奮起を促した言葉ではあったが、それに桜一は傷ついた。

昭和十年になると、「大阪茶寮」の準備で魯山人は鎌倉にいないことが多くなる。父の姿が見えないと、桜一は作陶に没頭した。徹夜で窯の前に何日も張り付くこともあった。

ある日、久しぶりに帰ってきた魯山人が洋間で朝食を取っている時に、桜一が自作の壺を持って入っていく。魯山人の留守中、ある程度満足のいく物が出来上がっていたようだった。

しかし入って少しすると、その部屋の中から激しく物の割れる音が聞こえた。

何事かと、きよがそこに向かうと、洋間の前に続く庭に、桜一が真っ青な顔をして裸足で駆け出していくのが見える。

洋間に入ると、床には壺の破片が散らばっていた。その横で魯山人が顔を紅潮させている。きよが桜一の後を追おうとすると、「行かなくていい」と魯山人は強く言ってそれを押し留めた。

そしてその夜、桜一の姿は「星岡窯」から消えてなくなった。

それ以降、魯山人はその行方を捜すことも、桜一の名を口にすることもなかった。

異常な父親に、気の毒なほど気持ちの弱い息子。いくら慕い続けても、それを感じ取れない父親。竹四郎から魯山人が絶縁される日が近づいていたが、きよは桜一の部屋を片付けながら、自分もいずれ近いうちにここを離れるのだろうな、そんな予感がしていた。

魯山人は秦のような者には目をかけ、自分のことを慕う息子には辛く当たる。

心の底には愛情はあったはずだが、それを調節することが出来ない。

父を慕うために桜一は陶芸を選んだが、そこは魯山人にとって芸術の領域だった。跡を継がせたいという思いも重なり、ついむきになってしまう。魯山人は本当に不器用な人だった。桜一が違う道を選んでいたら、ひょっとすると二人の関係は別なものになっていたかもしれない。

しかし、桜一は「星岡窯」を去っても、やっぱり父の後ろ姿を追い続けた。

昭和十年の終わり頃、きよの元に桜一から便りが届く。桜一は大阪にいた。

きよはてっきり母のタミがいる京都に戻ったものと思っていたので、その場所に違和感を持った。しかし、年が明けるとその理由がすぐにわかった。

翌年の一月、まず桜一は「大阪髙島屋」で陶芸展を開く。

鎌倉を出た桜一が戻った先は、きよが予想していた通り京都だった。そこで陶芸の師匠、宮川香斎の下で作陶を続け、内貴清兵衛の協力を受け、この個展にこぎつけたのだ。その作品の多くは魯山人に似たものだったが、人によっては魯山人よりも桜一の方が良いという者もいたらしい。

そして、その翌月の二月。桜一は大胆な行動に出る。心斎橋に料亭「北大路」を開店したのだ。「大阪茶寮」が開寮したのが、前年の十一月。もちろん魯山人の許可などはもらっているはずもない。桜一の本名は福田桜一。「北大路」という店名は、明らかに父・魯山人に当てつけたものだった。人々はこの店を「星岡茶寮」の支店と信じ込んだ。

三階建てで一階には自分の作品を並べ、二階三階を客室に使うといった店だったが、さらなる問題はその料理人だった。桜一は「星岡茶寮」の腕のいい料理人を二人引き抜き、茶寮と同じような料理を出し始めたのだ。それに陰で協力したのは、「大阪茶寮」の支配人の一件で魯山人の元を去っていた秦だった。

この事態に、魯山人が激しく怒ったことは言うまでもない。

そして、その開店から間もなく桜一は房子という女性と結婚する。房子は堺の呉服商の娘で、母タミの妹の夫の紹介によるものだった。紹介した親類は「北大路」開店の資金も出してくれていた。

人生の大事なことを矢継ぎ早に済ませていく桜一の精神状態を、きよは心配した。桜一はむきになっていると思った。


「北大路」の開店から数か月後。

きよの元に、また桜一から手紙が届く。そこにはこんなことが書かれてあった。突然魯山人が「北大路」に来たという。正確には覗きに来た。

ある日、「星岡茶寮」から引き抜いた料理人が、店の前で魯山人を目撃する。見つかった瞬間、魯山人は目の前にある銭湯に駆け込んだ。暖簾の隙間からは眼鏡のぶ厚いレンズが光っていた。

「先生や。先生がこちらを覗いてはる」

料理人からそう教えられると、桜一と妻の房子は店の二階の窓からその方向をじっと見た。桜一は父がきっと怒鳴り込んでくると思った。しかし、魯山人は銭湯から出ると、そのまま姿を消した。

その後、桜一の元に結婚の祝い金が魯山人から届く。金額は五千円。小学校の教員の初任給が五十円の時代、それは破格の祝い金だった。

桜一と魯山人の関係をずっと気に病んでいたきよは、その手紙を見て胸を熱くした。反抗的な態度を続けてきた桜一が、その大金を前に涙する姿が目に浮かぶ。これほど意識し合っている二人が、顔を合わせるとどうやっても歯車を噛み合わせることが出来ない。その性《さが》をきよは哀れんだ。

それ以降、魯山人が「北大路」を見に来ることは一度もなかったと言う。

昭和十九年、桜一は召集され満州で終戦を迎える。そのままシベリアに抑留。収容所では強制労働と共にマルクス＝レーニンの思想を叩き込まれた。桜一が舞鶴港に復員出来たのは昭和二十二年の十一月。大阪一帯は焼け、「北大路」も焼失していた。

桜一は、魯山人に手紙を出す。

そこには『生まれ変わって参りました。どうか生活に目途が立つまで作陶を手伝わせてください』とあった。魯山人はそれを認め、昭和二十三年の三月、桜一は妻の房子と長男の敬介、長女の康江を伴い鎌倉に越してきた。

そこには既にきよの姿はなく、和子も出ていった直後だった。そんなことも影響していたのか、魯山人は桜一の妻子を快く迎え入れる。

魯山人は「お前はここにいろ。俺が孫と嫁に東京を案内してやる」と言うと、初めて会った孫と嫁を新橋、浅草と連れ歩いた。

そして、桜一の鎌倉での三度目の生活が始まる。桜一はもっぱら使用人として父に仕えた。朝夕は厨房に入り父の食事を作り、日中はまき割りなどの窯場の手伝い、冷蔵庫にビールがなくなるとリュックを背負って横浜の闇市に買い出しにも行った。妻には「おっさん、変わっているからな、気を付けてくれよ。その代わり俺はお前や子供を大事にする」と言い続けていた。

魯山人は孫たちを可愛がった。特に康江は和子の代わりのようなものだったのだろう、いつも傍に置いていた。

燃料も豊富になってくると、「星岡窯」では活発な作陶が再開される。桜一も、僅かにそれに加わるが、やはり魯山人の評価は「これといった技術がない」という程度のものだった。出来た作品を魯山人に持っていくと、

「こんな焼き方があるか、松島と二人でやり直せ」

と叱りつける。桜一は以前のように窯前に張り付き、魯山人は再びその仕上がりを罵倒し始めた。

すると、桜一の様子に変化が起きる。房子が煮ようとしている生のジャガイモを摑み取って食べる。精神を病んでいたのだ。ほとんどの時間、自室に籠もり、マルクスの『資本論』を読み続け、魯山人に経済論をふっかけたり、「ハラショー（素晴らしい）」などと突然叫ぶようになる。

その根底には戦争で人を殺したこと、そして敗戦後の収容所暮らしがあった。忘れようとしていた心の傷が、魯山人へのストレスによって再びうずき出したのだ。魯山人も近づかないほどに、乱暴で粗野な仕草が多くなっていく。

そして復員から一年二か月が経った昭和二十四年一月十五日。桜一は脳溢血で倒れ、いびきをかいて混濁し亡くなった。桜一四十歳、その時、魯山人は六十五歳。あまりにあっけない死だった。

葬儀の時、房子が桜一の棺に添えた写真を見て、魯山人は房子に尋ねる。

「これは？」

「あの人が肌身離さず、ずっと持ち歩いていたものです」

そこには生まれたばかりの桜一を抱きかかえる若き魯山人が写っていた。

「あいつは、こんなものを持っていたのか……」

魯山人は震える手で写真を摘む。その写真は四十年ぶりに目にするものだった。失ったものの大きさに心が揺さぶられ、目からは熱い涙が溢れ返る。

「俺に似ているな……」

それだけ言って、魯山人は言葉を詰まらせた。そして棺を送り出す時、「俺は行けぬ」と言い、泣き続けた。

平野は、目を真っ赤にして項垂《うなだ》れた。

◇

自分を捨てた父に必死になって縋りつこうとする息子。その気持ちをどうしても受け止められなかった不器用過ぎる父親。桜一は何度も鎌倉の父の元を訪れながら、最後まで正しい親子関係を築くことが出来ずに死んでいった。

「戦後の話は、房子さんから聞いた話です。桜一さんが亡くなって、すぐに房子さんは子供を連れて鎌倉を後にしたと言っていました。その後、魯山人は房子さんの元に毎月五千円の仕送りを続けていたそうです。それを今まで一度も欠かしたことがないんだとか」

昨夜、魯山人は「桜一には申し訳ないことをした」と言っていた。月々五千円を送り続けても、その後悔は決して消えることがなかったのだろう。

「他にお聞きになりたいことはございますか？」

平野はノートを閉じて背筋を伸ばす。見舞いのことを切り出そうとすると、きよが静かにこう言った。

「実は魯山人が具合の悪いことは、武山さんが教えてくれて知っていました」

「武山さんが？」

「ええ。私は房子さんとも武山さんとも今も親しくさせてもらっています。不思議なもので、魯山人の周りの人たちはみな仲が良くて、話す話題もあの時は先生に困っただの、驚かされただのと魯山人のことばかりなんです。

これは彼の好きなメロンです。もう食べることは出来ないでしょうけど、ベッドの隅にでも飾っておいてください」

きよは持ってきた包みをテーブルの上に差し出す。

「ということは、お見舞いには……」

きよは笑みを浮かべて、それには応じなかった。

立ち上がろうとするきよに、慌てて平野は和子のことを尋ねる。

「さ、最後に。きよさんは……和子さんの居場所をご存じではないですか？」

少しの間考えて、きよは「ごめんなさい。知りません」とだけ答えた。そして、そのまま席を立った。

きよの後ろ姿を見送りながら、平野は思った。

和子の居所を聞いた時にきよが作った僅かな間は、知っているが言えない、もしくは言わないという意味だったのだろうと。

北大路魯山人　その二

きよのメロンはベッドの横のサイドテーブルに置かれている。

魯山人は、それが誰によって届けられたのか聞こうともしなかった。いや、聞くだけの気力がなかった。

これまでと同じように調子のいい時と悪い時を繰り返していたが、明らかに悪い方の時間が増え、いい時もその口数は少なくなっている。

この日は、赤坂「辻留」の辻義一《よしかず》と銀座「久兵衛」の今田壽治《ひさじ》が見舞いに来た。辻に魯山人の入院について知らせたのも、平野だった。

二人がいる間は魯山人も楽しげにしていたが、帰ってしまうと張っていた気持ちがすっとしぼみ、苦しそうな表情を浮かべ続ける。平野には、まだ魯山人から話の続きを聞きたいという思いがあったが、今日は無理そうだと諦めた。すると、目を瞑ったまま魯山人がぽつりと言った。

「どこまで話した？」

平野はとっさに答える。

「先生が、姓を北大路に変えられたところまでです」

「そうか」

魯山人は自分の残り時間を悟っているのだろう。その中でどうにか終わりまで話し切りたいという思いがあるようだった。かすれた声で続ける。

「俺の母親が何歳で死んだかわかるか？」

「登女さんですか？」

「脳溢血で七十六歳だった。そうだよ。今の俺と同い年だよ」

この言葉に、平野はどう応じたらいいか戸惑った。

「小遣いが欲しい時だけ俺のところに来ていた。最期は風呂場で倒れて二十分後に息絶えたらしい」

一瞬、間を取る。それが感情によるものか、肉体的なものか、平野にはわからなかった。

「遺品は着古しの着物一枚だけ。結局、俺があの人からもらったのは、二十歳の時の古着とそれだけだった」

一つ目の古着は四条男爵邸を訪ね、初めて母と顔を合わせた時にもらったもの。魯山人は帰り道にそれを川に投げ捨てている。

「姓を変えた時、もう幼少期を知る者はほとんどいない。みじめな過去は、全て北大路魯山人という名前で塗り替えられたと俺は思っていた……」

魯山人の話は、「星岡茶寮」が出来て暫くしてからのことに飛んだ。

◇

「星岡茶寮」が出来て六年が経った昭和六年、魯山人を近江、京都、金沢への食客の旅へと誘ってくれた河路豊吉が亡くなる。その葬式でこんなことがあった。

参列していた魯山人の横で、一人の老人が話しかけてきた。

「偉うならはったもんやな。あんたはん、昔は油小路の十字路辺りに棲んでいたお子で、小さいのによく働いてはると思うとった。それが出世も出世よなあ」

老人は茶寮の成功もしばしば個展を開いていることも知っているようだった。魯山人は老人の耳元に顔を近づける。

「油小路？　おじいさん、そら、あんた人違いですな。私は油小路なんかにいたことはありません」

「いや、いたことないって。先生はあのよう肥えた木版屋さんの福田はんのお子で……」

すると、少しだけ声を大きくして、

「違う。人違いだ」

魯山人は目で、老人の身体を椅子に押し付ける。

「わしは上賀茂の社家の生まれで、そんな場所にいたことはない。やはり、あんたはお年ですな」

そう言うと、そこから立ち去った。

芸術家・北大路魯山人にとって、長屋時代の記憶は忌まわしく消去しなくてはいけないものだった。誰であっても、それに触れることを極端に嫌った。いや恐れた。北大路魯山人を名乗った時、京都周辺は仕方ないにしても、東京に限っては自分の人生は全て塗り替えられたと信じていた。

しかし、そのことをよく知る人間が、自分のすぐ近くに一人だけ残っていた。

昭和十一年七月十五日。

特急つばめで大阪に向かっていた魯山人は、車中で一通の至急電報を受け取る。そこにはこう記されていた。

『ヂ　ユウダ　イジ　ケンオキタ　スグ　カヘラレタシ　モロクマ』

諸熊《もろくま》とは、「星岡窯」に書生のような形で住み込んでいた明治大学の学生だった。「重大事件」の文字を見て、魯山人が想像したのは、当時九歳だった和子が登校中に交通事故にでも遭い重傷を負ったのではないかということだった。そう思うと和子のことが心配でならない。

翌日、急いで「星岡窯」に戻り、走って家の中へ入る。ちょうど和子は登校の準備をしていた。

「和子、何でもなかったのか。怪我したんじゃなかったのか」

そう言って、和子を抱きしめる。

「ああ良かった。俺は全財産を失うよりも和子が指一本失くす方が辛い」

ひと安心する魯山人に、きよが封書を渡す。その中身は、中村竹四郎が送りつけてきた解雇を通知する内容証明だった。

しかし、その文面を読んでみても、魯山人の中では今一つ理解が進まない。「都合ニ因リ解雇」「一切ノ関係ヲ謝絶」という文字だけが、目から入り頭の中で駆け巡ったが、どうもぴんと来ない。

魯山人にはなぜそんなことを竹四郎が言ってきたのか、その理由が摑めていなかったのだ。

「俺は茶寮の仕事に関して身を粉にしてやってきたじゃないか。大量の器も作ってきた。客だってよく入っている。竹白は何を怒っているんだ。しかも、俺がいなくなったら茶寮はやっていけるはずもない」

日頃声を荒らげたことすら記憶にない竹四郎が、どうしてここまで腹を立て、解雇、絶縁という極端な発想を持ったのか。魯山人はそれを考え続ける。

「ひょっとすると、あいつの親類の田中源三郎をクビにしたことが問題だったのか。しかし、そんなことで竹白は俺を解雇しようとまで思うだろうか。だが……それしか考えられない」

そこまで考えが及んだところで、ようやく魯山人の中に言い知れぬ恐怖が湧き始める。

「もし、辞めろと言われたら、俺の居場所はなくなる……」

東京と大阪の茶寮、それにこの「星岡窯」の法律上の経営者は竹四郎に違いなかった。十一年前、「星岡茶寮」を始める時に、魯山人は〝顧問〟という立場を選んでいる。もちろん共同経営にすることも出来たが、芸術家の自分が金稼ぎに精を出しているように見られるのも気分が悪い。内貴清兵衛からの「金や名誉を得ているような世間でいう偉い人になってはいけない」という言葉も心の底に生き続けていた。そうして決めた〝顧問〟というあやふやな肩書が、今になって大きな意味を持ち始める。

「星岡茶寮」の土地は、以前は東京府所有だったが、三井銀行の仲介と融資によって茶寮が買収している。いま法律的に「星岡茶寮」の所有権は竹四郎にあり、魯山人は竹四郎に雇われたただの技術担当者でしかなく、何の権利も持ち合わせていない。しかし、問題はそれだけではなかった。

魯山人が住居を構え、生活と作陶の拠点としている「星岡窯」の不動産も、「星岡茶寮」の所有だった。さらに、ここにある古美術品も窯も全て竹四郎の物になる。

解雇、絶縁という言葉は、茶寮で働けないことを意味するだけではなく、同時に「星岡窯」の不動産と「参考館」にある大量の古美術品を、直ちに持ち主である竹四郎に返却せよということを意味しているのだ。

そこまで考えが及ぶと喉がからからに渇き、全身が震え、心臓も今まで経験したことのないほどの速さで鼓動し始めた。

「竹白は、俺から全てを奪い去ろうとしている」

意識は朦朧とし、へなへなとその場にへたり込んだ。

「俺は貧乏がどんなものか知っている……」

魯山人の脳裏に、虱にたかられた膝丈の着物を着て、長屋の狭い台所で野菜屑を調理する自分の姿が浮かんだ。

そこで気づいた。

「そうか、そういうことだったのか」

視線の先には、文面の最後に記された「被通知人　魯卿事北大路房次郎殿」の文字があった。

「房次郎殿……房次郎殿……」魯山人はぶつぶつとこの言葉を繰り返す。

竹四郎が、その〝呼び方〟をここで使った理由がはっきりわかった。

魯山人は、ぼんやりと竹四郎と出会ったばかりの頃のことを思い出す。

竹四郎は東京で、唯一魯山人と食について語り合うことの出来る人間だった。妻のせきも育ちが良くその舌は肥えていたが、関東の濃い味付けしか理解できない。そこにいくと竹四郎は京都生まれで、自分の舌にぴったり合った。

竹馬の友の伝三郎の弟ということも心を許した理由だった。竹四郎なら一生の相棒になる。そう感じた魯山人は、自分の生い立ちを包み隠さず話していた。

父親は自分が生まれる前に自殺したこと、坂本の村に捨て子同然に預けられたこと。その後何度も育ての親が変わり、ある時は棒で殴られ虐待を受けたこと。六歳から暮らし始めた福田の家でも、虱に悩まされながら朝晩の食事をまるで丁稚のように作り続けたこと。それは伝三郎にも話したことのない過去だった。

その全てを知っている竹四郎が、いま自分を「房次郎殿」と呼んでいる。

「竹白は、俺をあの時代に引き戻そうとしている。お前は北大路魯山人なんかじゃない、捨て子の房次郎なのだ。だから、虱だらけの服を着ていたあの時代に戻るがいいと言っている」

魯山人の戸籍上の名前は今も〝房次郎〟のままで、文書を作成した弁護士がその名前を使うことは当然のことだった。しかし、そんなことも頭の中に浮かばぬほど、魯山人は動揺していた。

さらに、弱り切った心に追い打ちをかけるような事実を知る。

それは竹四郎の考えに、自分の一番の理解者だと信じていた内貴清兵衛と細野燕台が賛同したというのだ。そして、自分に届いた内容証明を弁護士に頼み作成したのは、今まで目をかけ続けた秦秀雄だったと知る。秦は茶寮の従業員たちに、魯山人を追い出す内容の血判状も迫っていたという。

全ての状況を把握した時、魯山人は呟いた。

「俺は、また捨てられたんだ。そうだ、この痛みは五歳の時に、一瀬家で棒で激しく叩かれた時の痛みだ……」

幼少時代のトラウマが瞬く間に身体中に広がっていく。やすの母親のはるが棒を振りかざしながら、「この穀潰しが。お前は一瀬家とは何の関係もない、素性の知れぬ子だ」と記憶の底で叫んでいる。その棒をいま手にしているのは、竹四郎や内貴、燕台、そして秦に思えた。その強迫観念から逃げ出したくてしょうがなくなった。

自分がいつここから追い出されるのか、弁護士がいつここに押しかけてくるのか、おどおどした日々が続くことになる。魯山人は敷地の中に籠もり続けた。


そんな時のことだった。

普段は窯周辺で作業を続けている松島文智が、魯山人のいる母屋に姿を現した。

松島は既に十年ほど「星岡窯」で働いている。松島の父小太郎は、以前は石川県の「倉月窯業」

という窯の技術主任だった。それを細野燕台が引き抜き、「星岡窯」が始まるという時に連れてきた。その父の誘いで文智もここにやってきていた。

松島の成形と焼成《しょうせい》（加熱工程。素焼き、本焼、上絵焼と三工程ある）の技術は高く、特に成形は〝魯山人のろくろ〟とまで呼ばれ、彼の意図をいつも的確に摑んだ。性格は穏やかで、松島は職人らしい寡黙な男だった。

父の小太郎は五年ほど前にここを去っている。「星岡窯」を築いた当初、大変な力を発揮したにも拘らず、その後魯山人から小僧のようにこき使われたからだった。

「鶏は三歩歩けば恩を忘れるというが、魯山人はもっとひどい」

それがここを出ていく小太郎の最後の言葉だった。

父が去っても松島は、魯山人の才能を愛し「星岡窯」に留まった。もちろん、魯山人から口汚く罵られたことは数知れなかったが、松島はそれを「はい、はい」と聞き流す。そんな松島を見て、細野燕台は「馬鹿だか賢明なのかわからない」と評していた。

その松島が焼く前の中鉢を載せた木の板を持って、いま魯山人の目の前に立っている。鉢はたった今ろくろで引いたばかりのものだった。

松島は魯山人の目を見て、大きな、しかし震える声でこう言った。

「先生、形をつけてください」

魯山人は解雇通告を受けて以来、窯を放棄し続けている。

「なにを言っているんだ。俺には今そんな気力などない」

その言葉に、松島は何か言いたそうにもじもじした。

「なんだ。早く言え」

急かされた松島は、自分の気持ちをどうにか声にする。

「先生、土や釉は気まぐれですが、進んで人を欺くことはありません」

その言葉に、魯山人の身体は固まった。

陶芸のことしか知らない松島が、魯山人の周囲で起きた、人を陥れるような行為を陶土は決してしないと言っている。

松島の目は血走っていた。よほど思い悩み、この母屋を訪ねてきたことがわかる。その目を見ていると、すっかり縮こまった心臓を松島が鷲摑みにし、「さあ、しっかり働け」と言っているような気がした。

「そうか。そうだな」

魯山人はそう言うと、仕事場に向かった。

久しぶりにへらを取り、土をいじっていると不思議と雑念が消えていく。ひんやりとした土の手触りは心を落ち着かせ、怒りや焦り、恐怖心を静めていく。創作の意識は魯山人の中に小さな火を灯した。魯山人は一つ目の鉢に続き、いくつもの作品をこねた。その横で松島は黙々とろくろを引く。

それらの仕上がりは見事なものだった。

「いい出来だな」

魯山人の言葉に、松島は子供のようにニコリと笑った。

「むしろ、いつもより冴えている」

そして肩に手を置いて、「松島、すまなかったな」と言った。

松島は黙って頭を下げる。その目には涙が溜まっていた。

あらゆる人々が魯山人を見捨てていく中で、最後まで彼の側に立ったのは、その才能を愛する職人たちだけだった。

その後、魯山人は自室で筆を執る。そして、一気に大きな文字を書き上げた。

『天上天下唯我独尊』

周囲から捨てられたことを悔やみ続けていたが、元々自分は一人なのだ。それを今更、なぜ恐れおののく必要がある。内貴清兵衛の前で、俺は芸術のためなら全てを犠牲にしてもかまわないと誓ったはずだ。今の逆境こそ、芸術のためには有難い環境ではないか。

以来、魯山人は鎌倉の自然の中に身を置き、孤独と向き合いながら作陶一本でやっていくことになる。荒川豊蔵の紹介で胃腸薬「わかもと」の景品として焼き物が使われるようになり、「星岡窯」の経営を安定させた。

解雇の翌年、昭和十二年から十三年にかけて、「星岡窯」は最盛期を迎える。

しかし、昭和十四年頃から窯焚きの回数が制限されるようになった。というのも「星岡窯」は横須賀海軍基地の近くにあり、窯から立ち上る煙が問題視されたのだ。それに加え薪も集まらぬようになり、終戦の年には職人の数は松島の他二人だけになっていた。

昭和二十年五月九日。

「横浜地方裁判所」で中村竹四郎と争われた訴訟は、示談という形で終止符を打った。茶寮は竹四郎に、「星岡窯」の不動産は魯山人に。「参考館」にある古美術品に関しては折半というものだったが、魯山人の私物との判別は難しく、事実上そのままの状態を続けることになる。

その結果に、魯山人は大きな声を上げげた。

「俺は勝ったんだ」

それはもちろん竹四郎に向けたものだったが、九年間いつ追い出されるかと怯える日々を耐え抜いた自分への言葉でもあった。

その月の二十五日、魯山人はその祝いも兼ねて、五人ほどの知り合いを「星岡窯」に招き、大山椒魚の料理を振る舞う。

大山椒魚は既に特別天然記念物に指定されていたが、たまたま二、三年前に山陰地方で捕れたものを密かに大甕に飼っていた。調理が見ものだからと客に早くから来させると、六十センチはある大山椒魚を網で掬い、すりこぎで頭を叩く。大山椒魚が息絶えると、裏返しにして出刃包丁で腹を裂いていった。

内臓はとても綺麗で、たちまち山椒の香りが台所に立ち込める。糠で表面のぬめりを取り、水洗いしてから一センチほどの厚さの切り身にした。それを鰹と昆布の出汁に日本酒を入れ、丸生姜、刻み葱を加えた鍋で弱火でじっくり煮込み始める。

支度を済ませると客にビールを勧め、料理が出来上がるまで遊びで色紙に絵を描く。指の頭や爪楊枝の先端を割いたものを筆にして、花や魚、虫と次々と描いていった。

そんなことで時間を潰していると、夕方から雨が降り始める。空襲を避けるために雨戸を閉め、暗幕を巡らしてから鍋を囲んだ。

大山椒魚は髄から独特の臭みやアクを抜いたような品格の高い味で、分厚い皮はゼラチン質が豊かで髄よりモチモチして旨く、汁も絶品だった。

それを味わいながら、魯山人の頭の中に竹四郎の顔が浮かんできた。以前、竹四郎にも大山椒魚の鍋を食べさせてやったことがあった。

そして、酒も進んだ夜半のことだった。東京の上空にB29が二百五十機ほど飛んできて、激しい空襲が始まる。東京の中心部が焼け、「星岡茶寮」も跡形もなく焼失した。

裁判で全てが決した月の出来事で、魯山人は不思議な巡り合わせを感じる。人間の諍いなど、さらなる強者が姿を現せば、あっという間に無に帰す。そんな無常の世界を前に、淡々と大山椒魚を食し、絵を描いては無邪気に笑っていた自分が妙に誇らしく思えた。

昭和二十年に魯山人は六十二歳になっていた。そして、その終戦から間もなく、ある事件をきっかけに娘の和子が家を飛び出してしまう。

いよいよ、魯山人の独りぼっちの戦後が始まろうとしていた。

◇

解雇の件《くだり》を話す時、魯山人はそれが二十年以上も前のこととは思えぬほど、感情的になっていた。顔は赤くなり呼吸は乱れ、恐らく血圧もとんでもない数値に達していただろう。話を中断させた方が良いのではないかと、平野も迷ったほどだった。

その一連の話の中で、やはり〝北大路魯山人〟という名前への強い拘りが感じられる。解雇通知を受けた時、魯山人が「房次郎殿……房次郎殿……」と呟いていたときよから聞かされていたが、今ようやくその言葉の意味が理解出来た。

ひと通り話し終わっても、魯山人の呼吸はまだ乱れたままだった。魯山人は少し舌をもつれさせながら、言い残したことを語り始める。

「竹白との問題は、裁判所がうまくやってくれた。だが……解雇通知は、俺の肉体にも影響を与えたんだ。それは内容証明が俺のところに来て、間もなく……起きた」

肉体に起きた変化。恐らくはそのストレスから異変が起きたのだろうが、それが何なのか平野には想像がつかなかった。魯山人は濁った目で、平野の方をじろりと見る。

「これは、初めて他人に話すことだ」

それは同時に、これだけは他言するなという意味に平野は受け取った。

魯山人は細い腕で弱々しく耳を貸せと手招きする。平野が顔を近づけると、ひと言、ぼそりと何かの単語を発した。平野はそれを聞き取ることが出来なかった。

「先生、もう一度お願いします」

魯山人の口元に耳を寄せ、神経を集中させる。

「せい、てき、ふのう」

二度目、平野にはそう聞こえた。耳を疑った。肉体に起きたことというのは、〝性的不能〟だったというのか。

しかし解雇の頃といえば、まだきよとの結婚生活が続いている時で、たとえきよとの間に性交渉がなかったとしても、魯山人はその後二度妻を娶っている。そんなはずはない。これは聞き間違いだと思った。

平野の戸惑いを察したのか、魯山人は小声で続けた。

「そんな身体で五度も、なんで結婚したのかと思ったんだろう。最後の二回は和子のためだ。和子には母親がいた方が良いと思ったんだ。相手もそれを納得した上で籍に入った。

その症状が出た時、これは天罰かと俺は思った。我が物顔で振る舞い続けた結果、神が差し向けた……天罰。

俺は、自分のいちもつに『お前、ほんまにもうあかんのか？』と何度も語り掛けた……」

その症状は、本当に魯山人の身に起こっていた。

一般男性でもそれは自信をなくさせ失意に繋がる辛い症状だとは思うが、魯山人にとってはなおさら特別なものだったのではないだろうか。平野には、性行為と芸術活動はどこか根底で繋がっているような気がしていた。それを失ったことは、芸術家魯山人にとっては精神の手足をもがれたような衝撃だったに違いない。

その時、平野はきよの話を思い出した。

きよは解雇通知の後、魯山人が異常に嫉妬深くなったと語っている。その原因はこの性的不能にあったのかもしれない。魯山人は自分の精力の衰えを、束縛という形で補おうとしたんじゃないだろうか。その後、魯山人はきよと荒川豊蔵の不倫をでっち上げている。

ひょっとすると、その行為も魯山人に起きた性的不能とどこかで繋がっている可能性もある。

平野は、荒川から話を聞いた時、魯山人によるこの偽装工作の真意を全く理解できなかった。その頃、荒川は竹四郎との調停に乗り出し、それが不調と見るや次に「わかもと」の社長夫婦を紹介し、魯山人の生活を再建している。そこまでの恩人に、魯山人が罪を擦り付け〝間男〟の役を演じさせたことに、平野は納得がいかなかったのだ。

しかし、今そこに新たな情報が加わった。平野は一つの推論を立て始めていた。その考えは、魯山人の行動の根源に、性的不能があったというなら全てにつじつまが合うものだった。

直接魯山人に確認したかったが、平野にはその勇気がない。そこで遠回しに尋ねてみた。

「先生は、荒川豊蔵さんのことをどう思っているのですか?」

「あいつの器か……よく出来ている」

やっぱり、そうか。魯山人はこれまで古の偉人たちは別として、陶芸に関して他人の作品を褒めたことがない。まして、自分より先に「人間国宝」に認定された男のことを褒め称えるはずがない。もう少し探りを入れようと言葉を探し始めた時、魯山人は力なくこう言った。

「今日はもう帰れ。続きは明日話す」

確かに魯山人は〝性的不能〟を告白した時に、この日の精力を使い果たしていた。

平野は仕方なく病室を後にした。

そして、病院のロビーまで行くと、備え付けの公衆電話の前をうろうろと歩き続ける。確証は得られていなかったが、もう我慢できなかった。この〝推論〟を、早くあの人に伝えたい。その思いが胸の中に溢れ出した。平野は意を決して、赤電話の受話器を握る。

「電話で失礼します。至急、お話ししたいことがありまして」

相手は、美濃にいる荒川豊蔵だった。

「先日、荒川さんは僕に、魯山人には二回裏切られたとおっしゃいました。一回目は志野発見に関して。もう一回はきよさんとの不倫をでっち上げられたことについて。

でも、僕はずっとわからなかったんです。きよさんの話では、その頃先生はきよさんの不貞を疑ってその行動を束縛し続けていたそうなんです。そんな人がなんで、きよさんをわざわざ荒川さんに近づけて、不倫話を作り上げたのか。

荒川さんは、先生がきよさんと離婚するために、そこまでしたとおっしゃいましたが、そもそも離婚したい相手に嫉妬するなんてことがあるんでしょうか」

平野は早口でまくし立てた。荒川は声を発することなく、それをただ聞き続けている。

「でも今日、やっとその謎が解けたんです。それは病室で、先生が僕だけに告白した話です。他人には話すなと言われましたが、これだけはどうしても荒川さんに伝えない訳にはいかない。

あの頃、先生は茶寮を解雇された影響で……性的不能に陥っていたんです」

「性的……不能……？」

電話の向こうで、荒川も驚いているようだった。

「それを聞いて思ったんです。これはあくまで僕の推論ですが、先生は自分の身体が、性的能力がもう回復しないと諦めた時、きよさんを信頼できる人に託したのではないかと。本当なら真実を告げればいいのでしょうが、決してその病気のことは他言できない。だから、不倫をでっち上げるなどという回りくどい工作をしたんじゃないかと」

伝え終えた時、平野は僅かに満足感を覚えた。

荒川から話を聞いた時に生まれた違和感。恩人を間男に仕立て上げた魯山人を擁護したい気持ち。そんなもやもやを一気に解消したかった。

しかし、自分の考えを出し切った時、これは早まったことをしたのではないかという考えが心の中に湧き上がった。なんの確証もないのに、当事者である荒川に向かって、勢いだけで話すような内容ではなかったと思い始めた。

案の定、荒川は電話の向こうで黙り続けている。平野にどう返したらいいのか、困っているのは明白だった。

「まず……性的不能というのは本当のことなのでしょうか？」

荒川はひんやりした声でそう尋ねてきた。

「先生は虚言癖もあったようですが、死を間近にした人が嘘をつくとは思えません」

「そうですか……」

受話器に荒川が一つ息を吐いたのがわかった。そのあと、荒川はこんなことを言い始める。

「それが真実かどうかは、私には判断がつきません。ただ私も……それが真実であってほしいと思っています。

私もあの出来事のあった二十年前から、魯山人の話を聞いたり雑誌の写真でその姿を見る度に、心に苦いものが走り続けてきた。

あの時、魯山人には何かどうしようもない理由があり、あんな行動を仕出かした。ずっと、そう思いたかった。

私から話を聞いた後、平野さんもきっと同じように願っていたんじゃないでしょうか。

そのあなたの気持ちが、私には嬉しいだけです」

荒川の意見は全て正しかった。平野の推論は、妄想に近かったのかもしれない。しかし、荒川はそれを簡単には否定せず、むしろそれを思いついた平野をねぎらった。

「ありがとうございます」

平野は受話器を強く握りしめ、荒川には見えないところで頭を深々と下げた。荒川は話を続ける。

「それに、死を前にして、魯山人の心が少しだけ穏やかなものに変わっていることが伝わってくる」

荒川が何か大事なことを言うような予感がした。平野は受話器に神経を集中させる。

すると荒川は、思いがけない言葉を発した。

「あなたのところに、明日……和子を行かせます」

◇

翌日の十二月二十日。

「星岡窯」には、いつ霙《みぞれ》や雪に変わってもおかしくないような冷たい雨が降り注いでいた。

その入口、狭い切通しの前に平野は傘を差し、その時をじっと待っていた。

足元の革靴にも雨水が染み込んできていたが、寒さを一切感じないほどに平野は興奮していた。

和子は、リストに載せた七人の中の七番目。しかも魯山人本人が会いたいと要望している。しかし居所がわからず、いや誰もそれに関して口を開こうとせず、会うことはもはや絶望的だと諦めかけていた。それが思わぬ流れで、その機会を手に入れることが出来た。当初予想していた通り、荒川豊蔵は和子の居所を知っていたのだ。

平野は和子を待ちながら、ノートを鞄から取り出すと傘の中で開く。頭のページからゆっくり見返した。ここに和子の話が加われば、平野の魯山人調査の長い旅は終了する。

そこには魯山人に様々な形で人生を変えられた人々の生々しい言葉が書き綴られている。

それを読みながら、改めて魯山人はぎらぎらと燃えたぎる太陽のような人だったと思う。あまりに盛んに燃え過ぎて、周囲の人間まで燃やし尽くしてしまったのだ。そのほとんどの結末は不幸なものだったが、平野には魯山人の全盛期と出会えた人々のことが羨ましく思えた。

自分が接したのはその最晩年。しかも、期間もごく僅かだった。

平野は和子を待つ時間を使って、自分が見た魯山人についてノートに書き込むことにした。

◇

早稲田大学三年の時、平野は銀座にある「火土火土美房《かどかどびぼう》」の前に立っていた。松坂屋の裏手にあるこの店は、戦後まもなく作られた魯山人の作品の直売所だった。

その店の壁に貼られた〝『独歩』編集者求ム〟の広告を平野はじっと見つめる。料理や陶芸に興味があり、北大路魯山人という人に以前から憧れていた。彼の個人誌「独歩」の仕事に関わることが出来れば、魯山人本人にも近づけると思っていた。

意を決して店に入ると、そこには運よく魯山人その人がいた。平野が自分の身分を伝え、編集に携わりたいと申し出ると、

「それはいいな」

とあっさり採用が決まった。

魯山人と欧米旅行に出かけたのは、その翌年のこと。その旅で平野は失態を続けた。それは無理のない話だった。

魯山人は英語の通訳として平野を連れていったのだが、早稲田大学の受験のためだけに暗記した英語が、現地のアメリカ人に通じるはずもない。しかも、ニューヨーク近代美術館で魯山人は展覧会を開く予定だったが、そこに荷物がなかなか届かず、現場は混乱状態だった。その中でどの作品をどのように展示するのか、魯山人の意図を正確に美術館のスタッフに伝えることが、平野の役目になった。魯山人は自分の気持ちが、その人々にさっぱり伝わらず、平野を叱り続けた。

日本に戻ると、魯山人は「もう来なくていい」と平野に言い、あっさりクビになった。

その後、平野は「主婦の友社」の編集部に入り、再び魯山人から連絡が来たのは四年後のことだった。呼ばれた目的は、魯山人の伝記を書けというものだった。自信がなかった平野は、その要望をあやふやにし続け、「主婦の友」の社員でありながら、魯山人の秘書のようなことを始める。

そして平野が妻と共に、「星岡窯」の敷地内で暮らし始めたのは、東京タワーの出来る半年前の昭和三十三年六月のことだった。「星岡窯」が開窯したのは昭和二年。それから三十一年を経て、

この工房は末期とも呼べる状態に陥っていた。

そのきっかけは、「星岡窯」の支柱とも言うべきろくろ師・松島宏明（昭和三十年文智から宏明に改名）が去ったことに起因する。松島は三十年間在窯し、技術主任と窯の会計を担っていた。魯山人は欧米旅行で大借金を抱え、職人や女中の給料をまともに払えなくなっていたのだ。松島もその例外ではなかった。

松島はここを去ったのち別の窯で働き始める訳だが、辞めた理由はもう一つあった。ほぼ同時期に「星岡窯」に入った荒川豊蔵が「人間国宝」に選ばれたことだ。自分も魯山人の元を離れ、独自の作風を作り上げたいという思いが募ったのだ。

松島を失った「星岡窯」は異常事態に陥る。給料をもらえない職人たちは魯山人作品の贋作を作って生活の糧とし、女中たちは台所から魯山人の作った食器をくすね始めた。魯山人はそれを見て見ぬふりをすることしか出来なかった。

ここを訪ねる人も少なくなり、越してきたばかりの平野夫婦に、

「呼んでも来るのは家鴨と犬くらいなものだ」

と魯山人は苦笑いした。

そんな危機的な状況にも拘らず、魯山人はその年、九、十、十一月と窯を続けざまに三回焼いた。本窯は年に三度くらいが常識だが、何物かに憑かれているかのように魯山人は器を作り続けた。

平野は、この人は苦境になればなるほど強さを生み出すのかと、その様子に目を見張る。それほどの凄まじい集中力だった。

魯山人は生乾きの壺を台の上で回しながら、三角形の切り出しの大きい刀で一気に切り裂いていく。または風化した石で陶板の上から押し付ける。渾身の力で形状を変化させたかと思えば、今度

は木の葉の形をした皿に、釘や爪楊枝などで葉脈を細かく入れていく。同じようにして花や鳥、魚の絵も多く描いた。

そのほとんどが備前焼だった。どれもが備前土の魅力を十分に引き出していたが、中には上がりの悪い物もある。それには銀を塗ったり、入《にゅう》（罅《ひび》）を漆や金で繕って新たな風情を生み出していく。そうやって手を加えることで、それまでの備前にはなかった近代的な備前焼を作ることに成功した。また形状も奇抜で、胴をえぐるように切り取った前衛的な花瓶もあった。

備前の他にも、尾形乾山が得意とした「雲錦手《うんきんで》（雲は桜花、錦は紅葉を表現した）」を単純化して、花弁だけを散らした鉢も魯山人の代表作になりうるものだった。

三度の本窯を終えた魯山人が、平野にぽつりと言った。

「これからは焼き物は止めて、絵で行こうと思うんだ」

それは「星岡窯」が贋作工場になりはて、もはや止めるしかないという意味が込められていた。


魯山人が長く暮らしていた母屋は土地ごと他人の手に渡り、今はかつて久邇宮殿下を招いた「慶雲閣」を住まいとしている。

「慶雲閣」は二十畳敷きの大広間を中心に八畳間が二つ、板の間の六畳間、四畳半の書斎兼仕事場、裏手に継ぎ足した八畳間があったが、その中で寝室に使っていたのは納戸かと思えるような二畳半ほどの小部屋だった。

一方に高窓があり、三方を壁に囲まれた部屋に木造りのベッドが置かれ両側は本棚になっていた。寝室から離れた手洗いは不便ということで、枕元に小水用の手洗いを建て増ししている。魯山人はまるでカプセルのような空間で暮らしていたのだ。

茅葺の「慶雲閣」は傷みが酷く、大広間の畳にはカビが生えているような状態だった。集めた古陶を収蔵する「参考館」も屋根が傷んで雨漏りがし、全ては魯山人の経済状況を物語っていた。五年前の欧米への外遊資金の借金に加え、一昨年国税局が来て通達された百五十万円の追徴課税も生活を圧迫している。個展を頻繁に繰り返しても、それを補いきれるものではなかった。

魯山人の面倒を見ていたのは、お手伝いさんと持ち回りの陶芸職人、そして平野夫婦だった。

魯山人の日常は、夏場は朝五時、冬場は六時に目覚め、寝室から「えへん、えへん」と咳払いの音がする。それは「もう起きているぞ」という合図で、平野は雨戸を開け、お手伝いさんは風呂を沸かし始める。

朝食は七時頃から一人でゆっくり時間をかけて食べる。それが終わると仕事場にこもり、へらを握った。背後には当時まだ珍しかったテレビが映し出される。魯山人は歌舞伎中継を好んで観た。

平野は残業がない限り、午後六時には魯山人の元に戻った。夕食が準備されると、魯山人は牛革の安楽椅子に座り、平野のコップに麒麟麦酒の小瓶からビールを注ぎ入れる。自分のコップには必ず自分で注いだ。

二人はテレビを眺めながら食事をし、そのあと三時間ほどビールを飲み続ける。その間、平野は東京で見聞きすることを話した。誰も訪れることのないここで、平野は社会への唯一の窓口だった。

魯山人の横でテレビを観ていると、必ず平野は感想を求められる。例えば歌舞伎について。平野が書物に書かれているようなことを述べると、「自分の言葉でしゃべれ」と安楽椅子のひじ掛けを叩いて叱られた。しかし、その頃から魯山人は感傷的な側面を覗かせるようになる。

テレビドラマの中で悲しい場面があると、大粒の涙が魯山人の頬を伝った。肩が震え、それを誤魔化すように「えへん、えへん」と咳をした。

三度の本窯の後は大広間で書を書くことが多かったが、一時間ほど続けるとすぐに止めてしまう。それは体調のせいだった。

その頃魯山人は身体中に痛みを訴え、よく下痢もした。平野は薬局に下痢止めの「ミヤリサン」、湿疹や甲のむくみなどのために「サモンゴールド」や「トクホン」を買い出しに行った。平野が病院に行くことを勧めても、魯山人は「医者に何がわかるんだ」と撥ねつけるばかりだった。

そんな時に、あの特急つばめの車内での失禁事件は起きた。

以来、その症状は魯山人を悩ませる。例えば、それは一流料亭で座談をしている時でも容赦なく起きた。人々は魯山人に気づかれぬように悪臭から顔を背け、すっと席を外したが、それがどれほどの屈辱だったか。号泣したいほどの苦しみを魯山人は味わっていた。

実は失禁の症状は平野が気付かなかっただけで、前の年には既に発症していたと思われる。前年の九月、魯山人は池の端で転んだことがあった。いま思えば、漏らして汚れた下着を池まで洗いに行っていたのだ。

最近でも、女中に知られぬように自分で洗って、生乾きのまま穿くことがよくある。魯山人は思い通りにならない身体を抱えながら、僅かに残ったプライドを守っていた。

一年以上続く下痢と失禁。それでも書や作陶に励む姿は、かえって平野に感動を与えた。

特に、今年五月に行われた最後の窯出しは鬼気迫るものがあった。それは東京国立近代美術館の「現代日本の陶芸展」に招待出品するためのものだった。

平野は最初、その展覧会のために新作を焼くと聞いた時、体調の悪い中わざわざやらなくてもいいのではないかと思った。過去の作品から出せるものはいくらでもある。

しかし、魯山人は展覧会開催のギリギリまでの時間を使って、新作に挑む。平野は魯山人の体調を気遣い傍らで見守ったが、その作陶の姿から、改めて魯山人の生き様を思い知らされる。今まで周囲から傲慢だ不遜だとずっと非難されてきたが、魯山人は自分自身に対しても、横暴とも思える無理な労働を強いていたのだ。

かつて五十人もいた陶工はほとんど姿を消し、ろくろの名人、松島ももういない。魯山人は工房の中でほぼ一人。成形から絵付けまで、命を削りながらの作業が続いた。

その中、魯山人は「かにの絵マル平向付」という作品を作り上げる。

信楽土を筒状にすると、それを分厚くスライスし、鞍馬石を押し付けていった。石の自然な丸みと凹凸は、十八センチほどの粘土に絶妙な風合いを与える。ろくろに頼らないことで、むしろ素朴で自由な形状を生み出した。

それを見ながら平野は思った。魯山人は、松島がいないという孤独までも味方に引き寄せている。全ての孤独を器の一枚一枚に注ぎ込んでいると。

松葉蟹の絵付けを施すその筆は、「菁華窯」の頃と変わらず書を書くように立ち、蟹がまるで織部の砂の上を闊歩しているように描かれていく。〝横行君子〟が両方の爪をかざしてこちらに向かって威嚇する。それは精一杯強がっている姿にも見える。その躍動感と愛らしさに、平野は胸を打たれた。

そして、この蟹の織部は魯山人の絶作となった。

それ以降、魯山人の衰弱は進み続ける。三日に一度は散髪に行っていた髪は今はもうまばらになり、口をすぼめて指先を見る顔は老婆のようだった。

理由はどうあれ「人間国宝」の名誉を断り、金銭や地位から遠ざかり、魯山人は独り静かに「慶雲閣」で書に向かっている。若くして抱いた「どんなに貧しくとも、芸術家であり続けたい」という思いは、苦渋に満ちた晩年において、ついに達せられたのだ。

昭和三十四年十月、京都で書だけの個展「魯山人書道芸術個展」が開催された。魯山人の芸術は書に始まり書に終わったと言える。その時の京都への旅が最後の遠出になった。

個展を終えると、魯山人はハイヤーを借りて比叡山までのドライブを楽しんだ。比叡山の脇から進路を北へ取り、そこからは琵琶湖が一望できた。

魯山人の視線の先には、生まれてすぐに預けられた坂本の集落があった。

翌月二日、就寝後しばらくした十一時頃。魯山人は女中のいる部屋の扉を叩いた。

「おい、おい」

「なんでしょう」

「小便が出ないよ」

平野が駆け付けると、魯山人は苦痛に顔を歪め泣きそうな顔で下腹を押さえていた。そして、その二日後に「十全病院」に入院したのだ。

平野はテレビや冷蔵庫を病室に運んだりした後、疲れ果てて「星岡窯」に帰った。初めて主を失ったそこはどこか緊張感を失っているように思えた。

平野は、畑や蓮の池が見下ろせる場所に腰を下ろす。

初めてここに登り窯が出来た頃は「星岡茶寮」の食器の制作に追われ、職人たちが汗を流しながら走り回っていたことだろう。しかし、いま田畑は荒れ、冬枯れも手伝って、その風景は殺伐としていた。魯山人の生が燃え尽きると同時に、かつては「桃源郷」と呼ばれたここも終焉の時を迎えようとしている。

魯山人が芸術にあたる上で、「星岡窯」は自分の理想を具現化したような空間だった。魯山人の体内、いや脳内にいるような気さえする。陶芸の発想が次々と生み出される一方で、ここでは剝き出しの感情が抑制の利かぬまま爆発し続け、様々なドラマを生み出してきた。

◇

そこまでノートに書くと、平野はふうっと息を吐いた。

「ひょっとすると、間に合っただけでも幸運だったのかもしれない」

平野がこれまで出会った六人は、魯山人の人生の中でそれぞれ役割を務め上げ、何らかの意味を与えていた。そして、自分はきっとその最後に登場し、アンカーの役目を任されたのだ。

最期を看取り、魯山人の生き様を後世に伝える。それは自分にしか出来ない仕事だと思った。

全てを終えた気分になったが、平野は魯山人の言葉を思い出す。

「続きは明日話す」

昨日、帰り際に魯山人は確かにその言葉を平野に投げかけた。

先生にはまだ伝えておきたいことがあるんだ。和子のことで頭が一杯になっていたが、それを聞いておかなくてはいけない。

その時は、魯山人の話の続きを平野は軽く考えていた。しかし、それは魯山人の人生の謎を解き明かす重要なものだった。

リストの七人目　北大路和子

もう、切通しの入口にどれほど居ただろう。

ここで待つのには理由があった。かつて住んでいた家を訪ねる行為は、和子にとって簡単なことではなかったはずだ。荒川から行けと言われた時、思い悩んだ可能性もある。

そんな和子がこの切通しを見て、縁を切った父、魯山人の顔がちらつき、踵を返して走り去ることも十分考えられる。それを引き留めるために平野はここで立ち続けている。

朝から待って、既に昼も過ぎていた。昨日の荒川豊蔵とのやり取りは夢だったのかと自分を疑い始めた頃、傘を差した一人の女性が平野の方に向かってとぼとぼと歩いてきた。

「平野さんですか？」

「はい。はじめまして」

今年三十一歳になる和子は、その容姿はきよよりも魯山人の方に似ている。高価そうだがずいぶんと着古したコートをまとい、それは今までの苦労を物語っているような気がした。

和子は少し躊躇いながら「星岡窯」の敷地に入った。ここを去ったのは戦後まもなくと聞いている。既に十数年が経っていた。

和子は荒れ果てた田畑を眺めながら、

「ここに初めて来た時、蜻蛉を追いかけたのを覚えています」

その時はまだ五歳。母と祖母と一緒に越してきた時の思い出だ。その五年後には母と祖母はいなくなり、和子は一人ここに残された。

平野は自分が住む「夢境庵」に和子を招き、妻を紹介する。すぐに病院に向かわせることも考えたが、平野にはその前に和子から、魯山人との間に起きた〝事件〟のことを尋ねたいという思いがあった。

妻が差し出したお茶で身体を温めている和子に、平野は魯山人の容態を告げた。

「父の病状については、平野さんが美濃に来た日、荒川さんが教えてくださいました」

和子は平野が誘い水を差し向ける前に、自らその過去について話し始める。それはすぐに見舞いに駆け付けなかった弁明のようなものだった。

平野は今回に限りノートを開くつもりはない。それは和子への配慮で、記憶して後でまとめて書き残そうと思っていた。

「父の元にいると、他の家庭だったら絶対にないような経験ばかりしていました。いいことも悪いことも。その中でも一番辛く、その後の人生を狂わせるきっかけになったことがあります」

「それはお母さん、きよさんがいなくなったことですか?」

和子はスレた笑いを浮かべた。

「普通はそれですよね。そのあと二度も育ての親が替わったことも、異常なことだと思います。でも……」

和子は遠くを見つめて、そのことから話し始める。

「和子の本当のお父さんは、僕じゃないんだよ」

部屋の片隅で、和子の幼馴染みの千代子に向かって、魯山人はそんなことを言い始めた。その声は、わざと和子にも聞こえるような大きさだった。和子はギョッとして、二人の方を食い入るように見つめた。

「だったら、それは誰なんですか?」

千代子がむきになって聞き返す。魯山人は千代子に顔を近づけて、こう言った。

「それはね、中村竹四郎という人なんだよ」

「えっ?」

千代子は中村竹四郎を知らなかったが、和子は知っている。「星岡茶寮」というお店を父と一緒に作り、父を追い出した人のことだ。

和子は顔をくしゃくしゃにし、その頬には涙が伝った。その場にいられなくなりついに台所に向かって走り出した。

台所では、武山一太が魯山人と和子の夕食の準備をしていた。発作でも起きたかのように息も吸えないくらいに泣きじゃくる和子に、武山は驚き理由を尋ねる。

「どうなさったんですか?」

「お父さんが、お父さんが……和子の本当の父親は中村竹四郎さんて」

武山はため息をつくと、和子の背中を摩って言った。

「そんなわけないじゃないですか。和子さんのお父さんは北大路魯山人。間違いありません」

「そうだよね……」

「私はお父さんときよさんが出会った頃を知っています。そんな馬鹿なことは絶対にありません」

その出来事があったのは、和子が高校に通い出して間もなくのことだった。


大森辺りに暮らしていた頃から、魯山人は和子のことをずっと猫可愛がりしていたが、この「星岡窯」に来てからその溺愛ぶりは一層増した。

母には辛く当たる父が、和子には何でも買い与え、叱ったことなど一度もない。知り合いを招いての宴席では、父の膝の上で和子は美味しい料理を口にし、ビールの味も覚えた。

この頃の和子は、魯山人が「星岡窯」にいる時は、いつもその傍にくっついて歩いた。魯山人はよく四阿《あずまや》の「詠帰亭」や裏山をぶらぶら歩き、足を止めては草花をスケッチブックに描き写す。初め眼鏡をかけたまま観察し、続いて眼鏡をはずして鼻がくっつくほど近づいて見る。

「頭の中で思っているのとは違うもんだなあ」

などと言っては、すらすらと写生した。絵を描いている時、誰かが声を掛けようものなら、魯山人は激しく叱りつけるのが常だったが、和子だけは別だった。魯山人が描いた絵はまるで生きているように美しく、和子は大好きだった。たまには一緒に自分も絵を描き、魯山人もそれを嬉しそうに眺めた。

そんな父が一番褒めてくれたのは習字の腕前だった。特にどこかで習ったということもないのに、和子は小学校の中でも際立って上手かった。

その頃は、まだ腹違いの兄の桜一も「星岡窯」にいて、和子は子供心に、

「桜一兄さんが陶芸家で、私は書家になって、それぞれでお父さんのことを継ぐんだろうな」と思った。

和子は小学三年の時に、父と二人で京都に旅に出る。向かった先は、父が生まれたところだという上賀茂神社だった。

「和子の祖先は、この神社の宮司さんなんだよ。とっても立派な血筋なんだ」

父はそう誇らしげに言って近くにある墓地に向かった。西賀茂の小谷にある墓地には、北大路家の墓碑の一群があった。

「どうだ。墓の字を書いてみるか？」

社務所によると、和子は父に言われた大きさに、「北大路家代々之墓　昭和十二年　北大路和子書」と文字を書く。

「見事だ。先祖の人たちもきっと誇らしいだろうな」

魯山人はその字を石に彫らせた。出来上がった墓石を見て和子は思った。

「私は北大路家を継ぐ人間なんだ。しっかりしなきゃ」

同じ年、父と北陸にも旅に出た。その時は美術評論家の青山二郎も一緒だった。宿泊したのは越後糸魚川にある旅館兼骨董屋「平安堂」。しかし、父の目的はそこに泊まることだけではなかった。

その主人が三人の前に長さ一丈二尺（三メートル六十センチ）、幅四尺（百二十センチ）の大きな書を広げる。そこには漢詩と和歌が書かれてあった。主人は、良寛の五十歳前後の作品で老年の良さがいよいよ出始めた頃の作品だと説明する。

魯山人は青山に向かって、

「古今東西に、これ以上立派な書を見たことがない」

と言い、近づいたり離れたりしながら、うっとりとした表情を浮かべる。

「どうだ、和子。この素晴らしさがわかるか？　良寛さまは日本の歴史で一番優秀な書家なんだぞ」

この旅に和子を連れてきたのは、そうした書や骨董に触れさせ、購入する様を見せることにあった。「星岡茶寮」を解雇されて間もない頃で、百円の金も自由にならず酒屋への払いも滞っていた時期だったが、この良寛の書を魯山人は一万円で買い取った。

「横浜地方裁判所」では中村竹四郎との訴訟も始まっていた。

それから間もなく、「星岡窯」に秦秀雄が訪ねてくる。秦は当時としては入手困難な毛織のオーバーを携え、それをお土産と言って和子に手渡した。

後で知ったことだったが、秦は魯山人を「星岡茶寮」から追い出した首謀者だった。横浜の裁判所の廊下で、魯山人とばったり会った時、

「先生、僕は判事に、『星岡窯』にある骨董の中には先生が自分の金で買われたものも相当あると言っておきましたよ。それに僕なんかも、元々先生に採用されて茶寮に入ったわけだから、先生を経営者としか考えていなかったと発言しました」

などと、秦は言った。そしてその数日後、魯山人の元に長々と綴られた謝罪の手紙が届く。

周囲は「先生、あんな奴に本当に会うつもりですか。また何か禍を持ってきますよ」と忠告した。

確かにそれまでは、秦のことを「溝に叩き込んでやっても飽き足りない奴だ」と魯山人は言っていたが、よほど周囲から突き放されたことが辛かったのか、

「会ってやらなきゃかわいそうじゃないか」と言い始める。

そんなことがあって、魯山人が茶寮を解雇されて初めて、秦は「星岡窯」の敷地に姿を現したの

だ。魯山人は笑顔で迎え入れた。

「そう言えば、君が見たら喜びそうなものがあるよ」

と言って、購入したばかりの良寛の書を披露する。

「近来にない眼福を得ました」と秦はそんな言葉を繰り返した。

毛織のオーバーを気に入った和子は、部屋の中でそれを羽織ったまま、二人のやり取りを眺めた。

この再会は周りが心配したように、後日魯山人にとんでもない災難を引き起こすことになる。


母のきよが離婚を決意したのは、それから間もなくのことだった。

和子はまだ十歳。和子の前で、きよは涙ながらに謝り続けた。母も祖母もここを出て、和子は一人ぼっちになる。既に桜一も父とは縁を切ったような状態にあり、寂しさに苛まれる和子にとって、自分に言い聞かせる手段は「私は北大路家を継ぐ人間なんだ」という自覚だけだった。

きよがいなくなってから、魯山人は和子に対しことさら優しくなった。

和子の部屋を増築し、そこにオルガンとベッドを置く。まるで良家のお嬢様のような扱いだった。和子の学校への送り迎えも魯山人が付き添った。和子が寂しそうにしていると窯の職人の子供たちを呼んで、母屋の大広間に布団を並べて自らも川の字に寝る。和子の誕生日会などでも、子供たちが好きそうなご馳走を用意し振る舞った。

朝夕の食事は基本、和子と一緒に取る。その時、父が使うのは杉の箸で和子にもそれを使わせた。晩は同じものを洗って使い、翌朝は新しいものが出てくる。杉は柔らかく、これで食べると一層食事が美味しくなると和子は教えられた。

夏、田んぼで食用蛙が鳴き始めると、

「ぼちぼち旨くなってきたようだ。和子、明日は蛙を食べようか」

と魯山人は言い出し、翌日は朝から窯場の職人たちによる蛙の捕獲が始まった。田んぼの中に「そら、あっちだ。いや、こっちだ」といった声が響き渡り、和子はそれを楽しそうに見つめていた。

そんな夏場には魯山人は和子と鰻もよく食べた。蒲焼きにしたそれを魯山人は「鰻はしっぽの方が旨い」と言って、尻尾ばかり食べ腹のところは和子に渡す。それは和子に腹を渡すための方便だったのかもしれない。

こうして和子は小さいうちから目は古美術ともいえる書、口は最高の食材と調理法による料理に囲まれながら育てられた。

ただ魯山人にもどうにも出来なかったのが、手放した〝母親〟の存在だった。

それまでは旅に出来るだけ和子を連れていき、独りぼっちにさせぬよう努めてきたが、女学校に入ればそうそう学校を休ませるわけにもいかない。

しかも、近所の職人の子供たちにはちゃんと両親がいる。母親がいないことで後ろ指を指されることなどあってはならない。さらに魯山人には物を買い与えたり、ひたすら溺愛することは出来たが、和子を躾けたり、勉強を教えたりすることは出来なかった。

そこで魯山人は和子のために再婚を決める。

きよが出ていった年の暮れ。「慶雲閣」に鶴岡八幡宮の宮司を呼び、三十九歳になる熊田ムメと神前結婚式を挙げた。魯山人五十五歳の時だった。

魯山人が熊田ムメと知り合ったのは、六、七年前のことだ。ムメは料理研究家で、「星岡茶寮」の魯山人の料理を愛する一人だった。魯山人には栄養学や衛生学の知識はない。ムメから指摘されると、なるほどと思うことが多かった。

例えば茶寮の名物料理には、川蝦を活きたまま鉢に入れ客が手に取って殻を剝いて、山葵醬油で食べるというものがある。演出としては野趣があっていいかもしれないが、川蝦にはジストマが寄生していないとも限らない。生で出してはいけないとムメは魯山人に指摘した。ムメは機関誌「星岡」にも寄稿するようになり、その視点はどれも魯山人の目に新鮮に映った。

初め和子はこの新しい〝母親〟とどう接すればいいか戸惑ったが、すぐにムメと親しくなることが出来た。ムメは学校で教壇にも立つような人で考え方がしっかりしている。まるで家に家庭教師が来てくれたような感覚だった。しかも、ムメは働く女性で、きよとは違い魯山人に意見することもある。世の中にはこんな女性もいるのかと、和子は尊敬の眼差しでムメを見つめた。

しかし、ムメは結婚の三か月後、家を出ていって二度と帰ってこなかった。原因はやはり魯山人の横暴ぶりと、ムメに対する度を越した雑言にあった。


その後、和子は女学校に上がる。

成績が振るわず、入ったのは、公立の女学校に受からなかった生徒の集まる私立の学校だった。ずば抜けた才能を見せていた習字も、その後全く上達していない。しかもただ甘やかされる一方で、父の癇癪を間近で見ていたため、和子は思春期も重なり情緒不安定な少女になっていた。

その状態に、あれだけ溺愛していた魯山人は次第に距離を置くようになる。

魯山人は和子が女学校に入って間もなく、十二歳の時に五度目の結婚をする。

今回は新橋の芸者で源氏名は梅香、本名は中道那嘉能《なかの》という四十二歳の女性だった。

新橋に玉半の名で出ていた頃はほっそりした美人だったが、魯山人と出会った頃には六十七キロの体格になっていた。紹介したのは「わかもと」の長尾夫人。那嘉能は茶道を好み書画にも関心があった。婚期を遅らせていた那嘉能の夢は芸術家の妻になることだった。

結婚式は横浜の「ホテルニューグランド」で行われたが、その参列者たちは「今度の奥さんはどのくらい持つと思うか？」などと小声で囁き始める。仕舞いには賭けまで始まり、ある者は十日と言い、ある者は半月と予想した。

その周囲の目は、ほぼ間違っていなかった。

那嘉能は女中三人とトラック三台分の荷物を持って、魯山人の元に輿入れしてくる。その荷台には千円以上するグランドピアノも載っていた。

結婚前、二十万円ほどの貯金があった那嘉能は魯山人にこう尋ねている。

「和子さんには何を土産に持っていったらいいでしょうね」

魯山人はグランドピアノがいいだろうと言い、和子の離れの部屋にはそれまでのオルガンに代わって大きなグランドピアノが運ばれてきた。

優雅な暮らしを夢見ていた那嘉能がまず困惑したのは、魯山人が生活費を全く渡さなかったことだった。要求しても「お前は持っているじゃないか」と言われてしまう。

さらに和子の扱いにも窮する。和子は突然「千疋屋のメロンが食べたい」とか、那嘉能の着物を見て「その着物が欲しい」と言ってくる。かと思うと、抱き付いて甘えてみたりする。その屈折した我が儘ぶりはまるで魯山人を小さくしたような存在だった。

那嘉能は結婚生活の中でこんなことも経験した。それは魯山人に連れられて銀座の「中島」に行った時のことだった。「中島」はかつて「星岡茶寮」の初代料理長を務めた中島貞治郎がやっている店で、那嘉能はそこに行くことを楽しみにしていた。

それは、ほぼ食事の終わった頃に起きた。中島が魯山人のテーブルまで挨拶に来てこう言った。

「今度の奥さんはいい人じゃないですか。先生、大事にされた方が良いですよ」

那嘉能が照れくさそうな表情を浮かべていると、魯山人は急に立ち上がり、

「余計なお世話だ」

と言って、中島の頰を殴りつけた。この頃の魯山人はよく手を上げるようになっていた。突然のことに那嘉能は驚く。店にいた他の客たちは何事が起きたのかと、視線が集まった。

魯山人との間に中島の妻が割って入り、

「先生、良かれと思って主人が言ったことじゃないですか。そんなことをされるんなら、もう二度と来てもらわなくて結構です」

会食の場が一気に修羅場と化したその光景は、那嘉能の心の中に棲み続けた。

結局、その那嘉能は一年で鎌倉から出ていく。前の半年は叱られ、あと半年は無視され続け、出ていく時には体重は半分ほどに減っていた。

那嘉能と離婚したその年、最初の妻タミが亡くなる。この時も魯山人は僅かな額の香典を送っただけだった。


「和子の本当のお父さんは、僕じゃないんだよ」

その言葉を魯山人が吐いたのは、那嘉能と別れて二年ほど経った昭和十八年のことだった。

魯山人がそう語り掛けた千代子は、和子とは小学校の同級生で、今も姉妹のように仲良くしている。しかし、二人の成績は雲泥の差で、千代子は和子の入れなかった公立の女学校に入学していた。

勉強が出来ず、習字の腕も一向に上がらない。しかも、思春期を迎え我が儘な振る舞いが多くな

っていた和子に、魯山人は嫌味の一つとしてその言葉を軽く放ったのだ。

和子が中村竹四郎の子であるはずもなく、魯山人の中ではそれほど意味を持っていなかったが、和子の心には深い傷となった。それは一生引きずるものになる。

◇

和子の心に暗い影を落とした、父の言葉。

子供のいない平野にも、それがいかに残酷な発言だったかは理解できる。桜一とのやり取りの場合には作陶という技術論が存在していたが、和子に発した非道な言葉は、魯山人がいかに心に欠陥のある父親だったかを証明している。それが将来、二人を決別へと導いたとしても、何ら不思議はない。

「先生は、なんでそんなことを言ってしまったんでしょう」

和子は俯いて言った。

「私が悪いんです」

「いや、和子さんは何も悪くない」

「私は結局、父の理想に近づくことが出来なかったんです」

「それは、習字のことですか?」

和子は力なく頷く。

「私、父に隠れてよく習字の練習をしていたんです。九歳とか十歳の時。父が書いた書を引っ張り出して、見よう見まねでよく書きました。だから、他の子よりもずっと大人びた字だったんです」

きっと魯山人は、和子が特に努力もせずに字が上手く書けて才能があると思っていたはずだ。しかし、彼女はそれなりの努力をしていたのだ。

その姿は桜一に似ていると思った。父の知らないところで陶芸を学び、必死に父親の背中を追い続けていた。

すると、和子がバッグの中から一枚の写真を取り出す。

「これは京都の上賀茂神社に行った時に撮ったものです」

神社の鳥居の前で、スーツ姿の魯山人とお洒落なコートを羽織る小学三年の和子が写っていた。

「墓碑銘を書かせてもらった時、私は本当に嬉しかった。それを父がさせたのは、きっと北大路家の人間であることを私に自覚させることが目的だったと思うんです。でも……それ以上に私にとって大事だったことは、父の子である、それだけだったんです」

平野は胸が詰まるようだった。それだけ〝あの言葉〟は、大きな影響を和子にもたらしたのだ。

「だけど、それ以降私は習字を練習しなくなった……」

「どうして、ですか?」

「母が出ていったからです。本当に辛かった。鎌倉に来るまでは母一人子一人のように暮らしていましたから、私の中では母は大きな存在でした。その母を追いやった父のことが、どうしても……。

表立って父に反抗することはしませんでしたけど、心の片隅では引っかかっていた。だから、習字の練習がどうしても出来なかったんです」

平野には十歳の頃の和子の心情が痛いほどわかる。魯山人はそうした揺れ動く娘の心に気づかず、ただ書の腕前が上達しない和子を見て才能がないと断じたのだ。

「この写真は、ずっと?」

「ええ。父と行った京都の旅行は、私の一番の思い出なんです。この写真は唯一私と父を繋ぐものなので、今も持ち歩いています」

その行為も、桜一とそっくりだった。平野は切ない気持ちで一杯になる。

平野が予感したように、魯山人がなにげなく和子に投下した〝あの言葉〟は和子の体内で増殖を続け、決定的な事態を呼び込むことになる。

◇

「先生、ビールをお届けに上がりました」

その青年は、ここのところしばしば「星岡窯」の魯山人のところに姿を現すようになっていた。この日のようにビールを五ダース持ってきたり、朝獲れたばかりの鯛一尾の時もある。

「秦君も気が利くな」

魯山人は顔を綻ばせながら、それを受け取った。青年は秦秀雄から言いつかった物を届けていたのだ。戦後間もなくのことで、それは物資が不足していた魯山人には有難い品々だった。

その青年は魯山人に、自分は逗子にある古着呉服商の息子で、戦争中に私立の美術学校に在籍していたこともあって画家志望なのだと伝えていた。昔から絵が好きで魯山人の作品も見たことがあるという。魯山人はその青年にすぐに好意を持ち、届け物をしに来ると、絵や器など自作の品を渡すようになった。

その時、魯山人はどうしてこの青年が自分に近づいてきたのか、微塵も疑うことがなかった。

次第に青年は、秦の言付けがなくとも「星岡窯」を訪れるようになり、和子とも親しく話すようになる。和子は昭和二十一年に十八歳になっていた。既に見合いを二度ほど失敗している。母親のいない自分の生い立ちを考えると、まともな結婚は出来ないのではないかと思い込み始めていた和子は、青年と付き合い始めた。

魯山人の知らないうちに、青年は和子を東京に連れ出したり、奥多摩の旅館に泊まりに行ったりもし、和子の部屋にも当たり前のように泊まり込むようになった。

その様子を見て、彼を婿養子として迎え入れるしかないかもしれないと魯山人は考えるようになる。しかし、それに踏み切れなかったのは、戦後もだいぶ経ち、社会が落ち着き始めても青年が一向に定職に就こうとしなかったからだった。

それもそのはず。青年の真の目的は和子との交際でも結婚でもなかった。そして、その〝目的〟は既に実行に移されていた。

青年は和子をそそのかし、魯山人の古美術品を盗み出させていたのだ。そしてその骨董品が届けられた先は、秦の元だった。秦は青年を通じて、和子に小遣いを与え続ける。

もちろん和子には後ろめたさもあったが、

「いま進駐軍が新しい制度を作っただろ。お父さんの骨董なんて、どうせ財産税で税務署にみんな取られちゃうんだよ。今のうちに処分して和子ちゃんの小遣いにしたり、二人の新所帯の費用に役立てた方がずっといいのさ」

と青年は説得してくる。和子は好きな人の言葉を鵜呑みにした。

「彼の言う通りだわ。お父さんは威張っているばかりで最近は小遣いもくれやしない。それは心の底で、私が本当の子供じゃないと思っているからなのよ」

魯山人が昔話した小さな一言は、今も親子の繋がりに大きな壁を作っていた。

古術品の持ち出しはいよいよ頻繁になった。窯の職人たちはそれを見ていたが、娘の和子のしているることで魯山人には言い出せない。

そんなある日、来客に骨董を見せようと魯山人が「参考館」に行くと、それを入れた箱がいやに軽い。開けてみると中は空だった。顔色を変え他の箱も開けてみると、空ばかりだった。箱ごとなくなっている物もある。

職人たちに聞いて回ると、彼らは和子の名を口にした。

魯山人は和子を呼び出し、初めて激しく叱りつけた。そして、手も上げようとすると、

「やめて、お腹には赤ちゃんがいるの」

と和子は叫んだ。

魯山人は「また同じようなことをしたら、この家を出ていけ」と告げるのが精一杯だった。

しかし〝盗人〟の行動が、そんな注意で収まるはずもない。

数日して、東京に出ていた魯山人が予定よりも早く帰ると、青年が居間に上がり込んで美術品を物色していた。横には和子もいる。

「何やってるんだ、この盗人めらが」

と、まず和子を外に引きずり出そうとする。

「何を、くそ親父。よくも人のワイフに手を出したな」

と言って、青年が部屋の片隅にあった籐の杖を手に取り、魯山人に殴りかかってきた。魯山人は逃げるように庭に飛び出した。

暫くして戻ってみると、二人の姿はなかった。

もしやと思って、それを仕舞ってあったところを開く。

「やられた……」

盗まれたのは和子と一緒に糸魚川に行った時に購入した良寛の屛風だった。これは以前、秦にも披露したことがあった。

魯山人は結局警察には訴え出なかったが、それは後日、築地にある料亭に売られる。その額、三十五万円。和子はその四分の一程度を対価として受け取った。

その出来事以来、和子は十三年間魯山人に会っていない。

◇

平野の中に、きよから桜一の話を聞いた時のような苦いものが広がっていた。

魯山人の歪んだ心は子供たちに移り、最後には魯山人自身に不幸の連鎖は舞い戻った。

いや、子供たちだけではない。魯山人の家族と呼べる人たちには一人として幸せになった者はいない。幼少期に幸福な家庭を見てこなかったからと言われればそうなのかもしれないが、魯山人の宿命の中に〝幸せ〟を拒む何かが存在しているような気さえする。

「騙されていたとわかったのは、すぐ後のことでした。全てを知った時にはとんでもないことをしてしまったと思って……」

身体を震わせて、和子は泣き始めた。

「もう、先生は気にされていないと思いますよ。いや、その時既に許していたんじゃないですか？だから警察には届けなかった」

和子は首を横に振り続ける。

和子のやったことは、親子の関係があるにしても窃盗に変わりはない。しかも、家が何軒も建つくらいの額の骨董を盗み出している。和子は警察の目を恐れるような日々を送っていたのかもしれない。

「過去のことは確かに私の臆測でしたが、いま現在、先生が許していることは間違いないことなんです。だから、先生はあなたに会いたいと言い出したわけで……」

和子は泣き腫らした目で平野を見つめる。本当に信じてもいいんですか？ といった目つきだった。和子は衰えた魯山人の姿を知らない。当時の父親の姿を頭の中に描き、あの激しい怒りの前に、また自分は晒されるのではないかと恐れている。

「さあ、病院に行きましょう。もう時間はあまり残されていない。ここで会っておかなかったら、和子さんは一生後悔することになります」

和子は、自分を納得させるように何度も頷いた。

平野が作った七人の見舞い客リスト。その最後が和子だった。

その日の夕方、和子を連れて病院を訪れる。ようやく平野の仕事が終わろうとしていた。

平野が家を出る時に、病室に詰めている派出婦から電話が入っていた。どうせ次に来る時に何かを持ってこいなどという注文だと思い、平野はその電話に出た。

「ついさっきの回診で、先生から……」

電話の向こうで彼女は少し口ごもった。

「先生が何と？」

「何でも欲しいというものを上げてくださいと言われたんです」

それは臨終が間近に迫っているという意味だった。ついに来るべき時が来てしまった。平野は強く受話器を握りしめる。

「それで、先生に『欲しいものがあったら、何でも召し上がってよいそうなのでおっしゃってください』と聞いてみたんですが、うん、うんと頷いた後……先生は『女だ』と一言おっしゃいました」

平野は少し苦笑いをした後、涙が止まらなくなった。

普段の見舞いは平野一人だったが、今日は和子の他に妻も病院に連れていくことにする。

廊下を進みながら、平野は胸が詰まるような感覚がした。病室に一歩近づくにつれ、魯山人の寿命が少しずつ縮まっていくような気がする。もし自分一人だったら、このタイミングで顔を合わせることが出来なかったかもしれない。

しかし、いま自分には大事な役目が残されている。魯山人の命が尽きる前に、娘の和子を引き合わせねばならない。和子を見た時、魯山人はどんな反応をするだろう。最後の瞬間に、ようやく一人の優しい父親に戻り、全ての後悔を清算することが出来るのかもしれない。

平野は、魯山人のいる個室の前に立つと、和子に独りで中に入るように勧めた。しかし、和子はその場で身体を硬くし動こうとしなかった。魯山人がまだ自分のことを許していないと和子は思っている。

仕方なく平野はドアを開け、独りで中に入っていった。ドアは魯山人の方から和子の姿が見えるように開けたままにしておいた。

魯山人はベッドに埋まるように眠っていた。少し心配になった平野は魯山人の口元に耳を近づける。するとそれは弱々しいものだったが、耳に吐息を感じた。派出婦の姿も見えない。平野はもう一度枕元に顔を近づけ声をかける。

「先生……先生……」

魯山人が薄らと目を開ける。平野はちらりと和子の姿を確認すると続けた。

「和子さんをお連れしましたよ」

魯山人は不思議そうな目で平野を見つめた。意識が混濁しているのかもしれないと思った。平野はもう一度告げる。

「お嬢さんが、お見舞いに来たんですよ」

ようやく理解したのか、目の焦点を合わせた後、魯山人は細く息を吐いた。平野がドアの方を見ると、和子の口が動いた。

和子は「お父さん」と言っていた。

しかし、魯山人は目を瞑り、信じられない言葉を発する。

「俺に子供はいない」

「えっ?」

耳を疑った。しかし、魯山人はその言葉が決して間違いではなく、面会などしないというふうに、顔をドアとは反対の方向に少し背ける。平野は困惑した。どうやって説得したらいいのか、混乱する頭の中で考えていると、外で妻の声がした。

「和子さん!」

見ると、既に和子の姿はなかった。平野も和子を追うつもりで、ベッドから離れようとすると、

「平野」

魯山人が呼び止めた。

「は、はい」

「続きを話す」

「ええっ？……は、はい」

平野は和子を妻に任せ、その場に座った。鞄からノートを取り出しながら、気持ちを落ち着けようとする。しかし、封じ込めようとしても黒々とした後悔の気持ちが心の中に溢れ出してくる。

魯山人が初めて、自分の子ではないと和子に告げたのは十五歳の頃。それから十六年が経った今日、再び娘に向かって同じ言葉を口にした。和子の心の中にはあの悪夢が蘇り、そんな辛い状況を再現した平野を恨みながら、病院のロビー辺りで泣き崩れているに違いない。

『なぜ、先生はこの期に及んであんなことを言うんだ。しかも、今回は自分から会いたいと言い出したことじゃないか。もう時間だってないのに……』

その真意が全く摑めない。

ノートを新しいページまで捲る間、魯山人の顔をじっと見る。

『俺も独りで逝くのだから、お前も独りで生きていけ。そう言いたかったのか……』

そんな思いが、平野の心の中によぎった。

それを確認したかったが、魯山人は自分に残された時間を惜しむように、続きの話を始める。

これは遺言にも匹敵するかもしれない。平野は覚悟を決めて、耳を傾けた。

北大路魯山人　その三

茶寮を解雇された翌年の昭和十二年十二月。

魯山人は、九歳になる和子を連れて京都の旅に出た。三条木屋町の旅館「たまや」に入ると、そのまま旅館の女将を伴いハイヤーで上賀茂神社に向かう。そこは自分が生まれた場所だった。神社の鳥居の前で、女将に娘との写真を一枚撮らせると、西賀茂にある「大船院西芳寺」に足を運ぶ。そこには北大路家の墓が並んでいる。旅の目的は、そこに新たな墓を建てることだった。社務所に立ち寄ると、そこで和子に「北大路家代々之墓」と墓碑銘を書かせる。しっかりとした奥行きのある字で、この子は北大路の家を継ぐに相応しい子だと魯山人は改めて思う。

しかし、その地を訪れたのには、もう一つ別の大きな目的があった。

魯山人の頭の中には、内容証明で中村竹四郎が使った「北大路房次郎殿」の文字が今も刻まれている。「俺は虱まみれの捨て子の房次郎では決してない」という思いを引きずったままだった。由緒ある北大路家の人間であることを自分の中で確かなものにしたかった。そのために自分が生まれた家を、それが既にないのなら跡地でもいいから見つけ出したかったのだ。

さらに母の登女から、父親は自分が生まれる前に自殺したと聞いている。なぜ、父は自殺しなくてはならなかったのか。その訳も知りたかった。自分の身体の中にはその父の血が流れている。父が自殺した理由は、そもそも自分がどういう人間なのかを教えてくれるような気がした。

自分の出生に関する謎について、今までもずっと気にはなっていたが、魯山人の中で、五十四年間生きてきて初めて、それらを解明したいという強い衝動が湧き上がっていた。

女将に和子を宿に連れ戻させると、魯山人は独り自分のルーツ探しを始めた。

まず、自分の生家を探してみる。そのために、上賀茂神社に向かった。上賀茂神社は京都御所辺りから賀茂川に沿って北に上がった市街の端に存在する。正確には「賀茂別雷神社《かもわけいかづちじんじゃ》」といい、六百七十八年の天武天皇の時代から始まる京都でも最も古い神社だった。

辺りの山並みはそれほど高くないものの、冬には積雪もあり京都市内では最も寒さが身に染みる地域だ。神社の東には清流の明神川が流れ、この時期川の中にはところどころ名産のすぐきの入った桶が置かれている。寒い気候と土壌の良さも合わさり、ここでは柔らかく香りのいい野菜がよく穫れる。「上賀茂産」と呼ばれ、他の産地と区別される特上もので、ここの農家では昔からすぐきや緋の菜（蕪の一種で細長い形をしている）の京漬物も作ってきた。

明神川に沿っては、乳白色の土塀に囲まれた平屋の建物が続いている。古いものは室町時代に建てられた社家の旧宅で、今でも屋根に家紋の鬼瓦をつけた家が存在する。ここは社家と農家が寄り添い、京都でも古くからの風情を残す場所だった。

魯山人は、社家の家並みを眺め、この中に自分の生まれた家もあるのかと思いながら、明神川を北上し上賀茂神社まで歩く。その境内には神宝庫というものがあり、中に「賀茂禰宜神主系図」が眠っていた。神社の職員に見せてもらうと、そこに北大路家の系譜を探し出すことが出来た。

社家には、神主などの神官を出す「社司」の二十一家、その下に禰宜、権禰宜などになる「氏人」という百四十家が定められている。北大路家は、その百四十ある氏人のうちの一つになる。

系譜を辿ると、北大路家は平安時代中期の在実《ありざね》に始まり、自分は三十三代目に当たることが確認できた。その系譜を見つめながら、魯山人は気分を良くした。「星岡茶寮」解雇の時にくじけた気持ちが、これを見つめているだけでゆっくり癒されていくような気がする。

その記録によれば、父の清操は明治五年、三十一歳で家督を継いでいた。

系図を見せてくれた職員が、魯山人に当時の神主たちの境遇について話してくれた。父が家督を継いだ前年、全国の神職たちを震撼させる出来事があったのだという。明治政府が神社の社家の世襲を禁じ、僅かな人数を国家が任命すると宣言したのだ。

つまり、北大路家のような氏人はことごとくその職を失ったというわけだ。同時に収入の途絶えた大方の社家は、屋敷を売り払ってちりぢりになる。

父は、その難局をどう乗り越えようとしていたのだろうか。この社会的な状況は、自殺という結末に何か影響を与えたのだろうか。魯山人は思いを巡らせる。

魯山人が上賀茂神社まで来た理由は自分の生まれた場所、清操の家の場所を探ることだったが、結局それについては判明しなかった。

続いて、魯山人はその足で役場に向かう。以前、母の登女から聞いた自分の出生地は「京都府愛宕郡上賀茂村百六十六番戸」。その場所を尋ねると、役場の人間から今はその番地は存在しないと言われ、自分にもそれがどこなのかわからないとのことだった。

がっかりした魯山人は、せっかくここまで来たのだからと、戸籍謄本を閲覧することにした。

そこに取り立てて発見などあると思っていなかったが、謄本は意外な真実を魯山人に突き付けた。

『明治十三年五月十日　清操、登女と婚姻入籍

明治十四年十月二十四日　清操、登女と離婚
明治十五年十一月十五日　清操、登女と再婚
明治十五年十一月二十一日　清操没』

「どういうことなんだ……」魯山人は息を呑んだ。

父と母は一度離婚し、ほぼ一年後に再婚している。そんな話は登女からは聞いたことがない。しかし問題は、その〝ほぼ一年〟の期間にあった。メモ用紙を取り出し、そこに数字を並べてみる。

明治十四年十月二十四日　離婚
明治十五年十一月十五日　再婚

そして、魯山人が生まれた日は、明治十六年の三月二十三日。そこから十月十日《とつきとおか》遡り、母が懐妊した日を考えると、それは明治十五年の五月中旬。その時期は、両親が離婚している最中だった。

「なんでだ。なんでなんだ」

嫌な予感が身体中を駆け巡った。離婚している間も、両親は時折会っていたということなのか。

いや、ひょっとすると、このことと父の自殺は何か関係があるのかもしれない……さらにメモ用紙に父の没した日にちも書き込む。

十一月十五日　再婚
十一月二十一日　没

謄本によれば、父が自殺した日にちは、母と再婚したわずか六日後のことだった。

魯山人は暗い気分を抱えたまま役場を後にする。

次に向かったのは、上賀茂神社の近くにある摂社の「太田神社」だった。

系譜を見せてくれた職員の話では、北大路家はよくこの「太田神社」の職に就いていたという。そのせいで「太田神社」の付近には「上賀茂北大路町」という町名が今も残っている。この町の中に、自分の生まれた場所があるかもしれない。自分が知っている出生地の住所がはっきりしないとわかった今、ここは魯山人に残された最後の場所だった。

昔を知っていそうな老人を見つけては尋ねた。しかし、どの人もそんな昔の話はよくわからないと言う。こんな探偵のようなことをしたことは今までない。しかし、他人に任せていいようなことでは決してなかった。全ては秘密裡に自分の中で解決しなくてはいけない作業だった。

北大路町を出て、隣の「上賀茂藤ノ木町」まで足を延ばす。歩いていると冬の冷たい雨がぽつぽつと降ってきた。見つけた雑貨店で雨傘を購入する。

ここでもうろうろと尋ね歩くうちに、社家ではないが古くからここに暮らしているという老人と出会うことが出来た。老人は「その番地は今は藤ノ木町にあたる」と教えてくれた。

詳しいことを聞きたいと言うと、魯山人を自分の家に招き入れ、ストーブにあたらせる。そして茶を振る舞うと、老人は不吉なことを語り始めた。

「おしゃった番地があった頃、その辺りで、えらい変死があったと聞いとります。普通やない自殺やったと……」

それはまさしく父のことを言っていると思った。しかし、〝普通やない〟とはどういうことなのか。老人は話を続ける。

「その日は未明から上賀茂村の半鐘が鳴り響いて、村人たちは古い社家の家に集まったとか。

するとき庭の隅にある井戸の中に、白装束をまとった男が落ちとった。家の中を見りゃ、酷い有様で天井裏にまで血が跳ね返っとる。

警察の調べでは、男は未明に脇差で割腹したとか。しかし、斬り方が十分ではなく死にきれなくて、苦悶の末、庭に這い出して井戸に投身したそうなんですわ」

父の死にざまを初めて知った。それは村中を巻き込むような凄絶な死に方だった。老人の話のままにその様子を思い描くと、魯山人は胸がぐっと苦しくなった。

狼狽えたまま、魯山人は老人に尋ねる。

「どうして、その人は……自殺を?」

「自殺に至った原因は、前の夜に妻と口論になって逆上したとかなんとか……。身を投げた井戸はいつまで経っても真っ赤で生臭く、その水が地の底から他の社家の井戸にまで滲んでいったそうなんですわ」

魯山人は震える声で尋ねる。

「では、その前夜の口論の原因は、一体何だったんでしょう」

老人は記憶を辿り続けた。

「なんでも……亡くなった方の嫁はんが、駕籠《かご》かきと通じていたとかで」

役所で感じた嫌な予感は的中した。

母は父とではなく〝駕籠かき〟と……魯山人はそれ以上、先の話を聞くことが恐ろしくなった。

心の中で「もう止めてくれ」と叫んだが、老人の話は続く。

「駕籠かき、いうても時代劇とかに出てくるようなもんやあらしません。この上賀茂で駕籠かきいうんは、死人を運んでいって穴を掘ったり埋めたり、墓守なんかしたりする人のことです。墓の入口なんかに住んでましてな。つまり、自殺の動機は、その嫁はんと駕籠かきの内通にあったと、辺りの人間は結論付けたようでしたわ」

魯山人の背中に冷たい汗がすっと流れ落ちた。悪寒が止まらない。魯山人は悪い夢を見ているような気がした。

俺は決して開けてはいけない扉を開けてしまった。知らなくてもいいものを知ってしまった。どうして、自分の生まれた場所を探そうなどと思ってしまったのか。それが間違いの始まりだった。

しかし、もう後戻りなど出来ない。

「その古い社家とは……北大路家ではありませんか?」

「この辺りのことですから……まあ、そうでしょうなぁ」

その言葉でついに逃げ道は失われた。

「その家の場所は……わかりますか?」

恐る恐る尋ねると、老人は地図を出してきて、その井戸のあった家の場所を指し示した。

「祟りがあるということで、今でもよう家が建ちまへんのや」

魯山人はよろよろと歩きながら、老人に教えられたその場所に行ってみる。確かにそこは空き地のままだった。

それを見つめながら、魯山人は呟く。

「俺の本当の父親は……駕籠かきだったのか」

傘は老人の家に置いたままだった。それに今も気づかぬほどに魯山人は動揺していた。雨は強さを増し、スーツ姿の魯山人に雨が降りかかる。眼鏡のレンズについた雨粒が辺りの景色を滲ませた。

明治時代に入り崩壊した社家の世界で、清操はもがき苦しんでいたのだろう。そこに降って湧いた妻、登女の浮気話。恐らくは再婚して五日後に、初めて妻が子供を身籠もっていることを知り、相手を詮索しているうちに口論になったに違いない。時代の流れによって社家の威厳は地に落ち、生活の目途も立たない。さらに清操自身の男の自尊心も粉々に砕け散った。挙句、父は逆上して自殺の道を選んだのだ。

いや……今はもう清操は自分の父親でも何でもない。自分の中には平安時代から続く由緒正しき神官北大路家の血など流れていなかったのだ。

義父母を捨て、あれほど固執してきた「北大路」の姓は何も意味を持たなくなった。

「北大路魯山人と名乗る俺は、一体何者なのだ……」

魯山人は上賀茂を囲む山々に尋ねた。もちろんその答えなど見つかるはずもない。魯山人は肩で息をし、奥歯をぐっと噛みしめる。そうでもしないと立っていられなかった。

自分はここで生まれてすぐに、坂本の集落に捨てられた。その時に時間が遡っていくような気がする。天は俺の襟首を摘み上げ、人生という〝すごろく〟のスタート地点にポンと引き戻した。

これからどうやって生きていけばいいのだろう。先祖は今はもう助けてくれない。おぎゃあと生まれ落ちた時に、既に自分は独りぼっちだったのだ。

竹四郎から茶寮を追い出され、北大路という血筋も形骸化した今、やるべきことは……たった一つしかなかった。

「俺に残されたのは鎌倉の窯、ただ一つになった。俺が俺であるためにはもはや芸術しかない」

冷たい雨に打たれながら、魯山人は声を上げて笑い始めた。

◇

平野は予想だにしなかった結末に呆然としていた。

体力が続かず、魯山人は途切れ途切れに話し続けたが、全てが凄絶だった。

魯山人はこれまで波乱に富んだ人生を送ってきたと思っていたが、それは既に生まれる前から始まっていたのだ。とんでもない宿命を背負ってこの世に生まれてきていた。

数日前、魯山人がうわごとで、

「俺は……北大路魯山人だよな」

と言ったことがあった。あの言葉の意味が今わかった。

魯山人から、房次郎と名を付けたのは上賀茂巡査所の服部良知と聞いている。その時、平野は北大路の姓は使えないのはわかるが、名前くらいは母の登女が付けてもいいような気がしていた。しかし、それを諦めた理由も今なら見当がつく。これから生まれてくる子は、北大路の血を引く者ではなく、〝清〟の一字を当てることなどあってはならない。さらに、登女にとっても自分の子と認めたくないような存在で、生み落としてすぐに縁を切りたかったのだ。魯山人は登女から間違いなく捨てられた。

このルーツ探しの旅から少しして、魯山人は和子に聞こえるように、

「和子の本当のお父さんは、僕じゃないんだよ」

と言い放っている。それが親子の関係を崩す原因になった。

京都上賀茂への旅の目的は、墓碑銘を書かせて和子に北大路家の跡取りへの自覚を持たせることだった。しかし、その暴言を吐いた頃には、〝北大路家〟というブランドも血筋も魯山人には無意味なものになっている。既に和子はその役割を終えていたのだ。

平野はさらにこんなことも思い描いた。かつて井戸のあった場所で雨に打たれ続ける魯山人に、清操の亡霊がこう語りかけたのかもしれないと。

「房次郎の本当のお父さんは、僕じゃないんだよ」

それが頭の片隅にあって、魯山人は和子にも同じ言葉を吐いたのではないだろうか。

細野燕台が言ったように、魯山人の創作のエネルギーの源は愛を乞う力だった。孤独が類い稀な芸術を作り上げた。ということは、魯山人は生まれながらにして〝芸術家〟になる宿命を背負っていたのかもしれない。

魯山人から出生の秘密を聞き、平野はついに、北大路魯山人という偉人の真実に辿り着いた。

「話はこれで終わりだ」

そう言うと、魯山人は安心したように目を瞑る。

次の瞬間、魯山人が悶絶し始めた。平野は看護婦を呼びに走る。医師も駆け付けその対応に追われた。もう、残された時間はごく僅かだった。

途端、騒がしくなった病室の片隅で、平野は考え続ける。どうしてこの話を魯山人は最後に自分に語ったのか。和子を呼んでほしいと言った魯山人が、最後に残したこの話。今の話で、和子に何かを伝えようとしていると思った。

平野が導き出した結論は、「自分もたった独りで生きてきたのだ。お前も自分の足で独りで生きていけ」というものだった。魯山人は和子に向かってそう言っている。

しかし平野は、魯山人は間違っていると思った。

清操と魯山人には血の繋がりはなかったが、魯山人と和子は正真正銘の親子なのだ。真実を知った今、ますます和子を魯山人に引き合わせねばならない。むしろ和子は、過去から続く不幸の連鎖を今ここで断ち切る必要がある。

平野は魯山人の耳元で叫んだ。

「先生……和子さんは上賀茂に行った時、鳥居の前で撮った写真を今も大切に持っていましたよ。それが一番の思い出だそうです」

看護婦が「大きな声を出さないでください」と制したが、平野は止めなかった。

「その頃、和子さんは習字がとても上手かった。特に誰かに手ほどきを受けたわけでもないのに。上手かった理由は、九歳の頃から和子さんは家の中で先生の昔の書を引っ張り出して、真似て……真似て書いていたからだそうです。先生の運筆を子供ながらに追い続けた。

和子さんは本当に先生のことが好きで、尊敬していた……」

平野は言葉に詰まった。

いくら声を出しても、魯山人からの反応は何もない。既に意識は遠のき、平野と和子を置いて、遠いところに行こうとしている。

すると、魯山人の目から耳へと一筋の涙がすっと流れた。それを見た平野は、魯山人は許していると思った。魯山人は最後に、和子ともう一度会いたいと言っている。

「先生、和子さんをここに呼んできていいですよね」

むろん魯山人は何も答えない。

「いいですよね。呼んできます。待っていてください」

平野はそう言い残し、病室を走り出た。

病院のロビーに行くと和子の姿は見えない。妻が一人ぽつんとベンチに座っていた。

「和子さんは？　和子さんは？」

妻は疲れた表情でこう返す。

「暫くここで慰めていたんです。で、今日はもう遅いからうちに泊まっていってくださいと言ったんですけど、夜行で帰るって……」

「夜行で?」

平野は自分の腕時計を見る。夜行列車に乗るとしたらここから東京駅に向かうに違いない。その発車時刻は七時過ぎ。今ここを出ればまだ間に合う。

平野は傘も持たずに、病院のロビーから外へと走り出した。


東京駅に着くと、夜行列車の停まるホームまで一気に走る。

通勤客と何度もぶつかりそうになりながら、心臓が破けるのではと思えるくらいにがむしゃらに走った。そう、ここで和子を捕まえられなければ、二人は二度と会うことはない。雨の染み込んだ服からは、体の熱で蒸気が立ち上る。

一度も止まることなく、平野はホームに駆け上がった。しかし、乗客の姿も列車も見当たらない。息を切らしながら、ホームの先を睨みつけると車両の最後尾が目に入った。

平野は「クソ」と唸り声をあげる。

そして、遠ざかる夜行列車に叫んだ。声を限りに叫んだ。

「和子さん。先生がこう言ってました。和子は俺の子だと。それは間違いのない事実だと」

言い終わって、その場にへたり込む。やるせない涙がどっと溢れ出した。

その時、和子は車窓をじっと眺めていた。いや、心が見つめていたのは病床の父の姿だった。和子もまた、湧き出る涙が止まらなかった。

翌日の朝、六時十五分。
派出婦が気付いた時には、魯山人は既に息を引き取った後だった。
魯山人を看取ったのは、やはり孤独だった。

エピローグ

魯山人の葬儀は十二月二十四日、「慶雲閣」で神式の形で執り行われた。風のとても強い日だった。新聞に死亡広告を出したせいもあり、三百名余りの弔問客が集まった。そこでは、これまで魯山人の食事の世話をしてきた女中たちが鰤や大根、地芋などを料理し、魯山人の皿に盛り付け振る舞う。その料理はとても魯山人の味付けに似ていて、客たちは今もまだ魯山人が生きているのではないかと錯覚した。

その葬儀の場で、平野は初めて桜一の妻の房子と顔を合わせる。聞けば、房子も平野のいない時に、「十全病院」に魯山人を見舞っていたという。

桜一の話をきよから聞いたと伝えると、房子はそこにこんなエピソードを付け加えた。

桜一が亡くなって子供たちと大阪に戻った房子の元には、魯山人が月々五千円の仕送りを続けていた。そして、最後の一回分……。

「お義父さんは、病院のベッドでそれを私に手渡してくれました」

死んで今なお、魯山人の行動は不可解だ。自分の入院費用もままならず、見舞客に金を貸せと言っていた魯山人が、房子には仕送りの金を渡している。傲慢なのか親切なのか、節度があるのかだらしないのか、たぶんその全てが魯山人なのだろうと平野は考えるしかなかった。

散々魯山人について調べ、自分なりの答えを導き出そうと苦心してきた平野だったが、まだわからないこと、納得のいかないことは山ほどある。

魯山人は病床で話を聞かせたことで、きっと自分の伝記がすぐ出来上がると思っていたかもしれない。しかし、平野の中では依然魯山人は摩訶不思議な存在のままで、伝記を作り上げるまでには暫く時間がかかりそうだ。


葬儀を終えた平野は、「慶雲閣」に独りぽつんと残った。

最後まで魯山人が暮らしたこの家は、まだ主を失ったことに気づいていないかもしれない。渡り廊下の奥や襖の陰から、魯山人が顔を出しじろりとこちらを見つめているような気配が感じられる。

平野は「参考館」に仕舞われてあった最後の作品を運び出して、自分の前に並べてみた。

「かにの絵マル平向付」

鞍馬石で形づけられた信楽土は、一枚一枚形が違い、どの皿を見ても自然な風合いを醸し出している。織部の砂の上で松葉蟹がこちらを威嚇している様は躍動感に満ち溢れていた。

「先生はこの皿に、どんな料理を載せたいと思っていたんだろう」

そんな考えが頭に浮かぶと、どうして生きているうちに尋ねなかったのかという後悔が膨れ上がる。

魯山人の頭の中には間違いなく、その料理が決まっていたはずだ。蛸の桜煮だろうか、烏賊の海鼠腸がけだろうか、よもやそのまま蟹料理じゃないよな。そんなことを思い描いていると、皿に描かれた松葉蟹が「早く料理を載せてくれ」とこちらに呼びかけているような気がしてきた。

魯山人の焼き物は、元々料理を芸術に高めるためには欠かせない存在だということで作られ始めた。しかし、「星岡茶寮」から追い出された時に、その主役ともいうべき料理は姿を消し、生涯の仕事として食器だけが残る。

それは親が消えてなくなり、捨てられた魯山人だけが一人残った様子に似ている。魯山人は生まれながらにして、親を探し続け、温かい家庭を夢見、最後まで手に入れることは出来なかった。

荒川豊蔵は、魯山人の器についてこんなことを言っている。

「困窮や孤独な状態は、周りに振り向いてほしい、自分の作品を見てほしいと、魯山人を奮い立たせた。それが作品に乗り移っている」と。

確かに魯山人の器にはある渇望が宿り、何かを乞い続けている。魯山人は「星岡茶寮」の料理は自分そのものだと言ったが、器に関しても同じことが言えるのだ。

平野は目の前の作品を手に取ってみる。じっと見つめていると次第に、皿の中の蟹が魯山人に思えてきた。〝横行君子〟と呼ばれる蟹が、こちらを睨み付け爪を振りかざしながら怒っている。いつものように怒っている。

その姿は、思わず「先生」と呼びかけたくなるほど、魯山人に本当によく似ていた。

参考文献

『新版　北大路魯山人』（上下）白崎秀雄（新潮社）
『知られざる魯山人』山田和（文藝春秋）
『真説　北大路魯山人』長浜功（新泉社）
『魯山人の宇宙』編集（公財）日動美術財団・冨士根智之（笠間日動美術館）
「別冊太陽　北大路魯山人」No.41　編集人高橋洋二（平凡社）
『魯山人と影の名工　陶工　松島宏明の生涯』佳川文乃緒（オスカーアート）
『魯山人・器と料理　持味を生かせ』辻義一（里文出版）
『魯山人と星岡茶寮の料理』（柴田書店）
『雅遊人　細野燕台　魯山人を世に出した文人の生涯』北室南苑（里文出版）
『魯山人　味は人なりこころなり』松浦沖太（日本テレビ放送網）
『独歩　魯山人芸術論集』平野武編著（美術出版社）
『縁に随う』荒川豊蔵（日本経済新聞社）
『魯山人の料理王国』北大路魯山人（文化出版局）
『追想の魯山人』秦秀雄（五月書房）
『魯山人味道』北大路魯山人・編者平野雅章（中央公論新社）
『魯山人の食卓』北大路魯山人（角川春樹事務所）
『魯山人の真髄』北大路魯山人（河出書房新社）
『青山二郎全文集』（上下）青山二郎（ちくま学芸文庫）
『NHK美の壺　魯山人の器』NHK「美の壺」制作班（NHK出版）
『夢境　北大路魯山人の作品と軌跡』山田和（淡交社）
『カラーブックス　北大路魯山人』小松正衛（保育社）
『魯山人の世界』梶川芳友・林屋晴三・吉田耕三・小木太法・井上隆雄（新潮社）
『魯山人　味・陶・書・花・人　業深く崇高な芸術家』（河出書房新社）

本書は書き下ろしです。原稿枚数758枚（400字詰め）。

この作品はフィクションです。

今日の人権意識に照らして不適切と思われる語句・表現が見られる箇所がありますが、時代背景を考慮の上ですのでご了承ください。

〈著者紹介〉
田中経一(たなかけいいち)　1962年東京都生まれ。立教大学法学部卒業後、テレビ業界へ。その後、フリーの演出家として独立。フジテレビ「料理の鉄人」「ハンマープライス」「クイズ$ミリオネア」「VVV6」やテレビ朝日「愛のエプロン」など数々のテレビ番組の演出を手がけ、多くの受賞歴を持つ。2014年、『麒麟の舌を持つ男』(『ラストレシピ　麒麟の舌の記憶』に改題、小社)で小説家デビュー。他の著書に『生激撮!』『龍宮の鍵』『キッチンコロシアム』がある。

愛を乞う皿
2018年2月20日　第1刷発行

著　者　田中経一
発行者　見城 徹

GENTOSHA

発行所　株式会社 幻冬舎
〒151-0051 東京都渋谷区千駄ヶ谷4-9-7

電話:03(5411)6211(編集)
03(5411)6222(営業)
振替:00120-8-767643
印刷・製本所:株式会社 光邦

検印廃止

Printed in Japan
ISBN978-4-344-03259-0 C0093
幻冬舎ホームページアドレス　http://www.gentosha.co.jp/

この本に関するご意見・ご感想をメールでお寄せいただく場合は、comment@gentosha.co.jpまで。